短歌うたことば辞典

梅内美華子

Tanka Utakotoba Jiten

短歌　うたことば辞典

目次

はじめに

うたことば（歌言葉）とは和歌・短歌に詠みこまれた言葉のことです。歌語《かご》とも呼んでいます。短歌は五七五七七の五句からなる形式で、言葉のつながり、言葉の響きによって短い詩が作られます。言葉は短歌において形式を生かす命のようなものです。

歌に詠みこむ言葉の選択には内容を伝えるだけでなく、音韻（言葉の響き、一首の調べ・韻律）の効果が作者によって考えられてきました。

昔に作られた和歌では古語・枕詞《まくらことば》・序詞《じょことば》・縁語《えんご》・掛詞《かけことば》・歌枕・異名・比喩表現が歌語として扱われてきましたが、新しい用語や俗語を取り入れる工夫もされて和歌から短歌にいたる長い歴史を生き延び、うたい継がれてきたのでした。近代になると歌語に加えて日常の言葉、新しい用語が詠みこまれるようになり、言葉すべてが「うたことば」になりうる輝きと可能性を示しました。それは現代も続いていて、短歌という伝統的な詩型式に新しい息を吹き込んでいるといえます。

一例を挙げると、セルリアンブルーは葛原妙子《くずはらたえこ》によって初めて短歌に詠みこまれました。外国語の響きがモダンでおしゃれですし、短歌の抒情《じょじょう》を現代的な詩に拡げたのでした。

またバリケード、ユーチューブ、ライン（LINE）など、モノやITのツールの用語が短歌に新しく登場しました。これらはうたことばの範囲を拡大するとともに、時代の様相や変化を伝えるものとなっています。

漢字熟語も詠みこまれています。流離、断念、卑小、素志、などの語は人生における葛藤、思索、感慨を凝縮して伝えるとともに大和《やまと》言葉にはない硬質で緊張感のある響きをもたらしています。和歌の時代には大和言葉や読み下した語、訓読みの語がほとんどで、漢語が詠みこまれることは少なかったのです。近代短歌以降、短歌という表現形式で自我、われ（私）、生の実感、人生観、社会、時代感がうたわれるようになり個人の声や思考が詩歌をさらに深めてきました。

本書では地、空、水、宇宙、気象、動物、植物、時間、空間、色彩、体、人生、生死、心、暮らし、時代、社会、古語などに分類して言葉の意味を記し、場合によっては類語を掲げています。そしてその語が詠みこまれた作品を例として掲げ短い解説と鑑賞を施しています。短歌の意味内容や作られた背景を少しでもわかると関心が高まると思います。作品は和歌から近代・現代短歌にわたって引いていますが、詩歌の歴史の中で受け継がれてきた言葉や表現の変化を知ることができるようにしました。なお、枕詞、歌枕については省略しました。

　私は短歌の実作者として和歌や他者の作品を読んで初めて知る言葉がたくさんあり、辞書で調べながら言葉を知る喜びを味わってきました。それは今でも続いています。つきしろ、みどりご、あぎと（顎）、いさらい（尻）、ましら（猿）などたくさんあります。そして歌を解釈・鑑賞する上で、うたことば・歌語を読み慣れている人とそうでない人には当然理解に差が出てくることを感じました。

　私が「ＮＨＫ短歌」（ＮＨＫ出版）で「探索・うたことば」の連載の機会をいただきそこで探索したかったことは、短歌によって言葉に出会うこと、言葉を知るひそかな喜びをもっと広げたいということでした。そして言葉を知ることによって短歌を作るときに言葉の選択肢が増えてゆき、自分にとってベストな言葉を選択できるようになります。たとえば、赤ちゃんには赤ん坊、赤子、乳児、乳呑《の》み児、みどりご、などの呼び方があります。短歌に詠みこむときに五音、七音に収まる音数を選べますし、作者が言いたいこと、心情に近い言葉を選べる、つまり「言い換え」に役立つようになります。「言い換え」ができると自分が今まで用いてこなかった語を入れるかもしれず、きっと歌作りが楽しくなると思います。

短歌に詠みこまれた言葉を探索していると、社会状況や時代を表し人々の思いのこもった語のあることに気づきました。たとえば焼け跡、原爆、黙《もく》禱《とう》、放射能、廃炉などは戦争や震災の体験を書きとめた言葉であり、社会のあり方を問う作品になっています。

このようにうたことばはたくさんあり多彩なのです。うたことばの豊富な世界を見渡すことができ、歌の鑑賞を参考にしながら、実作の際の言い換えに役立つ、それが本書の特色になっています。

言葉の意味・語源と用字については『角川全訳古語辞典』『広辞苑』『小学館日本語大辞典』『角川新字源』『歌枕歌ことば辞典増訂版』などを参考にさせていただいてお世話になりました。

いにしえから現代にリレーされてきた短歌。歌人たちがチョイスした言葉からなにかを発見し作歌に役立てていただけたら、著者も幸いに思います。

本書の特色と凡例

●うたことば

・古今の歌に詠みこまれた「うたことば」をテーマ別に紹介しています。

・それぞれの「うたことば」は、語意の関連性に基づいて配列しました。

・検索する際は、巻末の「うたことば 五十音順索引」をご参照ください。

・「うたことば」の語意にあわせて例歌とともに鑑賞を付しました。

・「雨」「雪」など、より関係の深い言葉をまとめて紹介したページもあります。

・動物、植物の同意語は、「言い換え一覧」としてまとめました。

・季節を象徴する言葉を「うたの印象アップ」としてエッセイ風にまとめました。

●インデックス

各章のタイトルとテーマ

●章のテーマとイメージ

●見出し語

・漢字表記、よみがなの順に表記しました。

・代表的な表記が複数ある際は「・」で区切って記しました。

・「旧かな」で表記が異なる場合はそれを示しました。

（拗促音の並字表記については特に旧かなと示していません）

心　想いを詠む

想いを詠む

――内面に光を当てて

幸い　さいわい・さきわい

旧かな　さいはひ・さきはひ

●しあわせ。幸福。

十七歳になれるむすめとをりをりに将棋さすことあるさいはひよ　小池《こいけ》 光《ひかる》『静物』

十七歳の少女は父を遠ざけることが多いが、作者の娘は父と将棋をさすのだという。こんな幸せがあるか、いい娘を持ったという感慨。

うつしみの小さきさきわい落ちん落ちん落ちんと躇《ためら》う花びらのまえ　香川《かがわ》 進《すすむ》『湖の歌』

この世に命あるわれは落ちそうな花びらを見て、小さな幸いを覚えるという。「落ちん落ちん落ちん」の繰り返しに花びらの不安定さと歌のリズムが表れている。

●語意

・ことばの意味を簡潔に記しました。

・意味が複数ある際は改行して示しました。

●解説と鑑賞

・歌の意味や背景、歌人について記しています。

●例歌

・例歌には作者名及び出典を記しました。

・作者名から検索する際は、「引用歌歌人名索引」をご参照ください。

・例歌の字体は新字体を用いました。

・ただし、作者の意図で旧字体を用いている場合は出典通りの字体としました。

・新旧の仮名遣い、短歌中の句読点や字間の空きは出典に拠りました。

・三行書きなど改行された歌は、改行の箇所に「／」を入れて示しました。

第一章

天地

大地を詠む——母なる大地

空を詠む——ダイナミックに描こう

夜空を詠む——宇宙へのあこがれ

水を詠む——生命の源

大地を詠む
——母なる大地

まほら

●すぐれたよい所。「ま」は接頭語、「ほ」は優れているものの意。「ら」は場所を表す接尾語。「まほらま」が転じて「まほろば」ともいう。

倭《やまと》は　国のまほろば　たたなづく　青《あを》垣《かき》　山ごもれる　倭しうるはし
倭建命《やまとたけるのみこと》『古事記』

記紀歌謡の有名な歌。「まほろば」を詠みこむ。大和《やまと》（今の奈良県）はもっともすぐれたよい国だ、と地形とその美しさを讃えた。

母恋ふる空のまほらにとめどなく湧く秋あかね何とすべけむ
岡《おか》野《の》弘彦《ひろひこ》『飛天』

母恋いの情に秋空の澄んだところを「まほら」と見ている。そこに赤トンボが湧くように飛んでいるのを呆然《ぼうぜん》と眺める。

陸　くが

●りく。陸地。

いさり火は身も世も無げに瞬きぬ陸は海より悲しきものを
与《よ》謝《さ》野《の》晶子《あきこ》『草の夢』

沖にまたたく漁火を「身も世も無げに」と見ている。広くてたゆたう海よりも、生の苦を負って海を遠望する陸のほうが悲しいと、人生の半ばで気づいたのだった。

地表　ちひょう　旧かな　ちへう

●地球あるいは土地の表面。

ももいろの舌ゆらゆらと地表より五センチがほどしのぶもじずり
池《いけ》田《だ》裕《ゆ》美《み》子《こ》『ヒカリトアソベ』

「しのぶもじずり」はネジバナの別名。地とすれすれのところに小さな花が咲く。「ももいろの舌」と捉えているところに肉体感がある。

峡　かい　旧かな　かひ

●山と山の間の狭く細長い土地。山峡。

いましめて銭数ふなと祖母言ひき夜はしづかにありし峡の家

横山岩男《よこやまいわお》『弓絃葉《ゆづりは》』

山峡にある家に祖母と過ごしたことを回想する。質素倹約を教えた祖母。「夜はしづかに」に深い山間の人気のない夜が浮かび上がる。

外山　とやま

●端の山。人里に近いほうの山。

この夕べ外山をわたる秋風に椎《しひ》もくぬぎも音立てにけり

太田水穂《おおたみずほ》『雲鳥』

「外山」に吹いている秋風を聞き、鋭敏な聴覚をいかした歌。シイやクヌギという一樹一樹を思い浮かべて、わびしい気分をうたう。

隈・曲　くま

●川や道などの折れ曲がって入り組んだ所。

●奥まったすみの所。

●濃い色や影の部分。眼の下の隈など。

こほろぎのしめらに鳴けば鬼灯《ほほづき》の庭のくまみをおもひつつ聴《き》く

長塚《ながつか》　節《たかし》『長塚節歌集』

「くまみ」は隈回と書き、道の曲がり角のあたりをいう。「しめらに」は副詞「しみらに」と同じで、その間ずっとの意。聴覚と視覚が見事にいかされた歌。

野辺　のべ

●野原。

●火葬場。埋葬場。野辺送りの略。

君が植ゑし一むら薄《すすき》虫の音のしげき野辺ともなりにけるかな

御春有輔《みはるのありすけ》『古今和歌集』

故人が植えたススキが、人も住まなくなった家に荒れ茂り、虫の音が絶え間ない野原のようになってしまっていた。

わが柩《ひつぎ》まもる人なく行く野辺のさびしさ見えつ霞《かすみ》たなびく

山川登美子《やまかわとみこ》『山川登美子歌集』

病が進んで自分の死期を予感した作者は孤独な境遇をうたう。霞がたなびく春の野辺のおだやかな景色を思い描いているところに独特の感性がある。

稜線　りょうせん

●山の峰から峰に続く線。

稜線への道見あたらずいっぺんに暗闇になった谷へ下りていく

佐藤《さとう》信弘《のぶひろ》『昼煙火』

日が暮れてから向かう先を稜線が見える方向に頼っていたがそれさえも見えなくなった。暗くなった不安が描写から伝わってくる。

半島　はんとう　旧かな　はんたう

●海に向かって細長く突き出た陸地。小規模のものは岬、崎、鼻などと呼ぶ。

春怒濤とどろく海へ迫り出せり半島のごときわれの〈過剰〉が

田村《たむら》元《はじめ》『北二十二条西七丁目』

「われの〈過剰〉」は思い込みすぎたり、訳もなく膨らむ考えを抱えた自身の若さを春の半島にたとえている。激しい波、迫り出すという強い語によって、おし留め得ない若さを重ねて見ている。

列島　れっとう　旧かな　れつたう

●列をなして並んでいる島々。

列島は戦後いまだも明けやらず殺戮の基地ふところに抱く

山田《やまだ》あき『山河無限』

日米安全保障条約で日本のあちこちにアメリカの基地が置かれた。戦争の傷が続いていることを基地の存在に思い、日本列島を俯瞰《ふかん》し「ふところに抱く」という擬人化で痛みをうたう。

離島　りとう　旧かな　りたう

●離れ島。

寄留者であった会社のわたくしも離島へ移り住んだわたしも

松村《まつむら》由利子《ゆりこ》『耳ふたひら』

会社勤めをし組織に所属していたことも、離島に移住したことも「寄留者」として身を寄せたことにすぎないのだと自身を振り返る。都市と離島の対比の中に現代人の生き方を映し出している。

湾　わん

●海や湖が陸地に入り込んだところ。入海。入江。

黒松の防風林をふちとして一湾《いちわん》は銀の氷《ひ》を充たしたり

四賀光子《しがみつこ》『白き湾』

冬の海の色を氷を充たしていると捉えたのが独特。黒松の林を「ふち」と描いたところも絵画的で湾岸の線が見えてくるようだ。

ペルシャ湾の生温き水を手に掬い貧しきおのれの顔を写せり

三井《みつい》修《おさむ》『砂の詩学』

商社勤務で中東の仕事に赴いた作者。「生温き水」は異国の風土を肌で感じた瞬間。自分は貧しい表情をしているとあえて描いたのは、中東の人々の厳然とした佇《たたず》まいに接して思い至ったのだろうか。

切岸　きりぎし

●切り立った崖。断崖。きりきし。

離《さか》り来てことさら思ふ断崖《きりぎし》に海覗くごと立ちゐし一樹《いちじゅ》

来嶋《きじま》靖生《やすお》『峠』

人間の心を投影した樹の姿は離れて来てからも心に浮かんで消えないという。

さいはてのこの切り岸に生まれしも運否天賦《うんぷてんぷ》とウミネコが鳴く

久々湊《くくみなと》盈子《えいこ》『紅雨』

北国の旅で岬の切り岸に棲息《せいそく》するウミネコの声を「運否天賦」の音と意味に重ねている。鳴き声のオノマトペに熟語を当てた点が面白い。

洞　ほら

●がけ、岩、木の幹などにできた穴。洞穴。

さうだ、あんまり自分のことばかり考へてゐた、四辺《あたり》は洞《ほらあな》のやうに暗い

若山《わかやま》牧水《ぼくすい》『みなかみ』

口語表現と破調の時期の歌。父の危篤に際して故郷宮崎に戻り、文学をやっていることや故郷に戻らないことを親族に責められた。「洞のやうに暗い」の比喩が心象をよく表現している。

畔　くろ

●田と田を仕切ってあるさかい。あぜ。

沼に沿ふ水田の畔《くろ》のみちほそし錆びしめりたる土を踏み行く

古泉千樫《こいずみちかし》『青牛集』

「錆《さ》びしめりたる」という土の形容が、湿った質感や色を的確に捉えていて、寂びた田園景色が浮かび上がってくる。

疎林　そりん

●木がまばらに生えている林。

風の音絶えし疎林に透ける空きりきりといまなにに抗う

武川忠一《むかわちゅういち》『秋照』

疎林の風が止んで音のない静けさに平穏を見るのではなく、「いまなにに抗う」と捉え、自然の景や存在に作者の精神を象徴させている。

藪　やぶ

●草木が茂っているところ。竹藪。

藪蔭に野菊の花のすこしある去来《きょらい》の墓のありどころかな

吉井《よしい》　勇《いさむ》『天彦』

松尾芭蕉《まつおばしょう》の弟子向井去来《むかいきょらい》の遺髪を納めた墓は嵯峨野《さがの》の落柿舎《らくししゃ》の北側にある。藪の暗さにわずかに野菊の花の明るさが見える。その侘《わ》びしい景色に出会いしみじみとした心が「ありどころかな」と詠嘆表現になった。

篁・竹叢　たかむら

●竹の林。竹やぶ。

篁が夕日をはじき麦畑が青くいろどる冬枯るる野を

結城哀草果《ゆうきあいそうか》『樹蔭《じゅいん》山房』

冬の枯野にある二つの景色を述べて、その光彩や色彩を描き出しさびた感がある。

竹叢《たかむら》に淡く日の射す寺の庭思はぬ方に添水《そふづ》の音す

神作光一《かんさくこういち》『未来都市』

添水はししおどしのこと。水の重みで反転して水を吐き、軽くなって元に戻るとき石などを打って音を発する。竹叢は寺庭の静けさを構成している存在。

牧　まき

●牧場。

ほうほうと馬呼ぶ声か霧雨にふりかくさるる牧の木柵《ぼくさく》

小田観螢《おだかんけい》『忍冬《すいかずら》』

北海道の牧場に遠くから馬を呼ぶ声が聞こえ、柵が霧雨に濡《ぬ》れてゆく。聴覚と視覚を生かして空間を捉えている。

谷・谷津　やつ

●谷状の低地、低湿地。山裾に谷状に入り込んだ土地。やち。

比企《ひき》が谷《やつ》ここより路地となるところ韮の花は咲く傍ら通る

尾崎左永子《おざきさえこ》『星座空間』

鎌倉《かまくら》の地名に「やつ」という読み方が残っている。谷間からいきなり路地になる不思議な道の「比企が谷」。ニラの白い花が咲く夏。

谷戸のぼる風に一夜をたわみつつ萩しろたへの花も散るべし

小中英之《こなかひでゆき》『翼鏡』

谷のような地形をいう「谷戸《やと》」が詠みこまれている。低い所から上に吹きのぼる風を音から想像している。無残に散る白萩に無常を感じている夜。

洲・州　す

●河口付近や湖などの比較的浅い場所に堆積した土や砂が水面の低下に伴って水面上に現れできた平地。

取り残されていいからここにこのままで中洲の白き猫すさまじき

佐伯裕子《さえきゆうこ》『流れ』

中洲に白い猫がいて驚いて見ている。しかし作者は猫が助けを求めているとは述べずに、何かを諦めた孤独な心を重ねている。

岬　みさき

●岸から突き出した陸地。

ともに来《こ》しをとめたちよりやや離れ春の岬に立ちて放屁す

安田純生《やすだすみお》『でで虫の歌』

作者は教員で若い女子学生を連れて「春の岬」に来た。そのほのぼのとした感じを破るような結句が笑いを誘う。自己を戯画化して照れを隠しているのだろう。

轍　わだち

●車輪の跡。

山原の轍《わだち》にあかき翁ぐさ愛しきものを我が見つるかも
北原白秋《きたはらはくしゅう》『海阪《うなさか》』

大正十二（一九二三）年四月、作者が妻子とともに長野県に遊んだ折の歌。浅間《あさま》山が見える山道を歩き、わだちにオキナグサを見つけた。赤い花は心を和ませる「愛しきもの」であった。

土塊　つちくれ

●土のかたまり。

土塊の中に風化の時刻み寒かろう　彼の墓に立ちおり
高瀬隆和《たかせたかかず》『木の間の空』

作者は、安保闘争の挫折などを理由に昭和三十五（一九六〇）年に自殺した歌人岸上大作《きしがみだいさく》の友人である。岸上の墓参りをして土の下に寒いであろうと悲しむ。物質だけではなく世の中のものが風化することも含んでいるだろう。

泥土　でいど

●どろ。つまらないもの、汚いもののたとえにも用いる。

濁流だ濁流だと叫び流れゆく末は泥土か夜明けか知らぬ
齋藤《さいとう》　史《ふみ》『魚歌』

昭和十一（一九三六）年に陸軍の青年将校らが起こした二・二六事件のあとに詠まれた。作者の幼馴染《なじ》みが関わっていたことで他人事ではなく捉えていた。不安や怖《おそ》れを「濁流」「泥土か夜明けか」という比喩を用いて表している。

泥濘・泥濘む　ぬかるみ・ぬかるむ

●雨・雪などで泥がゆるんでぬかるところ。ぬかり。

泥濘《ぬかるみ》に吸はれし沓《くつ》をかきさぐる盲《めしひ》にこそはなり果てにけれ
明石海人《あかしかいじん》『白描』

明石海人はハンセン病を患いながら秀歌を遺した。昭和十四（一九三九）年没。病気が進行して目が見えなくなった苦しさと悲しみが上の句の描写から如実に浮かびあがる。

春泥をまたぎ越すときにがにがし都市いでてはつかに都市を恋ふるも
武下奈々子《たけしたななこ》『光をまとへ』

「春泥《しゅんでい》」は雪や霜などのとけた、春のぬかるみのこと。都市生活をやめて地方で暮らすことを選んだのに、あるとき都市を恋しく思うときがある。作者は春泥をまたぐときにそれに気づき、土が間近に触れることが地方に住むこととうたう。

砂礫　されき

●砂と小石。

浅間より砂礫《されき》ふるときわが庭につづく田の水たちまち濁る

佐藤佐太郎《さとうさたろう》『群丘』

昭和三十六（一九六一）年制作の歌。活火山である浅間山が噴火を起こしその砂礫が作者の住むところまで降ったという。田んぼの水が濁るさまに自然の脅威を感じている。

砂漠・沙漠　さばく

●砂や小石でおおわれた地表。

「どこにゆくのだどこにゆくのだ」走ろうとしても砂漠はゆるしてくれぬ

齋藤芳生《さいとうよしき》『桃花水を待つ』

一時期中東で生活した作者が砂漠に足を取られる実感に焦燥を重ねて詠んだ。砂漠がつかんで離さないような力を持っている。

風紋　ふうもん

●風によって砂の上にできる模様。

日本海のなぎさにきざむ小波《さざなみ》をさながらに砂丘風紋の列

岡山《おかやま》　巖《いわお》『体質』

鳥取の海岸線の風景。渚《なぎさ》に寄せるさざなみと、砂丘にできる風紋に近似した模様を見て、旅の寂しさが漂う歌。

地震　ない　旧かな　なゐ

●地震。「な」は土地、「い」は居の意でもともと大地をさしたといわれるが、地震を表すようになった。

地震《なゐ》すぎし海原とほくひとすぢの水脈《みを》を照らして月のぼりくる

岡野弘彦《おかのひろひこ》『飛天』

陸地の揺れは海底のマグマや地殻変動の影響を受けたものだ。海原を見渡すと水脈に月光が反射している。自然界の営みを捉えた雄大な景である。

火

「火」に関連することばをまとめて紹介します。

火　ひ

●物質が燃えるときに出す炎や熱。熱せられて赤熱したもの。
●火のように光るもの。蛍火、鬼火など。

火に焼べる数百の名刺燃えながら反り返るあり立ち上がるあり

横山《よこやま》三樹《みき》『二十一世紀の風』

退職後身の回りの整理をし、これまでもらった名刺を燃やしている。「数百」の数詞が歳月と付き合いの数を表し効果的である。「反り返る」「立ち上がる」は紙の向こうに何かを思わせて暗示的。

燃えさかる炎《ひ》を摑むためみずからを火となす齢《よわい》すぎたりしかな

上野《うえの》久雄《ひさお》『冬の旅』

「炎」「火」によって年齢の意識、内面を喩えている。燃えるさまを想起させると同時に、情熱的な生き方をさす。そのような若さが過ぎたことを感慨深く振り返っている。

煮えたぎる鍋を見すえて　だいじょうぶ　これは永遠でないほうの火

井上《いのうえ》法子《のりこ》『永遠でないほうの火』

「〜でないほう」の言い方によって対になるものを暗示する。一時的に点けるはかない火は扱えるがどこかにある永遠なる火は人をおびやかす。

火花　ひばな

●飛び散る火。
●金属、石などを擦り合わせたり、叩《たた》いたりしたときに出る火。

溶接の火花はげしく噴き散れる凝視《み》てゐるわれは耳を失ふ

畑《はた》　和子《かずこ》『白磁かへらず』

金属やガラスを熔接《ようせつ》する作業を凝視している。「噴き散れる」に臨場感があり、見ることに集中していることを「耳を失ふ」と表現しているところが独特である。

炎・焔　ほのお　旧かな　ほのほ

●「火の穂」の意からきている語。火の赤い部分。ほむら。
●激しい感情のたとえ。

雪雲《ゆきぐも》はくろく動かず燃えあがる焚火の炎人待つごとし

前《まえ》　登志夫《としお》『鳥獣蟲魚《ちょうじゅうちゅうぎょ》』

雪雲の「くろく動かず」の表現がダイナミック。「人待つごとし」には寒い日の人恋しさが秘められている。

酒などを断ちつつをればやうやくにうちのほむらも消えんとぞする

佐藤佐太郎《さとうさたろう》『天眼』

佐太郎は酒好きであったという。病気をして控えている日々、「うちのほむら」は自身の情念や欲のことで、おとなしくなっていくことを自覚し寂しく思っている。

野火　のび

●春先に野原や土手などの枯れ草を焼く火。

●野山の不審火。

見る限り焼き払ひたる出津の野はいく日ののちも野火の匂す

吉植庄亮《よしうえしょうりょう》『開墾』

千葉の出津《でづ》の野を見渡し、枯れ草を焼いた独特の匂いを捉えた嗅覚が生かされている。「いく日ののちも」にリアリティがある。

息つめて野火を見ている眼がわれの他にもあらむ闇のむこう側

平井《ひらい》　弘《ひろし》『顔をあげる』

闇の中の何者かの「眼」に気づくところに研ぎ澄まされた感性がある。

噴火　ふんか

●火山が爆発すること。溶岩、火山灰などを噴き出す。

セントヘレンズ噴火の灰があはれあはれ世界諸国に散りてゐるとぞ

秋葉四郎《あきばしろう》『黄雲』

アメリカ・ワシントン州のセントヘレンズ山。一九八〇年五月、百二十三年ぶりに大噴火を起こした。その火山灰は北半球のあちこちに到達したという。ニュースで知ったことを「散りてゐるとぞ」と言い、「あはれあはれ」には大変なことになった、という危惧も含まれている。

噴煙は嶺にゐる雲にまぎれつつ晴れむとすらし那須の五山は

長谷川銀作《はせがわぎんさく》『寸土』

「噴煙」の語を詠みこんだ作品。那須《なす》連峰の茶臼《ちゃうす》岳（那須岳）は今も噴煙をあげる活火山である。推移を丁寧に描写しダイナミックなさまを表している。

灰　はい　旧かな　はひ

●物が燃え尽きたあとに残る粉末。灰燼《かいじん》。火山灰。

藁焚きて灰あたらしき火鉢置きわが生《あ》れし日の今日暮れにけり

鹿児島寿蔵《かごしまじゅぞう》『新冬』

新しい灰を入れて火鉢を整えたとき、「わが生れし日」の感慨がわいてくるのを感じ取る。誕生日という語を使わずに丁寧に表現していることにもしみじみとした感じが出ている。

空を詠む

――ダイナミックに描こう

朝影・朝光　あさかげ

●朝日の光。「かげ」は光の意。あさひかげ（朝日影）。

父とともに生きて在る日よ朝光の床屋にならびて髪を刈らるる
窪《くぼ》田《た》章《しょう》一郎《いちろう》『六月の海』

作者の父は歌人窪田空穂《うつぼ》。父への敬愛の念と一緒に過ごす時間を大切に思う。床屋にさす朝光が清潔な空間と爽やかな気分を映し出す。

天つ日　あまつひ

●太陽。「つ」は「の」の意の格助詞。天の、天にある、という意味。

降る雪はみなぎりながら中空《なかぞら》に天《あま》つ日白くあらはるるなり
斎藤《さいとう》茂吉《もきち》『小園』

雪がみなぎるように吹雪《ふぶ》いている空の中ほどに、太陽が見えるその光の頼もしさを詠んだ。類語の「白日《はくじつ》」は輝く太陽という意と、白昼の意がある。

日輪　にちりん

●太陽、日。太陽の光。

大空の斬首ののちの静もりか没《お》ちし日輪がのこすむらさき
春日井《かすがい》 建《けん》『未青年』

沈む太陽が「大空の斬首」に見立てられ、鋭い青年の感性が世界の不穏感を表出する。

太陽を「お天道様」「お日様」と「お」や「様」を付けて日本人は敬い親しく呼んできた。「日輪」は太陽の形状と大きさを思わせる。

青天　せいてん

●青い空、青空、青空を表す言葉に、蒼天《そうてん》、蒼空、蒼穹《そうきゅう》、碧空《へきくう》などがある。

悠久の大義といえど抒情詩もて青天あかく濡らすべからず
福島泰樹《ふくしまやすき》『青天』

青空を赤く濡《ぬ》らしてはならない、というのは理不尽な戦争やその苦痛、悲しみを繰り返し起こしてはならないという願いであり、決意である。「抒情詩《じょじょうし》」で青天を守りたいという意志を捧げた塚本邦雄《つかもとくにお》への挽歌の一首である。

蒼穹《おほぞら》は蜜かたむけてゐたりけり時こそはわがしづけき伴侶
岡井《おかい》 隆《たかし》『人生の視える場所』

詞書《ことばがき》に「一月五日」が作者の誕生日と記されている。「蒼穹」を「おほぞら」と読ませ蜜は日の光であろうか。豊かなものをもたらしてくれた歳月と、過ぎ去ったさまざまな時の集積が感慨を深める。

中空　なかぞら

●空の中ほど。遠い空ではなく中ほどをさすので、中途半端、どっちつかずの状態をいう場合もある。

恋よ恋　我が中空に　なすな恋　恋には人の　死なぬものかは
謡曲「恋重荷《こいのおもに》」

和歌に多く詠まれた「中空」は、中世に生まれた謡曲や歌謡にもこのように詠まれている。主人公・老人の心を思い軽はずみに恋をするなと女御がうたった。恋の語の繰り返しがリズムを作り抒情的である。

八雲　やくも

●幾重にも重なった雲。

八雲立つ出雲八重垣つまごみに八重垣つくるその八重垣を
須佐之男命《すさのおのみこと》『古事記』

「八雲立つ」は「出雲《いずも》」に掛かる枕詞《まくらことば》。出雲の国で雲がつぎつぎに湧くように、新妻が住む家の垣を幾重にもめぐらす、という意。

記紀歌謡の最初の歌で、『古今和歌集』仮名序では和歌の始まりとする。

虹・霓　にじ

●太陽と反対側の空に弧状にかかる七色の帯。空中の水滴粒子にあたった光の屈折と分光によって生じる。ぬじ。のじ。

夕照雨《ゆふでりあめ》はらはら光り輪《わ》のなかにわが里《さと》いれて虹たちにけり
結城哀草果《ゆうきあいそうか》『山麓』

「はらはら光り」に光線や雨が動的に表されている。離れたところから「わが里」を包む虹を見て、祝福されたような気持ちになったことだろう。

夕茜　ゆうあかね　旧かな　ゆふあかね

●夕焼けの赤い色。アカネの根で染まる「茜色」から来ている。

なだれ来て団地をおほふ夕あかね恩寵のごとく窓々かがよふ
島田修三《しまだしゅうぞう》『晴朗悲歌集』

赤い夕焼けが一度に落ちてくるように団地の空を覆った。庶民の平凡な日常に「恩寵《おんちょう》」のように、いっときの豪華な色を注いでいる。

夕影・夕光　ゆうかげ　旧かな　ゆふかげ

●夕暮れ時の淡い光。ゆうひかげ(夕日影)。

春の野に霞たなびきうら悲しこの夕影にうぐひす鳴くも
大伴家持《おおとものやかもち》『万葉集』

のどかに霞がたなびく春にもの悲しさを感じており、夕暮れの光の中でウグイスの声もその心に響くという。

夕照　せきしょう　旧かな　せきせう

●夕焼の空、夕日のこと。

夕照はしづかに展くこの谷のPARCO三基を墓碑となすまで
仙波龍英《せんばりゅうえい》『わたしは可愛い三月兎《さんがつうさぎ》』

「PARCO《パルコ》三基」は渋谷《しぶや》のファッションビルで「この谷」は渋谷のこと。街の繁栄を示すビルを「墓碑」と見ることで、夕日の中に滅びの予感が湧き起こる。歌集は一九八五年に刊行された。

夕さり　ゆうさり　旧かな　ゆふさり

●夕方。夕方になること。「さる」は来る、〜になるの意。夕され。

夕されば門田《かどた》の稲葉おとづれて蘆《あし》のまろ屋に秋風ぞ吹く
源《みなもとの》経信《つねのぶ》『金葉和歌集』

夕方になると、門前の田の稲の葉が音を立てて、蘆を葺《ふ》いた粗末な家に秋風が吹く。「おとづれて」は音を立てて訪ねてくること。「まろ屋」は丸い草葺きの仮小屋のこと。視覚、聴覚が生かされ「百人一首」にも採られている歌。

落暉　らっき

●落日。入日。

この父が鬼にかへらむ峠まで落暉《らっき》の坂を背負はれてゆけ

前《まえ》　登志夫《としお》『靈異記《りょういき》』

鬼は異界の者であり、山の霊であるか。父としての自らを鬼に託して落日の明暗の中に映し出す。

良夜　りょうや　旧かな　りやうや

●月が明るい夜。中秋の夜。

良夜ひらく宇治十帖に雅《みやび》なる姉妹は恋のあらそひをせず

栗《くり》木《き》京子《きょうこ》『綺羅《きら》』

「宇治十帖《うじじゅうじょう》」は『源氏物語』で光《ひかる》源氏の息子たちの世代の恋愛模様が描かれた巻。大君《おおいきみ》、中君《なかのきみ》の姉妹は育ちが良く、互いの性格を認め合う仲である。恋のライバルにならないことも思慮深さによる。

乾坤　けんこん

●天地。天地の間。あめつち。陰陽。

精霊ばつた草にのぼりて乾きたる乾坤《けんこん》を白き日がわたりをり

高野《たかの》公彦《きみひこ》『汽水の光』

ショウリョウバッタは精霊をはこぶものと信じられていた。太陽の運行が静かにこの世を通りすぎている感覚に奥行きの深さが出ている。

虚空　こくう

●天と地の間になにもない空間。天と地の間。空中。大空。

ひとすぢに燃えて虚空を疾《はし》りゆく火を狩るごとき眼を持てり

石川《いしかわ》一成《かずしげ》『沈黙の火』

一首自体が比喩になっていて、畏れを抱きながらその眼を思っている。目的に向かって一途に向かう眼光の鋭さに触れがたい力を見ている。

天涯　てんがい

●空の果て。非常に遠い所。

天涯はみどりの孤独ここはどこ　レインコートのえりたてるかな

村《むら》木《き》道彦《みちひこ》『天唇《てんしん》』

天涯を「みどりの孤独」という比喩で表現し、色彩に心情を重ねている。「孤独ここはどこ」の音の遊び、そして襟を立てる所作に青年像を描きだしている。

夜空を詠む
——宇宙へのあこがれ

食・蝕　しょく

●ある天体が他の天体の一部または全部をおおい隠す現象。日蝕、月蝕、星蝕。

中空に欠けし蝕の日にのろのろと白雲迫りい触れなむとす
森本《もりもと》治吉《じきち》『耳』

日蝕をうたう。日が欠ける現象に白雲が迫っている動きを一心に見つめて描いている。「い」は接頭語で動詞に付いて意味を強めたりする。

月蝕ののちの復円徐々にして待てば開花のごとし夜天に
安永《やすなが》蕗子《ふきこ》『紅天』

月蝕をうたう。月の形が復円してゆく様子を夜空に花が開くようだと、ダイナミックな現象の美を捉える。

明星・赤星　あかぼし・あかほし

●夜明け前に東の空に残っている金星。明けの明星《みょうじょう》の古い呼び名。類語に、暁星がある。

あかほしの明くる時間に書き終へてさらにさびしき一人に満てる
梅内《うめない》美華子《みかこ》『夏羽』

明けの明星が照る空を眺めて徹夜明けの充実感と寂しさを感じている歌。

惑星　わくせい

●恒星の周囲を運行する星。遊星。

雪の降る惑星ひとつめぐらせてすきとおりゆく宇宙のみぞおち
井辻《いつじ》朱美《あけみ》『コリオリの風』

太陽系の惑星の中で雪が降るのは地球のみ。「ひとつめぐらせて」の俯瞰《ふかん》が歌のスケールを大きくしている。「宇宙のみぞおち」という捉え方も身体にたとえてやわらかさがある。

火星　かせい

●太陽系の第四惑星。赤く見えるので炎星、災星とも呼ばれた。

水うちて赤き火星を待つ夜さや父は大き椅子子は小さき椅子に
北原白秋《きたはらはくしゅう》『風隠集』

庭に水打ちをした夏の宵、親子の様子が椅子《いす》の大小とその並列の表現にやさしく表れている。

星影　ほしかげ

●星の光。

星かげのにごらぬ夜も時雨《しぐれ》してたかきくるみの葉がうごきをり
生方《うぶかた》たつゑ『青粧』

星空と時雨そしてクルミの木の葉のざわめきに、揺れやまぬ自然界を感じ取っている。

銀漢　ぎんかん

●銀河の漢語的表現。「漢」は河をさす。あまのがわ。

銀漢に蚕つながれてゐるならむ如月のゆきやはらかく緊《し》む
辰巳泰子《たつみやすこ》『仙川心中』

如月《きさらぎ》二月の優しい雪から、天上の銀河にカイコがつながれているのでは、という幻想を詠む。壮大な景と小さな生物の組み合わせが命の哀しさを滲《にじ》ませる。

サンダルの青踏みしめて立つわたし銀河を産んだように涼しい
大滝和子《おおたきかずこ》『銀河を産んだように』

星空をうたうのではなく、比喩として用いた。夏の夜の爽快な感覚をスケール大きくうたい、何でも産めるかのように、性差を大胆に超えた発想が面白い。

荒星　あらぼし

●木枯しが吹くような寒い夜の星。

凍てつきし天に荒星なだれゐてぎんぎんと夜の軋む音する
松平盟子《まつだいらめいこ》『青夜』

冷え込みが厳しくなった夜に、軋《きし》む音をたてているかのように鋭く星が瞬いている。「なだれゐて」は次から次へと勢いづいて崩れ落ちること。

婚星・夜這星　よばいぼし　旧かな　よばひぼし

●流星の和名。

婚星《よばひぼし》　大暗黒のかなたなる〈無〉を恋ふごとく
ひめやかに飛ぶ
高野公彦《たかのきみひこ》『水苑』

女のもとを男が訪ねる昔の婚姻の形と、流星のすばやい光が重ねられてできた和名。流星をその名で呼ぶときに、はかなくも狂おしい恋のエロスが立ち上がる。

流星群　りゅうせいぐん　旧かな　りうせいぐん

●毎年決まったころ、放射状に現れるたくさんの流星。放射点のある星座の名をつけて「…流星群」と呼ぶ。

草屋根におもおもと迫るものの闇ペルセウス流星
群雨の如くなり
葛原妙子《くずはらたえこ》『橙黄』

ペルセウス座流星群は毎年七月末から八月中旬の、夜から明け方にかけて、ペルセウス座の方向に現れる。「雨の如く」という直喩が流星群の激しさへの感嘆を表す。

寒夜空ぼおつと燃えて過ぎたるは獅子座流星群
または性愛
小島《こじま》ゆかり『獅子座《ししざ》流星群』

しし座流星群は十一月中旬、しし座の方向に現れる。「ぼおつと燃えて」は狂おしいものたちを柔和に言い換えて、抽象化している。

彗星　すいせい

●太陽系小天体の一つ。太陽に近づくとき、長くて白い尾を引く。昔は不吉の前兆とされた。箒星《ほうきぼし》、コメットともいう。

宇宙塵あまたふくめる氷塊のハレー彗星を人ら
怖れず
扇畑忠雄《おうぎはたただお》『植物相』

ハレー彗星は、巨大な尾を引く周期彗星。次回の出現は二〇六一年という。「宇宙塵」は宇宙空間の天体の間に漂う細かい粒のこと。宇宙空間への想像をふくらませて彗星を理知的に描きだしている。

ややしばしわれの寂しき眸《まみ》に浮き彗星《はうきぼし》見ゆ青く
朝見ゆ
若山牧水《わかやまぼくすい》『路上』

尾を引くことから箒の形に喩えられた。下の句の「見ゆ」の繰り返しが、寂しい目が冴えてゆくのを表す。

昴　すばる

●おうし座にある散開星団プレヤデスの和名。冬の宵に見える。統一の意「すばる」の語から変化した。すまる。肉眼で六個見えることから、六連《むつら》星とも呼ぶ。

六連星《むつらぼし》すばるみすまるプレアデス　草の星ともよびてはかなき
山中《やまなか》智恵子《ちえこ》『青章』

清少納言《せいしょうなごん》の『枕草子』で「星はすばる」と書き出されている。昴の呼び名を並べて最後に「草の星」と付け加える。星を眺めて占ったり思いを馳《は》せた人々の思いもはかなく過ぎ去るものである。

スバルしずかに梢を渡りつつありと、はろばろと美し古典力学
永田《ながた》和宏《かずひろ》『黄金分割』

古典力学はガリレイやニュートンが見つけた物体の運動の法則で、はるかな星空への憧憬として詠む。

北斗七星　ほくとしちせい

●おおぐま座の七個の星。斗《ひしゃく》の形をなすのでこの名がある。七曜の星。ひしゃく星。ななつ星。

やまぐにの空晴れてゐてぴんと張る北斗七星わがひたひ搏《う》つ
雨宮《あめみや》雅子《まさこ》『旅人の木』

山の多い地方を訪れたとき、星空の冴えに感動を覚えている。「ぴんと張る」「わがひたひ」が星の光を体感していることを伝える。

シリウス

●おおいぬ座の首星。全天第一の輝星。鋭くかがやくことから、西洋では犬の目にたとえられる。中国名は天狼という。また青くかがやくことから和名を青星という。

臥すわれにシリウス全天第一の冬の光ぞ白じろと炎《も》ゆ
坪野《つぼの》哲久《てっきゅう》『碧巌《へきがん》』

「全天第一」の語の事実性と迫力を歌に取り込んで、その星への憧れを表す。天に輝く星は命を励ましてくれるものとなる。

昔かな昔なれども母と吾に春の青星こぼしし梢
馬場《ばば》あき子《こ》『飛種』

梢が春の青星をこぼしたという言い換えによって、母と娘の上に広がる空と木、やさしい時間がよみがえる。

月

「月」に関連することばをまとめて紹介します。

【夕月夜】ゆうづくよ　旧かな　ゆふづくよ

●「ゆうづきよ」。また月の出ている夕暮れの時。

なにとなく君に待たるるここちして出でし花野《はなの》の夕月夜かな
与謝野晶子《よさのあきこ》『みだれ髪』

「花野の夕月夜」が美しく、恋人に待たれる予感というあまやかな気分にあった情趣あふれる言葉である。「なにとなく」という語もおとめの初々しい恋の気分を引き出す。

「月夜」の前にある語を添えて、特別な月夜を表現できる。〈清水へ祇園をよぎる桜月夜こよひ逢ふ人みなうつくしき　与謝野晶子（『みだれ髪』）〉は、「桜月夜」という表現を作っている。季節や情趣が加わることになる。

【月影・月光】つきかげ

●月の光。月の姿。

蚊屋《かや》の手に月光《つきかげ》しろく射して来つ地震《なゐ》揺り果てししづけき夜を
宮《みや》　柊二《しゅうじ》『群鶏』

地震に目覚めて冴えた感覚が捉える静けさと鋭さが表れている。

【月代・月白・月魄】つきしろ

●月のこと。月の出にほの明るい空のこともいう。

居待ち寝待ち過ぎて欠けゆく月代のしまれる光秋闌けにける
山埜井《やまのい》喜美枝《きみえ》『呉藍《くれない》』

「居待ち」は座って待つうちに出る十八日の月。「寝待ち」は寝て待つ月で十九日の月。臥《ふ》し待ち月ともいう。しだいに遅くなりつつ欠けてゆく月を「しまれる光」と見ている点が繊細かつユニークである。

月の満ち欠けについては、新月（月の第一日目）・三日月・眉月・上弦の月・十三夜の月・満月・望月・十六夜《いざよい》の月・下弦の月などの数々の呼び方がある。

【月読】つくよみ

●月の異名。つきよみ。月の神「月読命《つくよみのみこと》」から来ている。月天子《がってんし》という呼び方もある。月を神格化したもので、転じて月をさすようになった。

月読《つくよみ》は深谿底《ふかたにそこ》の雪のなか細くながるる水を照らせり
結城哀草果《ゆうきあいそうか》『山麓』

深い谷の底、さらに雪の中を照らすという、奥へ奥へと焦点を絞っていった歌。ミクロな世界であり、自然界の静謐《せいひつ》な世界を描いている。

【月の暈】つきのかさ

●月の周囲にできる光の輪。雲を通したときに見える光の現象。

なかぞらに暈《かさ》もつ月のとどまれば噴水はその雄蘂《をしべ》とがらす

篠《しの》　弘《ひろし》『凱旋門《がいせんもん》』

薄い雲を通して暈のかかった月が中天にとどまっている。その淡い光の下には、人工の水の遊びである噴水が水を上げている。勢いよく鋭い水の穂を「雄蘂」に見立てており、都市の風景にひとつの形が生まれている。

星座

「星座」が詠みこまれた作品をまとめて紹介します。

【星座】

●天空の星々の配置を生物や神・人などに見立てたもの。

思はざるふかさに星座傾けし一時間わが生も進みぬ

横山未来子《よこやまみきこ》『水をひらく手』

星座の傾きが変化した一時間。その角度の深さに生の実感も深まった。

【オリオン座】

●冬の夜空に現れる、三つ星を中心とした星座。

冬の星座統《す》べて傾くオリオンに霜のくもりの明けのなお遠く

近藤芳美《こんどうよしみ》『祈念に』

オリオン座が統率しているという見方にスケール感があり、夜中の冷え込みが精神にも届いているようだ。

【カシオペヤ座】

●北極星をはさんで北斗七星と対する、W字形をした五つの星。秋から北方に見える。

カシオピヤ、山羊星《カペラ》正しく位置移す午前一時のわが窓は知る

葛原妙子《くずはらたえこ》『橙黄』

カシオペヤ座、やぎ座が見える秋の夜空。「午前一時のわが窓」の静かで冷やかなガラスに映っているようだ。

カシオペヤの夜々澄む季節めぐり来て古き星図を書棚に探す

大西民子《おおにしたみこ》『まぼろしの椅子《いす》』

カシオペヤ座は見つけやすい星座なので作者も秋の夜を楽しみにしていたのだろう。「古き星図」に信頼をおいているのがわかる。

蠍座　さそりざ

●夏の星座で南の空にS字型をしている。鯛釣り星、魚釣り星ともいう。

さそりの心臓見んよと夜半に
起き出でぬ天《あま》のぬば玉にまたた
くものを　馬場《ばば》あき子《こ》『南島』

「ぬば玉」は夜、闇を示す。さそり座の心臓はオレンジ色の星アンタレス。「見んよ」から期待感が伝わる。

獅子座　ししざ

●ライオンの姿をかたどった春の星座。一等星レグルスは心臓とされる。

春の獅子座脚あげ歩むこの夜
すぎ　きみこそはとはの歩行者
山中《やまなか》智《ち》恵《え》子《こ》『紡錘』

しし座に動きが与えられてダイナミックな歌である。「きみ」は獅子であり同志でもあるだろう。永遠に歩み続ける苦を負った者。

天秤座　てんびんざ

●天秤の形をした夏の星座。

深更の星座かたむきわが過去
と未来をのせし天秤揺るる
栗《くり》木《き》京《きょう》子《こ》『万葉の月』

てんびん座は作者の誕生星座である。肉眼でよく見えなくても自分の運命が載るような思いで見上げるのだろう。

白鳥座　はくちょうざ　旧かな　はくてうざ

●夏の星座で十字の形に星が並んでいる。一等星デネブがある。

ひだりてに輝く十字白鳥座《シグナス》の
しづくともれと合唱の湧く
井《い》辻《つじ》朱《あけ》美《み》『地球追放』

はくちょう座の星々がしずくのように輝いてほしいと歌う声。幻想された合唱かもしれないが壮大さがある。

水瓶座　みずがめざ　旧かな　みづがめざ

●二等星以上の明るい星がないので少し見つけにくい。ペガスス座の南西に位置する。

子午線にわが水《みず》瓶《がめ》座《ざ》上る夜の
秋寒し丁寧に時を生きたし
馬場《ばば》あき子《こ》『暁すばる』

みずがめ座は作者の誕生星座である。はるかなものをのぞむ姿とスケールが「子午線」から伝わる。急かされるような日々に自戒をこめて「時」を噛《か》みしめる。

水を詠む

——生命の源

海　わたつみ

●「海《わた》つ霊《み》」の意。「つ」は「の」の意の格助詞。わたつ海。中世以後「わたづみ」「わだづみ」「わだつみ」という言い方もあらわれた。海の神を呼んだ語が転じて大海をさすようになった。

わたつみのいろこのみやゆながれこしたちばなの実はいかにそだたむ
岡井《おかい》　隆《たかし》『鵞卵亭《がらんてい》』

「わたつみのいろこのみや」は『古事記』の話で、山幸彦《やまさちひこ》が出かけて行った海中の宮。橘《たちばな》の実は垂仁《すいにん》天皇が田道間《たじま》守《もり》に探させて持ち帰ったもので「非時《ときじく》の香具の木の実」ともいう。二つの神話をミックスして描く幻想ロマン。

海境　うなさか

●神話における海神の国と、人間界との境界。海の果て。水平線の彼方。海界、海坂（阪）とも。

海にきて夢違《ゆめちがへ》観音かなしけれとほきうなさかに帆柱は立ち
前《まえ》　登志夫《としお》『子午線の繭』

海上の果てに浮かぶ帆柱がかすんで見え、古代大和《やまと》に伝えられた夢違観音がふと悲しく甦《よみがえ》るという。観音もまた人の夢や信仰が生んだものである。

潮・汐　しお　旧かな　しほ

●うしお。月および太陽の引力によって、海水が周期的に満ちたり引いたりすること。物事をするのにちょうどよい時期。しおどき。

樽のこし海女もぐりたりたまゆらは足の白きが潮にゆれつつ
平野宣紀《ひらののぶのり》『山行抄』

海女《あま》が働く海辺をスケッチする。海にもぐった海女の足が白いというのが印象的だ。

潮曇り　しおぐもり　旧かな　しほぐもり

●海上の潮気によって空や海面がくもること。

犬吠の大うなばらの沖くらく潮ぐもりせり嵐かも疾《と》き
高野公彦《たかのきみひこ》『水行』

千葉の犬吠埼《いぬぼうさき》を訪ねた折の歌。海上の変化にダイナミックな自然の動きを捉え、結句は細かに言葉を刻んでスピード感と不穏さを表している。

瀬戸　せと

●両側から陸地が接近して、海が狭くなった海峡。

鍵穴に吸はるるやうに潮ひかり母が船消ゆ速吸《はやすひ》
の瀬戸
川野里子《かわのさとこ》『太陽の壺』

速吸の瀬戸は、大分県東部、佐賀関《さがのせき》半島と愛媛県の佐田《さだ》岬との間にある海峡。瀬戸内海と豊後《ぶんご》水道を行き来する潮流は激しい。「鍵穴に吸はるるやうに」という直喩にはこの世の別れを予感する悲しみがうかがわれる。

水脈・水尾・澪　みお　旧かな　みを

●海や川の中で、船が通れるくらい深くなっているところ、水路のこと。「澪を引く」は航跡を残してゆくこと。澪（水路）を示すために水中に立てる木などの標識を「澪標《みおつくし》」という。

しみじみと海に雨ふり澪《みを》の雨利《り》休《きう》鼠となりてけ
るかも
北原白秋《きたはらはくしゅう》『雲母集』

三浦半島の三崎向ヶ崎に白秋が住んでいたころの作。寂しい海辺の風景を利休鼠《りきゅうねずみ》（緑色をおびたねずみ色）という色彩がさらに侘《わ》びしさを添える。

水分　みくまり

●山から流れ出る水の分かれるところ。水配りの意味からきている語。

水きよき吉野といへば手にすくひのみどに沁みて
水分の水
成瀬《なるせ》　有《ゆう》『海やまの祀《まつ》り』

みくまりというと、奈良県吉野《よしの》山の水分神社の山を古くからさす。水の配分を司る天之水分大神《あめのみくまりのおおかみ》が祀られている。掬《すく》って飲み古代に近づこうとする歌。

瀬　せ

●川の水が浅く人が歩いて渡れる所。浅瀬。川の流れの速い所は早瀬。海流の流れは潮流。

最上川の低き瀬の音に沿ひ歩む夕づく岸の草お
とろへて
高橋宗伸《たかはしそうしん》『返照』

山形の最上川《もがみ》の近くに住む作者の親近感が、瀬の音に沿うという表現に表れている。見慣れた景色のうつろいを聴覚、視覚を生かして捉える。

水上　みなかみ

●川の上流。

みなかみの激《たぎ》ちの音のはろばろしこの深谷の村をまた過ぐ

成瀬《なるせ》　有《ゆう》『海やまの祀《まつ》り』

「激ち」は水が激しく湧き流れること。流れ出る水の音に耳を澄ませている。清浄な思いになって山や谷を越える旅を続けるのだ。

水際・汀　みずぎわ・みぎわ　旧かな　みづぎは・みぎは

●陸地の水に接するところ。

水ぎははいかなるものぞ小次郎も武蔵にやぶれたりし水ぎは

馬場《ばば》あき子《こ》『雪木』

剣術の達人宮本武蔵《みやもとむさし》と佐々木小次郎《ささきこじろう》の有名な決闘、巌《がん》流島《りゅうじま》（山口県）の浜辺を思い思索している。初句と結句に置かれた「水ぎは」が読者にも問いかけてくる。

波　なみ

●風・振動などによって水面に生じる上下運動。それが次々に周辺に伝わっていき高くなったり、低くなったりして、絶えず変動する。

大海の磯もとどろに寄する波われてくだけてさけて散るかも

源《みなもとの》　実朝《さねとも》『金槐《きんかい》和歌集』

荒磯を見て詠まれた。三浦三崎、または伊豆《いず》の海と推定されている。動詞を連続して用いて波の動きを描写し力強く爽快なリズムを持つ。

水皺　みじわ・みずじわ　旧かな　みづじわ

●水面に生じているしわ、水紋。水の綾《あや》ともいう。

この夜の沼の色見む水皺か心の襞か立ちてやまずも

齋藤《さいとう》　史《ふみ》『うたのゆくへ』

波紋のこまかな線を心の模様に重ねている。

水明り　みあかり

●星や月などが水面に映って、ぼんやり明るいこと。

一人《いちにん》の内側にすら届かざる心のごとき沼の水明り

田井《たい》安曇《あずみ》『水のほとり』

ぼんやりとした淡い光が心の頼みがたさを表す。

水煙　みずけむり　旧かな　みづけむり

●水がしぶきとなって飛び散り煙のように見えるもの。

●水面に立ち上がる霧や靄《もや》。

ヴェニスに死すと十指つめたく展きをり水煙りする雨の夜明けは

春日井《かすがい》　建《けん》『未青年』

『ヴェニスに死す』というトーマス・マン原作の小説をヴィスコンティが映画化したが、その愛と死の世界の影響を若き身に映して、水の都に漂う倦怠《けんたい》をうたう。

飛沫　しぶき

●細かな粒となって飛び散る水。吹きつける雨。

噴水のしぶきに架かる虹の橋風吹けば散りひと世の錯誤

大野《おおの》誠夫《のぶお》『あらくさ』

飛沫に日が通ると虹がかかる。そのはかなさは人生の錯誤のようなものだと悟っている。錯誤は美しいほうがいい。

水照り　みでり

●水のかがやきのこと。

川べりの大胡桃の木ゆたかなる水《み》照《でり》浴みをり青実青実に

高野《たかの》公彦《きみひこ》『雨月』

大きなクルミの木になる青い実は、きらきらとゆれる光をたっぷりと浴びていて、穏やかな時間を描く。

素水・真水　さみず　旧かな　さみづ

●まみず。混じり物のない水。

見るほどに素《さ》水《みづ》すずしく走りをり子はわかさぎをうつくしみ食はず

坂井《さかい》修一《しゅういち》『牧神』

「うつくしむ」はいつくしむと同じ意。水の清らかな流れと、ワカサギをかわいいといって食べようとしない子供が一首のなかで響き合う。

せせらぎ

●浅瀬を流れる水の音。また、小さな流れ。

せせらぎに眼鏡洗へば前《さき》の世に眼鏡の見たる夢ほどけゆく

栗木《くりき》京子《きょうこ》『夏のうしろ』

せせらぎに眼鏡を洗っているのが珍しく、自然に近づいている気分が出ている。眼鏡に前世があるという発想もおもしろい。

滾ち・激ち　たぎち

●水が逆巻いて激しい勢いで流れること。

●湯が煮え立つこと。

●感情が心に強くわき起こること。

禅の寺杉むら隠《がく》り見えてゐて激《たぎ》ちがきこゆ上つ瀬の音

松村《まつむら》英一《えいいち》『樹氷と氷壁』

上流から激しく落ちる音が聞こえてくる。視覚と聴覚が生かされて、禅寺を囲む木立や川の清冽《せいれつ》さが描かれる。

逃げ水　にげみず　旧かな　にげみづ

●夏、地面が熱せられ、草原や舗装道路の表面が水で濡《ぬ》れたように見える気象現象。古くは武蔵野《むさしの》の名物とされた。地鏡。

洗はれしごとく或いは滲《し》み出でし油のごとくあれは逃げ水

蒔田《まきた》さくら子《こ》『淋《さび》しき麒麟《きりん》』

結句にきて「逃げ水」のことだとわかる構成の歌で作者がどのように見ているかの過程を描いている。特徴をとらえた比喩に納得する。

潦　にわたずみ　旧かな　にはたづみ

●雨が降って地上にたまったり、流れたりする水。

われのひかりに選ばむとしてのがしたる夏のひかりの潦《にはたづみ》あり

荻原《おぎはら》裕幸《ひろゆき》『青年霊歌』

路上の水たまりが夏の太陽に照らされている。「選ばむとしてのがしたる」に青年の拘《こだわ》りが反映している。

水底　みなそこ

●水の底。みずそこ。

ゆく河の流れを何にたとえてもたとえきれない
水底《みなそこ》の石

俵《たわら》万智《まち》『サラダ記念日』

流麗な調べの歌である。「ゆく河の流れ」は鴨長明《かものちょうめい》の『方丈記』の冒頭で有名なフレーズ。無常を表す。常に移り変わるものを見ているような「水底の石」。

水面　みなも

●水の表。

ゆふばえの空を映してそらよりも水面《みなも》あかるし
秋のみづのも

坂出裕子《さかでひろこ》『桃花紅』

夕映えの光を映して空よりも明るく見える水面。「水面」「みづのも」と繰り返して、美しい瞬間を捉えている。

水泡・水沫　みなわ

●水の泡。

行く水の目にとどまらぬ青《あを》水沫鶺鴒《せきれい》の尾は触れ
にたりけり

北原白秋《きたはらはくしゅう》『渓流唱』

「青水沫」の語が美しく詩的である。岩にとまったセキレイが尾を振り、水流にわずかに触れる。一瞬を切り取って一首に永遠を閉じ込めたような歌。

氷河　ひょうが

●陸上に堆積した越年性の巨大な氷。大陸氷河（氷床）と山岳氷河がある。凍った川。

褶曲《しゅうきょく》の跡かぎりなき氷河にて雪の汚れは時のさ
びしさ

秋葉《あきば》四郎《しろう》『極光　オーロラ』

「褶曲」は地殻にはたらく力によって地層が波状に押し曲げられた状態のこと。人間の時間をはるかに越えた氷河を厳粛な気持ちで見つめている。

第二章

自然

天気と季節を詠む——春夏秋冬のいろどり

動物を詠む——動き回るものたち

植物を詠む——大地に根ざすものたち

天気と季節を詠む

——春夏秋冬のいろどり

晴れ　はれ

●空が晴れ天気が良いこと。
●晴れがましく光栄なこと。

雪晴れの日の逆光に前をゆく夫ブリューゲルの農夫の感じ

花山《はなやま》多佳子《たかこ》『木香薔薇《もっこうばら》』

雪の反射が眩《まぶ》しく夫の背中が黒い影となってブリューゲルの絵画の中の人のようにどっしりとして見える。雪晴れの日の再発見。

つま先で空をめくりてみたきほど快晴であるブランコに乗る

佐藤《さとう》モニカ『夏の領域』

「快晴」を詠みこむ。ブランコが空に近づくたびに自由にそして不可能がないように感じられてくるという。爪先で空をめくるというマジカルな発想。

曇天　どんてん

●曇り空。

犀のごと大はなむぐり出《い》でてきぬ藤の曇天しづかにあつし

米川《よねかわ》千嘉子《ちかこ》『一夏《いちげ》』

大きなハナムグリの存在感は動物のサイのようにどっしりとしていて意表をつく。フジの花の上には厚ぼったい曇天。

曇り日の昼過ぎてより日のさすはあきらめのごとく静かなる色

柴生田《しぼうた》稔《みのる》『入野』

「曇り日」という語を用いる。微妙な日ざしの変化に「あきらめのごとく」と心の模様を重ねている。

湿舌　しつぜつ

●梅雨前線に現れる舌のような形で張り出している部分。水蒸気を多量に含んだ気団で集中豪雨をもたらすものという。

湿舌は空にべたりとなめくぢの気味わるき雨今日も降りつつ

前川《まえかわ》佐美雄《さみお》『白木黒木』

目には確かに見えない湿舌が、近くの空を覆っていると感じている。湿舌のかたちをナメクジにたとえ、「雨」にかかる序詞《じょことば》のような役割になっている。

稲妻　いなづま

●空気中の放電。稲光り。
●とても速く、時間が短いことの喩え。

見ゆる闇見えざる暗《やみ》をたぐりつつ時を断ち切る冬のいなづま
小野《おの》興二郎《こうじろう》『今ひとたびの』

冬の雷は珍しくその威力は大きい。鋭い稲妻が目に見えない時間を断ち切るかのようだと感受した。「見ゆる」「見えざる」の対比、「闇」「暗」の書き分けなどによって怖《おそ》れを表している。

雷　いかずち　旧かな　いかづち

●雷《かみなり》の別名。空の放電によって光と音が発生すること。雷鳴、落雷、雷電、遠雷など。

いかづちは地にやや近き空にありて大音声にこの世を叱る
藤井《ふじい》常世《とこよ》『繭の歳月』

「大音声《だいおんじょう》」は軍記物などに見られる表現で大きな声のこと。雷が人間の世を叱《しか》るという発想には自然の大きな力への恐れがある。

空を裂き森裂き水沼裂き来たり雷電は白きあやめ見せたり
馬場《ばば》あき子《こ》『太鼓の空間』

雷光が白いアヤメを映し出す。「雷電」という古い言葉と「来たり」「見せたり」の擬人法によって大きなエネルギーを持つ神のように見えてくる。

遠雷の気配に凍りたる耳朶を二本のゆびで揉みほぐしいる
鶴田《つるた》伊津《いつ》『夜のボート』

雷に敏感で怖がっている人なのだろう。耳を揉《も》みほぐす仕草を見ながら、自分にはない感覚を持つ人に同情をしている。「二本のゆびで」に癖が出ている。

鳴神　なるかみ

●かみなり。

鳴神《なるかみ》の鳴らす八鼓《やつづみ》ことごとく敲《たた》きやぶりて雨晴れにけり
正岡《まさおか》子規《しき》『竹乃里歌』

激しい雷雨から晴れに移る空模様を「鳴神」という神格化した言葉を用いて擬人的に表現し、その力強さと爽快さをうたう。

旋風　つむじ

●つむじかぜ。せんぷう。頭にあるつむじのように、渦を巻いて吹く風。

雪の上にたち移りゆくつむじ風われの惑ひのとめどなきまま
岡野《おかの》弘彦《ひろひこ》『異類界消息』

雪を巻き上げる旋風の行方を見守りながら、惑いが途切れない自身の心をそれに重ねている。

烈風　れっぷう

●はげしい風。

烈風に身を進め得ぬかたはらに一樹はなびくたてがみとなる
浜田《はまだ》蝶二郎《ちょうじろう》『からだまだ在る』

強風でなかなか前に歩行を進めることができない。激しく吹かれている枝が「たてがみ」のように見えたとき、人間である自身の小ささを噛《か》みしめたのだろう。

疾風　はやて

●「はやち」「はやちかぜ」ともいう。しっぷう。急に激しく吹き起こりしばらくして止んでしまう風。「はやて」の「て」、「はやち」の「ち」は風の意。また春先に吹く強い風、春嵐を「春疾風」（はるはやて・はるはやち）と呼ぶ。

疾風とよもす篠原《しのはら》の中をゆく妻が眼鏡のひかるさみしさ
五味《ごみ》保義《やすよし》『清峡』

「はやちかぜ」と読む。疾風が鳴る野をひたすら歩く妻。妻の眼鏡が光ったのを見て、生きていることの寂しさや小さな妻への愛しさが湧き起こる。

疾風はうたごゑを攫ふきれぎれに　さんた、ま、りぁ、りぁ、りぁ
葛原《くずはら》妙子《たえこ》『朱靈《しゅれい》』

「しっぷう」と読む。歌声を文字に置き換えた異様な表記が強烈な印象を与える。疾風のなかに途切れる声は、祈りが切断されるような非情さがある。

高層の下の砂場の穴三つなめらかにして春疾風《はるはやち》過ぐ
花山《はなやま》多佳子《たかこ》『春疾風』

高層ビルの合間の小さな公園の砂場。なぜか「穴三つ」掘られてある。遊んでいた子供の形跡。「なめらかにして」

に季節感がある。

青嵐　あおあらし　旧かな　あをあらし

●初夏、青葉の季節に吹く、やや強いが爽快な風。「せいらん」ともいう。青嵐を「五月風」ともいう。

送りゆく牛込《うしごめ》見附《みつけ》の青あらし児《こ》が夏服を吹きてすずしき
金子《かねこ》薫園《くんえん》『静まれる樹』

父が子供を送る光景。牛込は東京の地名。幼い子供の夏服を吹いて過ぎた風にさわやかな涼しさを感じ取っている。

五月風吹きひらめけり目に霧《きら》ふこの寂しさは終のものならむ
五島《ごとう》美代子《みよこ》『新風十人』

初夏の風のなかで作者には寂しさがたちこめていて、一生このあてどなさを抱えるのではないかという若い心の揺らぎがある。

南風　はえ

●「みなみかぜ」のこと。中国・四国・九州地方で、南、または南西から吹く穏やかな風のことを呼ぶ。

上総野は風生《あ》るる野なり黒白の二つの南風《はえ》にしなひて育つ
日高《ひたか》堯子《たかこ》『野の扉』

作者の生まれ育った上総《かずさ》（千葉県中部）にも太平洋から南風が吹く。「黒白の二つの南風」は「黒南風」「白南風」のこと。故郷の野も自身も夏の風に撓《しな》いながらいくつもの季節を過ぎてゆく。

夏はきぬ相模《さがみ》の海の南風にわが瞳《ひとみ》燃ゆわがこころ燃ゆ
吉井《よしい》　勇《いさむ》『酒ほがひ』

この歌では「なんぷう」と読む。相模湾から吹く夏の風に吹かれて青春期のほとばしるような熱い情を浪漫的に高らかにうたいあげた。

黒南風　くろはえ

●梅雨《つゆ》どきに、どんよりと曇った日に南から吹く風。

この父を信じて清き子らとども黒南風の海わたりてゐたり
伊藤《いとう》一彦《かずひこ》『火の橘《たちばな》』

黒南風が吹く海上を渡るときに子供たちと自身の関係を思う。子供たちの一途な信頼に応えられるかという自問が湧き起こる。

白南風　しらはえ

●梅雨明けのころ晴れた青空に南から吹く風。しろはえとも。

白南風《しろはえ》のふきつよまりし空よりぞ鳥の巣なりし藁こぼれくる

玉井清弘《たまいきよひろ》『風箏《ふうそう》』

地で生まれた藁《わら》が鳥の巣のものとなって今度は空からこぼれてくるという不思議な循環を、白南風のもとに発見している。

野分　のわき

●のわけ。のわきのかぜ。野の草を吹き分ける風の意。二百十日、その前後に吹く暴風。台風あるいはその余波の風。

夜の野分聞きつつゐたり地の涯《はて》をはなれて起るものかぎりなし

板宮清治《いたみやせいじ》『風塵《ふうじん》』

「台風」という言葉がなかったころ、秋の嵐を「野分」と呼び、季節の情趣を表していた。家のなかではげしい風の音を聞きながら、「地の涯」に生まれて起こる自然のさまざまな現象とそのダイナミズムを思い描いている。

木枯し　こがらし

●晩秋から初冬に吹く強く冷たい風。凩とも書く。

ひと息に行人坂《ぎょうにんざか》を吹き抜けて途方にくれる昼の木枯らし

岡部桂一郎《おかべけいいちろう》『鳴滝』

行人坂は東京の目黒《めぐろ》にある坂。木枯しが「途方にくれる」という擬人法が、その勢いと何度も吹き付けるような様子を伝え、表情を与えている。

颪　おろし

●山から吹き降ろしてくる風。山の名と付いて筑波《つくば》おろし、赤城《あかぎ》おろし、比叡《ひえい》おろしなどがある。

八《やつ》ヶ岳颪《おろし》きみの記憶のなかに吹く盆地の端から端までの距離

今野寿美《こんのすみ》『鳥彦』

八ヶ岳は長野県と山梨県の境にある。夫である「きみ」の故郷の山で、ゆかりある盆地に吹きおろす颪がやがて作者のなかにも追体験されるような心寄せがある。

【万緑】ばんりょく

●見渡す限り緑であること。

万緑の眩めく中にて言いし嘘わかれて長くわれを縛する

久々湊盈子《くくみなとえいこ》『黒鍵』

青葉の繁りに目がくらくらするような感覚を覚え、思いがけず言ってしまった嘘《うそ》。その嘘も別れも心に反したものだったのだ。長い間「縛する」と、過去の自分の嘘に苛《さいな》まれている。

【五月闇】さつきやみ

●五月雨《さみだれ》の降るころの暗さ。昼間についてもいう。

人逝きしのちの静けさ五月闇を息とめて魚の眠る刻あり

藤本喜久恵《ふじもときくえ》『魚眠る刻』

魚の眠りを「息とめて」眠ると思い描き、地上の人間の命のはかなさを同時に思う。五月闇の暗さは人の死と水中を覆うものとしてある。

【緑陰・緑蔭】りょくいん

●青葉の木陰。

緑蔭といふ空間は慰藉に充ちこころ疲れしものを寄らしむ

桑原正紀《くわはらまさき》『月下の譜』

木陰で憩う人たち、そして自身もそこに寄ってゆく。「こころ疲れ」た人を慰める、緑陰はそんな空間なのだという捉え方に作者の抒情《じょじょう》がある。

【木下闇】こしたやみ

●夏に木の枝葉が茂って陰になった樹下が暗いこと。植え込みの木陰。木の下闇とも。

木下闇のぼりのぼりてしづかなる衝迫のごと遠の潮騒

山本友一《やまもとともいち》『九歌』

木下闇にのぼって寄せてくるような潮騒《しおさい》が遠くから聞こえてくるという。「しづかなる衝迫のごと」という比喩に、潮騒のリズムと内面に響いてくるものを重ねている。

雨

「雨」に関連することばをまとめて紹介します。

【春雨】はるさめ・しゅんう

●春に降る雨。

春雨をさびしみながら傘のなか
歩幅ちいさくあゆみておりぬ
吉川宏志《よしかわひろし》『夜光』

新しく始まることが多い春に気持ちが疲れたのだろうか。傘の広さから出ないようなとぼとぼとした重い歩み。

暁の雨、朝の雨、昼の雨、夕暮れの雨、夜の雨など時刻をともなった呼び方、また冬の雨、寒の雨など季節をともなった呼び方がある。雨を「さめ」と読ませるのは春雨、秋雨、小雨《こさめ》、氷《ひ》雨《さめ》などがある。

【秋雨】あきさめ・しゅうう

旧かな しうう

●秋に降る雨。秋霖《しゅうりん》。

秋雨《あきさめ》の庭はさびしも樫《かし》の実も
落ちて泡《あわ》だつそのにはたづみ
長塚《ながつか》　節《たかし》『長塚節歌集』

「にはたづみ」は水溜《た》まり。秋雨が季節の進行を教える。樫の実が落ちた水をこまやかに描き寂しさの理由が支えられている。

秋霖の去りて朝よりつつぬけの
空あり思郷をいざなふ高さに
島田《しまだ》修三《しゅうぞう》『東洋の秋』

秋霖が憂鬱に感じられたのか。雨後の抜けるような青空を仰ぐと故郷への思いがわくという。「つつぬけ」の語に勢いがあり「高さ」を導きだす。

【木の芽おこし】きのめおこし

●早春の芽吹きのころに降る長雨。木の芽流し、木の芽起こし、木の芽萌やし。

木の芽おこし卯《う》の花くたし執拗
に雨ふりつづく春あらき雨
中野照子《なかのてるこ》『秘色の天』

「卯の花くたし（腐し）」は卯の花（ウツギの花）を腐らせるほどに続く長雨、五月雨《さみだれ》のこと。木の芽が萌える時期も卯の花の頃も気がつけば長雨が降り続いていて、外出の機会が減ってうんざりしている。しかしその荒々しい雨が地上の生物を育んでいるのだと詠む。

【菜種梅雨】なたねづゆ

●菜の花が咲く三月から四月の頃に小雨が降り続いて寒さが戻るような天気のこと。

降る　何が　降る菜種梅雨　亡
きひとの芽吹きどこかではじま
つてゐる
久我田鶴子《くがたづこ》『菜種梅雨』

一字あけを用いて何が降るのかと問いかけている謎《なぞ》めいた調べ。亡くなった人の魂もどこかで芽吹いてほしいと願う。「菜種梅雨」の季節と「種」に結びついて再生への思いを紡ぐ。

穀雨　こくう

●二十四節気の一つで、太陽暦で四月二十日ごろ。穀物をうるおす春雨の降る季節の意。

ひえびえと穀雨《こくう》は降《ふ》りぬ地方出身都市生活者われらの上に

高野公彦《たかのきみひこ》『雨月』

地方出身者の主人公は故郷の田園に降る雨から遠く離れ、都市のアスファルトの上で雨を見ている。その雨は農作業の季節感から遠く、冷え冷えとして虚しい。

五月雨　さみだれ

●梅雨《つゆ》の雅語的表現。「さ」はさつきの意で、旧暦の五月ごろに降り続く雨のこと。

暁の降るさみだれやわが家はおもても裏も雨の音ぞする

佐藤佐太郎《さとうさたろう》『しろたへ』

五月雨に降りこまれた様子を雨音で表現。明け方の暗い中に目を覚まして、家中が雨音に満ちていることに気がついたのだ。

梅雨の季節やその雨を表す言葉はたくさんある。走り梅雨、荒梅雨、空梅雨、黴雨《ばいう》、青梅雨など。

ぐづぐづと晴れねば女梅雨《をんなづゆ》といふ言ひしはつまらぬ男なるべし

小島《こじま》ゆかり『希望』

「女梅雨」という呼び方に立ち止まった作者。下の句も返し方が爽快である。

たましひに着る服なくて醒めぎはに父は怯えぬ梅雨寒のいへ

米川千嘉子《よねかわちかこ》『たましひに着る服なくて』

気温が下がる「梅雨寒」。病む父の魂や心に着せてあたためるものはないのかという問いが悲しみに深度を与えている。

白雨　はくう

●夕立のこと。

限りなき白雨の線を眺めさすバケツを馬穴と書くさみしさは

梅内美華子《うめないみかこ》『若月祭』

激しく降る雨の中に線を見ている。バケツの中に馬があることにかすかな哀しみを感じて。

驟雨　しゅうう　旧かな　しうう

●にわか雨、夕立の漢語的表現。

爽やかにおどろく心愛《かな》しまん夏の驟雨は街路樹を過ぐ

前田《まえだ》　透《とおる》『断章』

突然の雨に驚く心と夏の雨の涼しさがミックスされた。

日照雨　そばえ　旧かな　そばへ

●日が照っているのに降る雨。天気雨、日向《ひなた》雨、ひでりあめ、きつねの嫁入りともいう。

草紅葉はつか濡らして日照雨《そばへ》
すぐさびしすぎて嘘のやうなり　河野《かわの》裕子《ゆうこ》『家』

秋の草野に降る日照雨を見る。「はつか」はわずか、ほのかという意味。さっと濡《ぬ》らして通り過ぎることと、その雨の寂しさを「嘘《うそ》のやうなり」と名付ける。

きつねの雨ま黒き傘をかざすと
き雨は時間のかなたに降りつ　森岡《もりおか》貞香《さだか》『甃《いしだたみ》』

「きつねの嫁入り」を「きつねの雨」と言い換えている。真っ黒い傘の中に籠もって、その狭い空間から眺める雨は遠いものに感じられるという。

肱笠雨　ひじかさあめ　旧かな　ひぢかさあめ

●にわか雨の呼び方の一つ。ほかに袖笠雨《そでかさあめ》がある。

ははの世に肱笠雨《ひぢがさあめ》といひしもの
きららに虹を立てながら降る　馬場《ばば》あき子《こ》『飛種』

にわか雨と立つ虹のきらきらした光の美しさ、はかなさを見ながら、母の世代が呼んでいた古い呼び名をたぐりよせ懐かしさを覚えている。

時雨　しぐれ

●晩秋から初冬にかけて降ったりやんだりする雨。村時雨、夕時雨など。

名神をはさんで上と下に墓地
みえるあかるい時雨の窓に　魚村《うおむら》晋《しん》太郎《たろう》『花柄』

時雨る日、どこかの窓から墓地が見え名神高速道路の高架が見える。人間の死を表す墓と車社会が、窓というフレームの中に同時に存在する不思議さ。

雨脚・雨足　あまあし

●あめあしとも。雨が降りながら移動してゆくさま、その速さ。
●降り注ぐ雨が筋のように見えるもの。

水面に刺さる一瞬水ならず輪を
ひらきつつ走る雨脚　時田《ときた》則雄《のりお》『緑野疾走』

水面に落ちる雨が描く水の輪を見ながら、「一瞬水ならず」と捉え、雨の動きや速さを擬人的に表現する。

雪

「雪」に関連することばを
まとめて紹介します。

初雪　はつゆき

●その冬初めて降る雪。

ひとは何度初雪といふものを見むゆふぐれの子が空を見てゐる
坂井《さかい》修一《しゅういち》『ジャックの種子』

生きている時間の中で何度も冬を迎え、初雪を見る機会がある。未来を思いながら、初雪を見る偶然性に人生の時間を重ねている。

小雪　こゆき

●少し降る雪のこと。

降ってゐるのかゐないのかわからないほどの小雪が舞ひをりつねに
大口《おおぐち》玲子《りょうこ》『東北』

ちらつく雪がよく見えないまま舞っている。「つねに」が心の不安な状態、心象風景を映し出している。

牡丹雪　ぼたんゆき

●ボタンの花びらのように大きなかたまりの雪片となって降る雪。「ぼたゆき」ともいう。

ぼたん雪降り積む夜のまぶしさを誰に告げまし犀は目覚めて
鷲尾《わしお》三枝子《みえこ》『まっすぐな雨』

動物園にあって孤独に過ごすサイの悲しさを「まぶしさを誰に告げまし」と思いやっている。

雪催い　ゆきもよい　旧かな　ゆきもよひ

●空がどんより曇って今にも雪が降りそうな気配。「ゆきもよう」が変化した語。

寒空《さむぞら》のくもりの底に烏鳴きけしきばみゆく雪もよひの朝
若山《わかやま》喜志子《きしこ》『無花果《いちじく》』

朝の寒空と底冷えする地をよく映し出している。カラスが鋭く鳴いて、いよいよどんよりとした空は雪が降る気配を増しているという。

雪明かり　ゆきあかり

●積もった雪からの散乱光のために夜もあたりが明るく見えること。

清貧の清からうじて夜の窓に雪あかり花のやうに点れり
小島《こじま》ゆかり『ヘブライ暦』

「清貧」の「清」のもとに人は生きていけるのだろうか、という思いがよぎったのだろう。雪明かりに明るんだ、そのささやかさに「清」があるのだと見ている。

風花　かざはな

●「かぜばな」とも。晴天に舞うようにちらつく小さな雪片。

今日一日つわりの妻を眠らせて
家は暮れゆく風花の中
　　　永田《ながた》 淳《じゅん》『1／125秒』

身ごもって悪阻《つわり》に苦しむ若い妻。夫としてはなすすべもない。風花が舞う下にあると俯瞰《ふかん》した表現をとり、ひっそりと籠もっている奥行きを描く。

霙　みぞれ

●雨交じりの雪。

馬の背を被《おほ》へる筵《むしろ》濡らしゐし霙
の白の闇に浮かび来
　　　時田《ときた》則雄《のりお》『ペルシュロン』

霙が凍ってゆく量感が、闇のなかの白という色彩で浮かび上がる。

泡雪・沫雪　あわゆき

●泡のように解けやすい雪。

杉山のたかき尾上《をのへ》に昨夜《きそ》ふり
し沫雪《あはゆき》しろし天《あめ》の御統《みすまる》
　　　前《まえ》 登志夫《としお》『樹下集』

沫雪も高い杉山の尾の上では解けずに白く残っている。空中に見えるその白さを「御統」という玉を貫いた古代の飾りに見立てている。

斑雪　はだれゆき

●うっすらと降り、またまだらに消え残った雪。「はだれ」ともいう。

春はまだ屋後《をくご》にのこる斑雪《はだれゆき》スト
ーブの煤《すす》をのせて凍れり
　　　木俣《きまた》 修《おさむ》『高志』

「屋後」は家屋の背後。斑雪にストーブから出た煤がのっているという描写に生活の現場が濃く宿る。

堅雪　かたゆき

●春に解けかかった雪が夜間に冷えて固く凍りついたもの。

庭くまにこほりつきたる堅雪《かたゆき》に
音たてて降るけふの雨かも
　　　若山牧水《わかやまぼくすい》『くろ土』

固く凍った雪であることが雨が注いで音を立てているということからわかるという、聴覚が生かされた歌。

吹雪　ふぶき

●強い風を伴って横なぐりに激しく降る雪。動詞は「ふぶく」。

最上川逆白波《さかしらなみ》のたつまでにふぶ
くゆふべとなりにけるかも
　　　斎藤茂吉《さいとうもきち》『白き山』

「逆白波」は茂吉の造語だという。故郷の最上《もがみ》川が吹雪く景を立体的、印象的にした。

動物を詠む
——動き回るものたち

蜉蝣　かげろう　旧かな　かげろふ

●トンボに似ているが弱々しく、夏に水辺をよく飛ぶ。カゲロウ目の昆虫の総称。

ひそやかに死にゆく容《かたち》草色の蜉蝣《かげろふ》なれば引く息もなし
富小路禎子《とみのこうじよしこ》『白暁』

人間とは違う死に様を見出す。草色が哀れさをいろどる。

空蟬　うつせみ

●セミの抜け殻。

二荒の山中ふかく空蟬は水楢のしろき幹にすがれり
森岡貞香《もりおかさだか》『黛樹《たいじゅ》』

栃木県の二荒《ふたら》山を歩いたとき、ミズナラの幹に空蟬の懸命な生の名残《なごり》を見た。

地虫　じむし　旧かな　ぢむし

●秋に地中の虫が鳴くことを「地虫鳴く」という。ケラの鳴き声ともいわれる。

山岸に、 昼を 地虫《ヂムシ》の鳴き満ちて、 このしづけさに 身はつかれたり
釈《しゃく》 迢空《ちょうくう》『海やまのあひだ』

連作「島山」の中の一首。旅先で虫の声のみが辺りにめぐることに孤独が押し迫るように感じている。いくつもの旅の記憶を重ねて詠むことも多かった。

蚕　かいこ・こ　旧かな　かひこ

●カイコガの幼虫。春蚕《はるご》、夏蚕、秋蚕と季節によって呼び分けることも。桑子《くわこ》、山蚕《やまこ》ともいう。

大梁のおもたく暗き納屋ぬちに満ちみちて蚕《こ》の息のにほひは
宮原望子《みやはらもちこ》『輪唱』

納屋の堅牢な造りの下で飼育されるカイコの様子を「息のにほひ」と、その存在感を把握する。

蜻蛉　あきつ

●トンボの古名。古くは「あきづ」と濁った。

このゆふべ城に近づく蜻蛉《あきつ》あり武者はをみなを知らざりしかば
水原《みずはら》紫《し》苑《おん》『びあんか』

幻想的な景。城に近づく美しいあきつは、武者の悲しみを知っているようだ。

蛼　いとど

●コオロギの古称。

ふり灑《そそ》ぐあまつひかりに目の見えぬ黒き蛼《いとど》を追ひつめにけり
斎藤《さいとう》茂《も》吉《きち》『あらたま』

明るい日の下で迷っている黒いいとどを追い詰める、嗜《し》虐《ぎゃく》的な行為を描く。

竈馬　かまどうま

●カマドウマ科の昆虫。コオロギやキリギリスに似ているが鳴かない。

病むいのち掠めしごとく一つ跳びまた一つ跳ぶ夜のカマドウマ
滝沢《たきざわ》　亘《わたる》『断腸歌集』

作者は結核を長く病み、つねに死を意識していた。カマドウマが病のわが身を掠《かす》めるような動きと捉える。

馬追　うまおい　旧かな　うまおひ

●キリギリス科の昆虫。すいっちょ、すういっちょとも。

馬《うま》追《おひ》虫の髭《ひげ》のそよろに来る秋はまなこを閉ぢて想ひ見るべし
長塚《ながつか》　節《たかし》『長塚節歌集』

ウマオイの細い髭に秋が来るという繊細な把握の歌。「そよろ」はものが軽く触れ合う音を表す。

初七日の夜の力あるすういつちよ青きうつし身をあらはしにけり
馬《ば》場《ば》あき子《こ》『阿《あ》古《こ》父《ぶ》』

父を亡くした喪失感のなかで、秋の虫の生命力を見つめる。

鉦叩　かねたたき

●カネタタキ科の昆虫。雄は秋にチン、チン、チンと鳴く。

鉦たたきほろびるまへの鉦たたき調子みだれて一《ひと》夜《よ》をあかず

坪野哲久《つぼのてっきゅう》『新宴』

虫の音も途絶えがちになった。滅びる、乱れるという語が命の終末と秋の終わりを予感させるものとなっている。

ちんちろりん

●マツムシの俗称。ちんちろりとも。

ちんちろり男ばかりの酒の夜をあれちんちろり鳴きいづるかな

若山牧水《わかやまぼくすい》『海の声』

「ちんちろり」の音の繰り返しで、調子が生まれている。男ばかりが集う色気のなさにあわれに響いている。

邯鄲　かんたん

●カンタン科の昆虫。雄はルルルルと鳴く。

耳遠きわれに邯鄲を聞かせむと指もて招く縁にゐる妻

早川幾忠《はやかわいくただ》『八十有八年』

カンタンの声を知らせる古妻のやさしい心づかいをこまやかに描写して夫婦愛の深い様子が迫ってくる。

蟷螂　とうろう　旧かな　たうらう

●カマキリの漢名。

蟷螂の前肢さみどりのいたく透き朝の日に高く嚇《いか》れるを見る

河野愛子《こうのあいこ》『魚文光』

カマキリの鋭い前肢の色が高々と持ち上げられるさまに透明でしずかな強さと美を見ている。

道おしえ　みちおしえ　旧かな　みちをしへ

●ハンミョウ科の甲虫の俗称。斑猫《はんみょう》。道しるべ。

斑猫《みちおしえ》さきに行かせて山道を下りぬ人の臭いを帯びて

島田幸典《しまだゆきのり》『駅程』

道おしえに道を譲った気分で山を下る。虫には虫のフェロモンが、人間には人間のにおいがある。

後になり先になりみちしるべ共に行くかの夏の日の岬山の道

成瀬《なるせ》　有《ゆう》『流離伝』

かつて歩いた夏の岬山《さきやま》の道に「みちしるべ」が同行する親しさを描く。

雪虫　ゆきむし

●ワタアブラムシ科の昆虫の俗称。綿虫。雪国で晩秋から初冬のころに出現する。

雪虫の舞ふなか卵型のわが顔小さくなりひとを喪ふ
中城《なかじょう》ふみ子《こ》『乳房喪失』

雪が降るように見える雪虫の飛ぶなかに、恋する人を失った悲しみの顔をさらす。

掌に乗せて綿虫つくづく見たるかな生毛《うぶげ》をたくさん着たる虫たち
河野《かわの》裕子《ゆうこ》『家』

白い綿状の分泌物をつけている様態を「生毛をたくさん着た」と擬人化し、微小の虫をいつくしんでいる。

紙魚・衣魚　しみ

●シミ科の昆虫の総称。和紙・衣料・穀類などを食害する。

わがめぐり紙魚の生れゐて衰へしわが眼見ぬときも紙魚の子うごく
佐藤《さとう》佐太郎《さたろう》『形影』

老いと病で弱くなった視力にシミはもう見えないが、シミの子が生まれて動いている様子を思い描いている。

ででむし

●カタツムリ（陸棲巻貝の総称）の異名。でんでんむし。蝸牛《かぎゅう》、まいまい。

蝸牛《ででむし》の角の秀《ほ》さきの白玉は消《け》なば消《け》ぬべし振りのこまかさ
北原《きたはら》白秋《はくしゅう》『雀《すずめ》の卵』

「秀さき」は尖《とが》った先のこと。蝸牛の角を微細に見つめて「白玉」という形容が美しい。

はるかな森いづくにも充ち水ふくむ蝸牛《くわぎゅう》の角の透きとほりたり
日高《ひたか》堯子《たかこ》『野の扉』

カタツムリの身の濡《ぬ》れた滑らかさと森に生きる充実した季節を表す。

蝸牛《まひまひ》は生きてゐるのか抜殻か草生に白し三月のあめ
石川《いしかわ》不二子《ふじこ》『ゆきあひの空』

動かないカタツムリを春の雨が静かに濡らしている。

蝌蚪　かと　旧かな　くわと

●カエルの幼生。おたまじゃくし。かえる子ともいう。

群《むらが》れる蝌蚪《くわと》の卵に春日さす生れたければ生れてみよ

宮《みや》　柊二《しゅうじ》『日本挽歌』

ひしめくおたまじゃくしに向かってニヒルな言葉をささやく。

水ぎはに沁みてある陽《ひ》やつらつらに黒蛙子《くろかへるご》は鯉に喫《く》はれし

北原白秋《きたはらはくしゅう》『橡《つるばみ》』

池の中の弱肉強食のシーン。「つらつらに」はつくづく、よくよくの意。

蛙　かわず　旧かな　かはづ

●カエルの別名。

けふも雨ふる、蛙《かはづ》よろこびしよぼしよぼに濡れて桜も咲きいでにけり

若山牧水《わかやまぼくすい》『みなかみ』

初句七音が歌謡的。「しよぼしよぼ」のオノマトペに戯画化された蛙。

蛇　くちなわ　旧かな　くちなは

●ヘビの異称。朽ちた縄に似て見えることから呼ばれたという。

棒のごとくちなは落ちし水面よりゆつくりと晝のかなしみきたる

前《まえ》　登志夫《としお》『鳥獣蟲魚《ちょうじゅうちゅうぎょ》』

「棒のごと」という直喩から「くちなは」が硬くまっすぐに落ちたさまがうかがわれる。そののち水面は静まり、作者の茫洋《ぼうよう》とした悲しみを照らした。

蜥蜴　とかげ

●トカゲ亜目に属する爬虫《はちゅう》類の総称。体長二〇センチメートルから、大きなものは三メートルを超すものもある。

八階まで来たるおまへにも青空はさびしきものか蜥蜴うごかず

池谷《いけたに》しげみ『二百箇の柚子《ゆず》』

高層マンションの八階でトカゲを見つけた。トカゲが青空を見上げているように思い、孤独を共有している。

鱗　いろくず・うろくず　旧かな　いろくづ・うろくづ

●魚。魚類のうろこのこと。

玄海の春の潮《うしほ》のはぐくみしいろくづを売る声はさすらふ

岡井《おかい》　隆《たかし》『鷲卵亭《がらんてい》』

玄界灘《げんかいなだ》で獲れた魚を売る声を聞いている。春の穏やかな潮で育まれた魚。

うろくづの跳ねる音よりひそかにて隕石水に墜つる夜あらむ　大西民子《おおにしたみこ》『不文の掟《おきて》』

宇宙から隕石が飛んできて地球のどこかの水に落ちる音は魚が跳ねる音より静かなものであってほしいと空想する。

魚　いお・うお　旧かな　いを・うを

●魚。

魚《うを》食めば魚の墓なるひとの身か手向くるごとくくちづけにけり　水原紫苑《みずはらしおん》『びあんか』

飲食を捉え直した視点は珍しく、命あるものへのやさしい思いと罪の意識がある。

山川登美子知りたくて来し若狭なる魚《いを》食み緑眺むる三日　今野寿美《こんのすみ》『世紀末の桃』

若狭《わかさ》・小浜《おばま》の海で獲れた魚を「いお」と古風に呼んで、登美子《とみこ》の故郷の景にクラシカルな雰囲気を添える。

鮞　はらご・はららご

●魚の卵。とくにサケの卵の一粒をさす。腹子。

幼子《をさなご》は鮭《さけ》のはらごのひと粒をまなこつむりて呑《の》みくだしたり　木俣《きまた》　修《おさむ》『冬暦』

サケの卵の一粒は小さいが幼い子供にとっては呑み下すときも何か一生懸命のようだ。いたいけな姿が父の愛情こもった目線でこまやかに描かれる。

稚魚　ちぎょ

●卵からかえったのち特徴を示すまでに育った魚。

この細き溝川にして水の音稚魚ひきつれて鯉一尾行く　清水房雄《しみずふさお》『獨孤《どつこ》意尚吟《いしやうぎん》』

細い溝川のこんなところにも、大きなコイの後方に稚魚が何匹か泳いでいる。それを見たときの驚きと感心が丁寧な描写から伝わってくる。

燕　つばくらめ・つばくろ

●ツバメの異称。

口そろえ母の餌待つつばくろよ平和はわれの幻想ならず

岸上大作《きしがみだいさく》『意志表示』

巣の中で餌《えさ》を待つツバメの雛《ひな》に一途なものを見ている。その姿に戦後に平和の意味を問う自身の決意を重ねている。

雉子　きぎす

●キジの古名。きぎし。

老松町《おいまつちやう》町うら来れば草高く野《ぬ》つ鳥雉《きぎす》高鳴きにけり

窪田空穂《くぼたうつぼ》『鏡葉』

「野つ」は「野の」の意。町の裏に原っぱが残っていた時代で身近にキジの声を聞いた。

さ青なる蕗の丸葉《まろは》に尾を触りて雉子《きぎし》しまらくうごかざりけり

古泉千樫《こいずみちかし》『青牛集』

青々としたフキの丸い葉にキジの尾が触れた繊細な景を描く。

呼子鳥　よぶこどり

●カッコウ（郭公）の異名ともいわれる。

をちこちのたづきも知らぬ山中におぼつかなくも呼子鳥かな

詠み人知らず『古今和歌集』

「をちこち」はあちこち。「たづき」はよるべ、たより。山中でどちらにいったらよいのか迷ったとき、心もとなく呼びかけるような声を聞く。

告天子　こうてんし　旧かな　かうてんし

●ヒバリの異名。こくてんし。

告天子《こくてんし》ひばりは啼けりおほぞらにひたすら泛ぶ一粒の生《せい》

高野公彦《たかのきみひこ》『淡青』

空高くに停止するように飛ぶヒバリの飛翔と鳴き声を「一粒の生」と称え哀れむ。

鵤　いかる

●スズメ目アトリ科の小鳥。マメマワシ。斑鳩《いかるが》は古名。

移り来て夕《ゆふべ》さびしみ膝行《ゐざり》いづるはしゐにきけば斑鳩《いかるが》のこゑ

岡《おか》麓《ふもと》『涌井《わくい》』

イカルの声を他郷に来て心細く寂しい気分に聞く。縁先に膝《ひざ》をついて進みでるというこまやかな表現がやさしい。

斑鳩《いかる》きてぽぽうと鳴けば幾時代過ぎたるならむ頬づゑをとく
川野里子《かわのさとこ》『五月の王』

「幾時代過ぎたるならむ」がはるかな時間の中を漂っているスケールを出している。

啄木鳥　けら

●キツツキ（啄木鳥）科の鳥の総称。けらつつき、たくぼく。アカゲラ、アオゲラ、コゲラなど。

赤げらの尾の消えゆきし木の間より秋の終りの陽のしづくする
辺見《へんみ》じゅん『幻花』

アカゲラの後頭部は鮮やかな紅色。木の間に注ぐ晩秋の日差しに「しづくする」美しさと寂しさを見ている。

十一　じゅういち　旧かな　じふいち

●カッコウ科のジュウイチ。別名、慈悲心鳥。

さ夜ふけて慈悲心鳥《じひしんてう》のこゑ聞けば光にむかふこゑならなくに
斎藤茂吉《さいとうもきち》『ともしび』

夜中に聞こえてきた慈悲心鳥の声に「光にむかふ」ような一途さを感じている。

あかつきのさへづりの中のひと声を十一と教ふ俳人汝は
吉野秀雄《よしのひでお》『晴陰集』

「十一」の声を聞き分けて教えてくれた俳人は上村占魚《うえむらせんぎょ》。上州高崎の占魚宅に泊まった折の歌。

鶏　かけ・かけろ

●ニワトリの古名。くだかけ（くたかけ）の古名もある。

霜おかぬ今朝の土べに真白羽《ましろば》の鶏《かけ》のついばむ日の光見む
吉植庄亮《よしうえしょうりょう》『開墾』

真っ白な羽に神聖さを見て「日の光」をついばむと捉える。〈庭つ鳥は　かけろと鳴きぬなり　起きよ　起きよ〉（神楽歌）と詠まれている。

現身《うつしみ》の白の鶏が今朝し産みし暖《ぬく》き卵をひとつ割りたり
北原白秋《きたはらはくしゅう》『雀《すずめ》の卵』

採れたての卵の暖かさの実感を「現身の」と形容している。

くたかけの卵を割りてあたたかき朝《あした》の飯《いい》の上に
落しぬ
石田比呂志《いしだひろし》『琅玕《ろうかん》』

卵かけご飯はシンプルな食事だが、そこには飲食の有り難さと喜びがある。

雁が音　かりがね

●雁（カモ目カモ科のガン類の総称）の雅語。雁の鳴き声。

ゆふつ野にかりがねは春のはばたきすああいくつ
ある心のつばさ
坂井修一《さかいしゅういち》『牧神』

春に帰る雁を空に仰いで、自身を含め人間の心にある飛翔の願いに思いをめぐらせている。

鶴・田鶴　たづ

●ツル目ツル科の鳥の総称。つる。

和歌の浦に潮《しほ》満ち来れば潟《かた》をなみ葦辺をさして
鶴《たづ》鳴きわたる
山部赤人《やまべのあかひと》『万葉集』

和歌の浦は和歌山市の海岸。「潟をなみ」は干潟がだんだん無くなるので、の意。これに因んで「片男波《かたおなみ》」という名勝ができた。

北をさし　いま発《た》ちてゆく鶴群《たづむら》の　万羽の声は
空をとよもす
岡野弘彦《おかのひろひこ》『バグダッド燃ゆ』

越冬し帰りゆく鶴の群れの声の迫力に圧倒されている。

鵠　くぐい　旧かな　くぐひ

●ハクチョウの古名。上代にはくくひと呼んだ。

真白なる鵠《くぐひ》八《や》つ居り中《なか》に照る垂尾《たりを》朱《しゆ》を曳くたを
やめの鳥
与謝野《よさの》寛《ひろし》『相聞《あいぎこえ》』

「たをやめ」はやさしく、しとやかな女性のこと。「垂尾」は垂れ下がったしだり尾。ハクチョウのなかに女性の面影を見出すほのかなエロスがある。

ごろすけ・ごろすけほう・ほろすけほう

●梟（フクロウ）の異称。鳴き声を「五郎助ほうほう」と聞きなした。

郊外の霧深みかも今鳴くはほろすけほうほう梟
のこゑ
古泉千樫《こいずみちかし》『屋上の土』

大正四（一九一五）年当時の東京郊外。「深み」の「み」

は原因・理由を示す助詞。「ほろすけほうほう」に情緒がある。

ごろすけほう心ほどけてごろすけほうしんじついとしいごろすけほう
岡野弘彦《おかのひろひこ》『飛天』

「ごろすけほう」を三回繰り返して、愛しさを優しく調べにのせる。

蝙蝠　かわぼり　旧かな　かはぼり

●コウモリの異称。かわほり、かわもりとも。

物のけの出るてふ町の古館《ふるやかた》蝙蝠《かはほり》飛んで人住まずけり
正岡子規《まさおかしき》『竹乃里歌』

物の怪《け》が出るという不気味な噂《うわさ》がたつ古い館。下の句でコウモリが館の住人になったようなホラー的内容。

土竜　むぐら

●モグラの異名。

菜の花のきんの光に打たれしかむぐらの死骸不浄なかりき
四賀光子《しがみつこ》『白き湾』

モグラの命への敬虔《けいけん》な思いが菜の花の光と「不浄なかりき」にこめられている。

駒　こま

●馬の雅語的表現。「子馬」から来ており子馬もさす。古語発音で「むま」ともいう。

駒とめて袖うちはらふかげもなし佐野のわたりの雪の夕暮
藤原定家《ふじわらのていか》『新古今和歌集』

旅の途中で雪に降られた野のわびしさをうたう。『万葉集』長忌寸奥麻呂《ながのいみきおきまろ》の〈苦しくも降りくる雨か三輪が崎佐野のわたりに家もあらなくに〉の本歌取りである。

若駒の立つ足若し足搔《あがき》する母には寄れどいまだ足搔《あが》かぬ
尾山篤二郎《おやまとくじろう》『草籠』

若駒の足を掻く仕草を通してその幼さを見ている。

白馬《あをむま》はかげりくる陽に肌冷えて風立てば耳おどろきやすし
大辻隆弘《おおつじたかひろ》『抱擁韻』

白馬は神馬《しんめ》として奉納されることが多かった。白く美しい馬の肌への讃美が宿る。

黄牛　あめうし

●飴《あめ》色の和牛。

黄牛《あめうし》は体《からだ》の皮たえず動かして蠅おひゐたり近づきみれば

佐藤佐太郎《さとうさたろう》『帰潮』

黄牛に近づいて見て動物のこまかな体の動きを発見している。

猿　ましら

●サルの雅語的表現。

みなかみに筏を組めよましらども藤蔓をもて故郷をくくれ

前《まえ》　登志夫《としお》『縄文紀《じょうもんき》』

動物の中でも人間に姿が似ている猿は人間を投影しやすいものである。川上にいるましらへ呼びかける形をもって故郷を問い直そうとしている。

獅子　しし

●ライオンの和名。唐獅子。

雨の日に身伸べて眠る獅子を見ぬ獅子の見る夢わが夢に来よ

来嶋靖生《きじまやすお》『笛』

動物園で飼育されおとなしいライオン。「獅子」「夢」のリフレインがリズムを生みライオンへの心寄せが楽しい。

ホモ・サピエンス

●現生人類。ラテン語で「知性のある人」の意。

ホモ・サピエンス瞳を醒ましてよ秋森の上にほがらに月昇りたり

築地正子《ついじまさこ》『みどりなりけり』

「ほがらに」は「ほがらかに」と同じで、曇りなき月を形容し、自然界の美を忘れた現代人への呼びかけであろう。

陸封　りくふう

●海の魚が湖沼などの淡水にすみつくこと。ヒメマス、ヤマメなど。

生命は海に生れしとふ海鳴りを身のうちに聴く吾は陸封魚

湊《みなと》　明子《あきこ》『陸封魚』

生命の発生を聞き海の記憶が身の内にあるような感覚を覚えたという。海から切り離された人間を陸封魚に喩える。

コラム

言い換え一覧　動物編

赤蜻蛉（あかとんぼ）　秋茜（あきあかね）
虻（あぶ）　あむ、花虻（はなあぶ）
水馬・水黽・飴坊（あめんぼ）　あめんぼう、すいば、みずすまし
鮎（あゆ）　香魚（こうぎょ）、年魚（ねんぎょ）
猪（いのしし）　い、しし、ちょ、猪（い）の子・家（いのこ）
馬（うま）　ば、め、むま、駒（こま）
馬追（うまおい）　すいっちょ
蝌蚪（おたまじゃくし）　かと、かえるご
蛾（が）　ひむし、ひひる、火取虫（ひとりむし）
蚕（かいこ）　おかいこ、こ、桑子（くわこ）
鳰・鸊鷉（かいつぶり）　にお、におどり、一丁潜（いっちょうむぐり）、息長鳥（しながどり）
蛙・蝦（かえる）　かわず
大蚊（ががんぼ）　蚊蜻蛉（かとんぼ）
蝸牛（かたつむり）　かぎゅう、ででむし、でんでんむし、まいまいつぶり
郭公（かっこう）　閑古鳥（かんこどり）、ふふどり、呼子鳥（よぶこどり）
蟷螂・鎌切（かまきり）　とうろう、疣（いも）じり、疣虫（いぼむし）
かもしか　あおじし、かましし
翡翠・川蝉（かわせみ）　ひすい、しょうびん
雁（がん）　かり、かりがね
雉・雉子（きじ）　きぎす、きぎし
啄木鳥（きつつき）　たくぼくちょう、けら、けらつつき、啄木（たくぼく）
鯨（くじら）　げい、勇魚（いさな）
蜘蛛（くも）　ささがに
黒鯛（くろだい）　かいず、ちぬ、ちん
蝙蝠（こうもり）　へんぷく、かわほり、蚊喰鳥（かくいどり）
蟋蟀（こおろぎ）　ちちろ、つづれさせ
黄金虫・金亀子（こがねむし）　かなぶん、ぶんぶん虫
蜚蠊（ごきぶり）　あくたむし、つのむし、ごきかぶり、油虫
穀象虫（こくぞうむし）　こくぞう、米の虫
魚（さかな）　うお、いお、うろくず、な
猿（さる）　ましら
紙魚（しみ）　きらら、雲母虫（きららむし）
蝶（ちょう）　かわひらこ、ちょうちょ
燕（つばめ）　えん、つばくら、つばくろ、つばくらめ、玄鳥（げんちょう）
鶴（つる）　たづ
飛魚（とびうお）　あご、とびお
蜻蛉（とんぼ）　とんぼう、せいれい、あきつ
飛蝗・蝗虫（ばった）　きちきちばった、はたはた
斑猫（はんみょう）　道おしえ、道しるべ
蟇・蟾蜍（ひき）　ひきがえる、蝦蟇（がま・がまがえる）、谷蟆（たにぐく）
蜩・日暮（ひぐらし）　かなかな
鵯・白頭鳥（ひよどり）　ひよ、ひえどり
蛇（へび）　じゃ、だ、くちなわ
法師蟬（ほうしぜみ）　つくつくほうし
松虫（まつむし）　ちんちろ、ちんちろりん
蓑虫（みのむし）　鬼の子
木菟（みみずく）　ずく、あおばずく
葭切（よしきり）　行々子（ぎょうぎょうし）
綿虫（わたむし）　雪蛍、雪虫

植物を詠む

——大地に根ざすものたち

芽　め

●成長して枝・葉・花になるもの。
●新しく生じるもの、こと。

母を軸に子の駆けめぐる原の昼木の芽は近き林より匂ふ

中城《なかじょう》ふみ子《こ》『乳房喪失』

母と子のほほえましい光景。「母を軸に」は子供が母と一緒にいる喜びを表し、充足して幸せなひとときを春の芽吹きに実感している。

蕊・蘂　しべ

●花の生殖器官。おしべとめしべの総称。

百合の蕊かすかにふるふこのあしたわれを悲しみたまふ神あり

雨宮雅《あめみやまさ》子《こ》『悲神』

神は心弱い人間を悲しみ、許してくれるという。大きな神の存在をあらためて思う朝、百合《ゆり》の蕊が震えるように、主人公の精神も揺れているのだろう。

梅　うめ

●バラ科サクラ属。花は白、紅、淡紅など。春の先駆けといわれる。実は梅干しなど食用にする。

我が園に　梅の花散る　久かたの　天《あめ》より雪の　流れ来るかも

大伴旅《おおとものたび》人《と》『万葉集』

梅の花びらが散るのを雪にたとえていることから白梅だとわかる。「久かたの」は天にかかる枕詞《まくらことば》。太宰府《だざいふ》で催した「梅花の宴」で詠まれた。

わが里の春は遅しと嘆きあひて梅咲く中国山脈を越ゆ

石川不二《いしかわふじ》子《こ》『さくら食ふ』

作者は岡山県で酪農業を営んだ。山を越えて移動する時、春の先駆けの梅花に出会う。作者の住む山里はまだ春に遠いと思いながら。

紅梅にみぞれ雪降りてゐたりしが苑《その》のなか丹頂の鶴にも降れる

前川佐美《まえかわさみ》雄《お》『捜神』

紅梅、みぞれ雪、タンチョウ、美しいものがそろっている一首である。寒く静かな早春、みぞれに濡《ぬ》れてゆく花と鶴。タンチョウが孤高の存在に見えてくる。

お軽、小春、お初、お半と呼んでみる　ちひさいちひさい顔の白梅《しらうめ》

米川千嘉子《よねかわちかこ》『滝と流星』

人形浄瑠璃《じょうるり》の女性の頭《かしら》の白い顔を白梅に見立てた。物語の女性たちの名それぞれから悲しい恋を生きたことへの哀れがにじみ出る。

あたたかな梅酒にねむりゆくときに保存せざりし卵子をおもう

河野小百合《こうのさゆり》『雲のにおい』

青梅を蒸留酒につけこんでできる酒。「あたたかな梅酒」に自愛があり、自身の卵子が消えた空虚との落差が大きい。卵子保存ができるようになり生き方の選択肢も増えた時代に、このような思いがわくこともあるだろう。

梅桃・山桜桃　ゆすらうめ

●バラ科の落葉低木。春に淡紅色の花を開く。果実は赤く熟す。ゆすら。

花あんず紅《あか》きかたへのゆすらうめ遅く咲きつつ早く散りにき

相良《さがら》　宏《ひろし》『相良宏歌集』

病床にあった作者は植物の変化にも敏感に反応した。意外に早く散ったことにはかなさを感じた。

菜の花　なのはな

●アブラナの花。春、茎頂に黄色の十字状の花を総状につける。

過ぎゆきてふたたびかえらざるものを　なのはなばたけなのはなの　はな

村木道彦《むらきみちひこ》『天唇』

通り過ぎたものは恋、友情、青春か。感傷が投げ出されたようにうたわれている。下の句のひらがな表記は呪文のようである。

藤　ふじ　旧かな　ふぢ

●マメ科のつる性落葉木。花序を垂れ、紫色・白色などの蝶形花をつける。長い莢《さや》の実がなる。つるは丈夫で縄や細工物に利用される。

藤の花うすむらさきの宙に垂れ地にはとどかぬ未完なる滝

岩井謙一《いわいけんいち》『光弾』

正岡子規《まさおかしき》は病床で〈瓶《かめ》にさす藤の花ぶさみじかければたたみの上にとどかざりけり〉とうたった。岩井は藤棚の「地にはとどかぬ」花に「未完なる滝」を見ている。

勿忘草　わすれなぐさ

●ムラサキ科の多年草。春から夏にかけて青紫色の小花を多数つける。わするなぐさ。

仏蘭西のみやび少女がさしかざす勿忘草《わすれなぐさ》の空いろの花
北原白秋《きたはらはくしゅう》『桐の花』

フランス人の色白でかわいい少女とワスレナグサ。美しく可憐《かれん》なものに惹《ひ》かれる作者はその抒情《じょじょう》を「空いろ」と表現した。

郁子・野木瓜　むべ

●アケビ科の常緑つる性低木。春に白、淡紅の花をつける。

あたたかき雨の濡らせる郁子《むべ》の花この子の恋にまだいとまある
伊藤一彦《いとうかずひこ》『青の風土記』

春の雨を受けるムベの花のやわらかさに、まだ恋を知らない子供の幼さが重ねられている。父の思いが美しくにじみ出る。

貝母　ばいも

●アミガサユリの別名。中国原産。晩春に淡黄緑色の鐘形の花を下向きにつける。

薄紙につつみて母が持ちくれし貝母の花の今朝は散りたり
上村典子《うえむらのりこ》『貝母《ばいも》』

貝母の花を大切に持ってきた母。その心を思いながら今朝散ってゆくのを惜しむ。花名の漢字に母を重ねて、時間の経過をしみじみと思っている。

柳絮　りゅうじょ　旧かな　りうじよ

●綿毛をもったヤナギの種子。

はつなつの北京《ペキン》しきりに柳絮飛び旅人の背に留まるもありき
蒔田《まきた》さくら子《こ》『截断言』

北京への旅行で飛んでいる柳絮を見たという。かろやかにいくつも浮遊する柳絮は旅のはかない出会いを暗示する。

ライラック

●モクセイ科の落葉低木。ヨーロッパ原産。春に紫、白、赤、青などの香りのよい花が咲く。リラ。

ライラック返り花して咲く傾《なだ》りはなのいのちの力《ちから》技《わざ》見つ
道浦母都子《みちうらもとこ》『青みぞれ』

北国で見たライラックの返り花。植物の計り知れない生命力が作者をはじめ人間を驚かし、励ますのだ。「力技」の語が光る。

むらさきに小花ひしめき香りたつリラの花束持ちてつまづく
篠《しの》　弘《ひろし》『濃密な都市』

花束にしたリラの花。珍しい花材と香りに心がいつになく浮き立つ。結句の「つまづく」には浮き立つ自身の心動きと苦笑いがあるのかもしれない。

薔薇　そうび　旧かな　さうび

●バラ。

ギリシアのクレタの薔薇《さうび》いまに咲く種の瞑想の時間のごとく
馬場《ばば》あき子《こ》『月華の節』

クレタは紀元前にエーゲ海で栄えた古代文明。その遺跡の壁画に描かれたバラを現代人が見ている。「そうび」の読み方がふさわしく、「瞑想《めいそう》の時間」に遠い世へのロマンがこめられている。

茶　ちゃ

●ツバキ科の常緑低木。若葉を摘んで緑茶や紅茶を作るためアジア一帯で広く栽植する。

なつかしき世に逢ふ如し茶の花のひそけく咲ける自然園の道
田谷《たや》　鋭《えい》『母恋』

茶の白い花がぽつぽつと咲いている自然園で遠い昔のような「なつかしき世」に感じられたという。

お茶の葉を燻《くす》べてしばし清めたり鯖切りわけしくさき両手を
米田靖子《こめだやすこ》『水ぢから』

鯖《さば》を切り分けた手に残る生臭い臭いを消すためにお茶の葉を用いるという。「清めたり」に茶葉の効能を信頼している生活の感覚がうかがえる。

ハイビスカス

●アオイ科フヨウ属。園芸ではブッソウゲ類の交雑改良種をさす。仏《ぶっ》桑花《そうげ》。晩夏のころ、大きならっぱ状の五弁花を開く。

ハイビスカス髪に飾りて平和祈念公園に立つささげものわれは
水原紫苑《みずはらしおん》『いろせ』

沖縄県那覇《なは》市の平和祈念公園を訪れた作者。女性である私自身が供花《くげ》となるという発想に、真摯《しんし》な思いがこめられており、ハイビスカスの華麗な花が鮮烈に彩る。

ラベンダー

●シソ科の常緑低木。夏、穂をなして淡紫色の花をつける。花から香料をとる。

夏空の底をふく風のさわさわとめまいのように揺れるラベンダー
柳澤美晴《やなぎさわみはる》『一匙《ひとさじ》の海』

ラベンダーの薄紫の花と青い葉が風を受けていっせいになびくとき現実を揺らすような「めまい」の感覚を覚えさせる。北海道在住の作者が捉えた夏の風と大地の風景。

忘れ草　わすれぐさ

●ユリ科ヤブカンゾウの異名。

それとなく紅《あか》き花みな友にゆづりそむきて泣きて忘れ草つむ
山川登美子《やまかわとみこ》『山川登美子歌集』

「紅き花」は愛《め》でられるもの、目立つものの比喩。控え目な自身の性格を自覚しつつ胸の内にもどかしさや悔しさを秘めているのだ。野に咲く「忘れ草」が自分にふさわしいものとして選ばれている。

梅花藻　ばいかも　旧かな　ばいくわも

●キンポウゲ科の多年生水草。清流中に生育する。夏、水面上に花茎を出し、梅花に似た白花を開く。

ときじくの梅花藻の花水深く咲きつつ稀に水出でて咲く
秋葉四郎《あきばしろう》『東京二十四時』

「ときじくの」は季節はずれという意。『万葉集』の〈川の上のいつ藻の花のいつもいつも来ませ我が背子《せこ》時じけめやも〉を下敷きにしている。水中と、水面にバイカモの白花が群れる。

曼珠沙華　まんじゅしゃげ

●ヒガンバナ科の多年草。ヒガンバナ（彼岸花）。秋の彼岸の頃、赤、白の花をつける。死人花《しびとばな》。

曼珠沙華のするどき象《かたち》夢にみしうちくだかれて
秋ゆきぬべき
坪野哲久《つぼのてっきゅう》『桜』

直線的な茎の上に赤くて細い花びらが反り返っている。作者は夢の中で「するどき象」だと見た。花の華麗さ、自然の形象に及ばないという思いか。

狐らが火あそびをする彼岸花《ひがんばな》濃きくれなゐを野
山にともす
吉植庄亮《よしうえしょうりょう》『光の如し』

ヒガンバナの仲間にキツネノカミソリがある。狐《きつね》たちの「火あそび」もそこから連想されたものか。赤い花のあやしげな美が「ともる」と描かれている。

猫じゃらし　ねこじゃらし

●エノクログサ（狗尾草）の別名。イネ科の一年草。茎頂に芒《のぎ》の多い、犬や猫の尾に似た花穂をつける。

ありなしの風を感じてねこじやらしよごよごよ
ごよごどの穂も動く
河野裕子《かわのゆうこ》『家』

猫じゃらしは見ていても面白く、摘んで遊んでも楽しい。微風に揺れているのを表現したオノマトペが独特である。

山葵　わさび

●アブラナ科の多年草。春、白い花が咲く。根茎は辛味があり薬味に使う。

真清水《ましみず》の流れつめたき山葵田に山葵のぬれ葉《は》み
なゆれうごく
前田夕暮《まえだゆうぐれ》『原生林』

山葵田に入る水の清冽《せいれつ》さを表現している。絶え間なく注ぐ水に濡れて揺れるワサビの葉をこまやかな描写で書き留める。

綿・棉・絮　わた

●アオイ科ワタ属の総称。種子をおおう毛を紡績用にする。
●真綿。衣類や布団などに用いる。
●綿のような毛、綿毛。綿のように見えるもの。綿雲など。

しらぬひの筑紫《つくし》の綿は身につけていまだは著《き》ねど
暖かに見ゆ
沙弥満誓《さみまんせい》『万葉集』

筑紫に赴任し観世音寺《かんぜおんじ》別当であった作者。九州産の綿を見て、まだ身に着けていないけれど暖かそうに見えていいなと、讃えた歌。「しらぬひの」は筑紫にかかる枕詞。

たんぽぽの綿毛は風に吹かれゆき逢はねばうすれむ愛かと想ふ
市村八洲彦《いちむらやすひこ》『唐椿《とうつばき》』

「綿毛」は綿のようにやわらかい毛のこと。タンポポは花のあと白い毛をつけた種になる。風に吹かれて飛んでゆく綿毛にはかなさを感じている。

みづみづとせる庇あはひの空にあふれときの間なれど春の綿雲
山本友一《やまもとともいち》『万春』

「綿雲」は積雲の俗称。庇《ひさし》の上に見上げる春の空、あふれるような綿雲に「みづみづと」した精気を感じて詠まれた。

唐黍・蜀黍　とうきび・もろこし

旧かな　たうきび

●トウモロコシの異名。イネ科の一年草。アメリカ大陸原産。果実は食用や家畜の飼料になる。

唐黍の長き葉蔭に鬚伸びしキリストのゆく夕べとおもふ
加藤知多雄《かとうちたお》『白雁』

トウモロコシの果穂の先から出ている長い毛からキリストの鬚《ひげ》を連想した。夕べの唐黍畑に思索的なものが付け加えられた。

はつあきの野の外光《ぐわいくわう》に火葬場の煙突が赤し、蜀黍畠
前田夕暮《まえだゆうぐれ》『生くる日に』

見渡す景色に赤い煙突、もろこし畑などが見える。「外光」の明るさに火葬場ははかない人の命を教えるように見えたのだ。

馬鈴薯　ばれいしょ

●ジャガイモの別名。ナス科の多年草。南米アンデス原産。白または淡紫色の花を開く。地下茎の先にデンプンが蓄えられて芋となる。

馬鈴薯を優しく抱く黒土になりきつてゐる終日われは
時田則雄《ときたのりお》『ペルシュロン』

作者は北海道十勝《とかち》で長年農業を営んできた。馬鈴薯がよく育ってほしいと願いをこめて作業する。「黒土になりきつてゐる」にユーモアとあたたかさがある。

団栗　どんぐり

●カシ、ナラ、クヌギなどのブナ科コナラ属の果実の俗称。

団栗はまあるい実だよ樫の実は帽子があるよ大事なことだよ

小島《こじま》ゆかり『月光公園』

幼い子供に呼びかけている歌。やさしくシンプルな言い方によって伝えたいもの、覚えておいてほしいものを表している。丸くて帽子があって一つ一つ違う実。「大事なことだよ」は大人にも何かを思い出させる。

宿り木・寄生木　やどりぎ

●ヤドリギ科の常緑低木。他の木の枝などで種子が発芽し寄生する。
●他の木に寄生する草や木。

移り来てさびしき心を寄らしむる楢《なら》の木立に寄生木《やどりぎ》繁る

北沢郁子《きたざわいくこ》『塵沙《じんしゃ》』

ナラの木に寄生してできた繁りは、寂しい心を寄らせたものだと見ている。「移り来」たものに人間の心を投影している。

譲葉・楪　ゆずりは　旧かな　ゆづりは

●ユズリハ科の常緑高木。夏に黄緑色の花をつける。葉は新年の飾りに用いられる。ゆずる葉。

時々の自然《ナツーラ》の移ろひを超ゆるものゆづり葉の緑を愛す

扇畑忠雄《おうぎはたただお》『植物相』

「ナツーラ」というラテン語の読み方によって哲学的な視点で見ていることが伝わる。ユズリハの生長は、他に流されない意志を持つようだと見ている。

無患子・木槵子　むくろじ

●ムクロジ科の落葉高木。種は羽根突きの玉、材は器具に使う。

人間《ひと》ならば無愛想なる姿にて樹齢二百年の無患樹《むくろじ》

沖《おき》ななも『機知の足首』

長い歳月を生きてきたムクロジの木に向き合った。「無愛想」に立って世の中に向いているようだと喩える。物を言わない木を作者なりに解釈しているのだ。

メタセコイア

●ヒノキ科の落葉高木。アケボノスギ。

メタセコイアの梢を徐徐に見上げゆき空の広さに導かれたり

羽生田俊子《はにうだとしこ》『時のつばさ』

梢の緑を見上げて視界の先には空が広がる。「導かれたり」はメタセコイアによって見ることができたという謝意が含まれている。

【なんじゃもんじゃ】

旧かな　なんぢやもんぢや

●珍しい樹種や巨木をさしていう称。クスノキ、ヒトツバタゴ、バクチノキなど。あんにゃもんにゃ。

生れは甲州鶯宿峠《おうしゅくとうげ》に立っているなんじゃもんじゃの股からですよ
山崎方代《やまざきほうだい》『右左口《うばぐち》』

樹種が不明であったので地元の人々に「なんじゃもんじゃ」と呼ばれていた。出自について「股からですよ」と人を食ったような言い方でユーモラスにうたう。

【茂り・繁り】

しげり

●樹木が鬱蒼《うっそう》と繁茂すること。またその場所。

山上の日光《ひかり》は寂し栂《つが》の木の黒き茂りに入り行かむとす
島木赤彦《しまきあかひこ》『氷魚』

遮るもののない山上に開放感ではなく寂しさを感じている。日の光が明るければ明るいほど、ツガの茂る暗さに向かって行こうとする。

【返り花・帰り花】

かえりばな

旧かな　かへりばな

●季節はずれの花。返り咲きの花。狂い咲き。

返り咲きの花をこぼして崖の上《へ》の樹のさびしさは見られたりけり
宮原望子《みやはらもちこ》『文身《タトウー》』

崖の上の樹はふだんはあまり見上げないが、返り咲きしているので気づかれた。人の目にさびしく見上げられたという情感がしみじみとする。

【上枝・秀つ枝】

ほつえ

●木の上のほうの枝。ほづえ。

かな網の大鳥籠に木を栽《う》ゑてほつ枝下枝《しづえ》に鶸《ひは》飛びわたる
正岡子規《まさおかしき》『竹の里歌』

鳥小屋に金網を張って中に木を植えたものだろうか。ヒワが枝を飛び移るさまを見て楽しんでいる。

下枝　しずえ　旧かな　しづゑ

●木の下のほうの枝。したえだ。したえ。

上枝《ほづえ》なるは空にかがよひ下枝《しづえ》なる垂りて咲きたる山桜花

若山牧水《わかやまぼくすい》『黒松』

山桜の上枝と下枝の違いをスケッチして、一本の木の花の季節を満喫している。

木末　こぬれ

●木の末。木の幹の末端。こずえ。うれ。

汽車の音の走り過ぎたる垣の外《と》の萌《も》ゆる木末に煙うづまく

正岡子規《まさおかしき》『竹の里歌』

汽車の音を聴いた聴覚から、木の末《うれ》に汽車の煙がうずまいたのを見た視覚へと、五感で捉えて描写している。

病葉　わくらば

●病気や虫に食われて枯れた葉。破れ乱れた葉。

病葉のように言葉は蝕んでうたってもうたっても荒れ野だ

岡田衣代《おかだきぬよ》『パールグレイの瞑想《めいそう》』

言葉を病葉に、心を「荒れ野」に喩え、なかなか回復しない傷ついた心と出口が見つからない焦燥を詠む。

朽ち葉　くちば

●朽ちた落ち葉。枯れ葉。

芝の上にゆづる葉の朽葉《くちば》風に立つを鳥かと思ふ秋立ちにけり

河野愛子《こうのあいこ》『黒羅《こくら》』

「ゆづる葉」はユズリハの古名。新葉が伸びたあと古い葉が枯れ落ちる。鳥のように錯覚した驚きを繊細にうたう。

裸木　らぼく

●葉をすべて落とした木。はだかぎ。

裸木よりさびしき人間《ひと》の骨が鳴る木枯しの渋谷街交差点

小島《こじま》ゆかり『獅子座《ししざ》流星群』

大勢の人が行き交う渋谷《しぶや》の交差点で木枯しの音に人の骨が鳴る音を重ねた。裸木よりも寒々とした感覚であろう。

花

「花」に関連することばをまとめて紹介します。

【花】はな

●種子植物の花葉と花軸からなる部分。受精して実を結ぶ機能を有する。
●花の代表として特に桜の花をさす。
●華やかで人目をひくもの。
●美しく貴く思うもの。

花の上に花重なりて仄ゆれてうすくれなゐに花あかりせり
細井《ほそい》教子《のりこ》『草明かり』

「花あかり」が詠みこまれる。花びらの一つ一つは小さく薄いが、それが重なって「うすくれなゐ」に見える。「仄《ほの》ゆれて」の表現が繊細な動きを捉えている。

【花影・花陰】はなかげ

●咲いた花の下かげ。

花かげに顔ほのじろき子を抱けりあはれ〈春愁〉を抱《いだ》く思ひに
杜澤《とざわ》光一郎《こういちろう》『黙唱』

幼子の色白の顔がいたいけに見え感慨を誘う。〈春愁〉のように切ないものだという思いは親になった自身の重さであろう。

【花冷え】はなびえ

●桜咲く頃の急な寒さ。

花冷えの夜に取りいだすヒーターは埃のにほひたてて点りぬ
上田《うえだ》三四二《みよじ》『照徑』

しまっていたヒーターを出し「埃《ほこり》のにほひ」に生活の実感と臨場感がある。

【花見】はなみ

●桜花の下の宴。

慶長三年醍醐の花見にわれもゐて酌も仕事と教へられたり
尾﨑《おざき》朗子《あきこ》『タイガーリリー』

男女が対等に働く時代とはいえ、まだ女性に暗黙のうちに求められることがある。お酌もその一つ。豊臣《とよとみ》秀吉《ひでよし》が催した醍《だい》醐《ご》の花見を借りて、知的ユーモアでくるんだ歌。

【花吹雪】はなふぶき

●桜の花びらが散るのを吹雪に見立てていう。

天よりか地よりかふいに風おこり狂うてみよと花吹雪する
水野《みずの》久子《ひさこ》『花ほむら』

桜花のはかなさを思い知る花吹雪。「天よりか地よりか」はスケールが大きい。いっとき激しく花が舞うさまは内に秘めた思いを呼び起こすように感じるのだ。

【花筏】はないかだ

●水面に連なる花びらを筏に見立てたもの。

花筏わけて漕ぎゆくいっそうの
ボートの上のしずかなる父子《おやこ》

鷲尾三枝子《わしおみえこ》『褐色のライチ』

東京千鳥《ちどり》ヶ淵《ふち》の堀でボート乗りを楽しむ父と子。堀の水面にたくさん浮く花筏とボートの景が桜の季節に現代的な情趣を加える。

【花嫁】はなよめ

●新婦、嫁となる女性の美称。

馬の背の花嫁さんは十六歳方
代さんのお母さんなり

山崎方代《やまざきほうだい》『迦葉《かしょう》』

歳をとってから母親の人生を思う時、若く美しい日があったことを思い描いている。

【花びら・花弁】はなびら

●花冠を構成する片。

花びらの吹雪ける下にならびゐ
る血縁といふはさびし墓石も

志垣澄幸《しがきすみゆき》『鶴の説』

親族と墓石に花びらが降りかかる。落花のはかなさに「血縁」も「墓石」もこの世のまぼろしのように思えて寂しい。

桜

「桜」に関連することばをまとめて紹介します。

【桜】さくら

●バラ科サクラ属。日本に多くの種類がある。

見渡せば柳桜をこきまぜて都
ぞ春の錦なりける

素性法師《そせいほうし》『古今和歌集』

詞書《ことばがき》に花盛りの京を見やり詠んだとある。柳の緑と薄紅の桜をとりまぜた錦に見立てた。春の錦としたのは秋の紅葉を錦と見立てるものであるため。

さくらさくらいつまで待っても
来ぬひとと／　死んだひととは
おなじさ桜！

林《はやし》あまり『マース・エンジェル』

浄瑠璃《じょうるり》の女性の叫びを現代の言葉にした迫力ある歌。「夜桜お七」（唄・坂本冬美）の歌詞の元歌である。

【桜花】さくらばな・おうか　旧かな　あうくわ

●桜の花。

桜ばないのち一ぱいに咲くから
に生命《いのち》をかけてわが眺めたり

岡本《おかもと》かの子《こ》『浴身』

「桜百首」の巻頭歌でかの子の代表作。桜に作者の生命をかけて呼応しようとする純真な歌。

さくら花幾春かけて老いゆかん
身に水流の音ひびくなり

馬場《ばば》あき子《こ》『桜花《おうか》伝承』

幾春の時間を内包する桜。老いとは時間を抱くことなのだ。身の内に聞く水流は時間と命の音であるだろう。

【山桜】やまざくら

●桜の一種で葉と同時に花が開く。

うすべにに葉はいちはやく萌え
いでて咲かむとすなり山桜花

若山牧水《わかやまぼくすい》『山桜の歌』

ヤマザクラを愛し集中的に詠んだ牧水。「うすべに」の若葉が萌えるのを「いちはやく」と期待感をもって描く。

【染井吉野】そめいよしの

旧かな　そめゐよしの

●エドヒガンとオオシマザクラの交配からできた桜の一品種。日本各地にある。一重の花は薄紅から白く変わってゆく。

木の間なる染井吉野の白ほど
のはかなき命抱く春かな

与謝野晶子《よさのあきこ》『白桜集』

人間の命のはかなさをソメイヨシノの白い花にたとえて感慨を深く詠む。日本神話の木花開耶姫《このはなさくやひめ》も有限の命とされた。

【八重桜】やえざくら

旧かな　やへざくら

●八重咲きで淡紅、紅などに咲く品種。ぼたんざくら。

いにしへの奈良の都の八重ざく
らけふ九重《ここのへ》ににほひぬるかな

伊勢大輔《いせのたいふ》『詞花和歌集』

昔の都であった奈良に咲いた八重桜が今日（京）は宮中で見事に美しく咲いていることよ。九重は宮中のことでまた八重に対して誉める意味を持たせている。一条院の御代に献上された奈良の八重桜を作者が命に従って詠んだ。

【枝垂桜】しだれざくら

●枝が長く垂れ花は淡紅、白、紅色などに咲く品種。

夕光《ゆふかげ》のなかにまぶしく花みちて
しだれ櫻は輝《かがやき》を垂る

佐藤佐太郎《さとうさたろう》『形影』

枝垂桜の美しさ、量感を見事に集約した名歌。「輝を垂る」は永遠性が感じられる表現。

稲

「稲」に関連することばをまとめて紹介します。

【代】しろ

●田地。水田として開かれた湿地。

春の虹ただうすくのみ懸りゐて代田《しろた》は寒き夕のさざ波

木俣《きまた》　修《おさむ》『高志』

さざ波がたっているので代田には水が張られているのだろう。虹がかかり、まだ肌寒い春の夕暮れの美しい一瞬を捉えた。

【苗】なえ　旧かな　なへ

●種子が芽を出してから移し植えるまでの幼い草木。苗木。

遠近を腕の力にはかりつつ明日植うる田に苗束投ぐる

城《じょう》　幸子《さちこ》『みどりを放つ』

イネの苗束を田んぼに向かって投げるということに作業の力強さが見えてくる。遠近を目ではなく腕で測っているというのだ。明日の田植えに対する意気込みがこもっている。

【早苗】さなえ　旧かな　さなへ

●苗代から田へ植える頃のイネの苗のこと。

傾きてをりし早苗の立ち直り列正したり葉はまだ伸びず

森田《もりた》アヤ子《こ》『かたへら』

植えたばかりの早苗を心配して見ている。早苗の姿を描写する動詞によって根付いてゆく成長が生き生きと描かれた。

【水張り田】みはりだ

●水を入れた田。水田。

水《み》張《は》り田に映る五月の空の色截りて早苗の点描つづく

伊吹《いぶき》　純《じゅん》『切り通し』

田植えをおこなった後のまだ水面が見える田。「空の色截《き》り」と絵画の用語「点描」と続けたことによって、初夏の美しい景が立ち上がってくる。

【早稲】わせ

●イネの品種で早く成熟するもの。

●他のものより生長が早いこと。早熟なこと。

秋篠《あきしの》のみ寺の前に早稲田刈る利鎌《とがま》さくさく聞きのさやけさ

吉野秀雄《よしのひでお》『晴陰集』

奈良の秋篠寺の周囲は鄙《ひな》びた田園地帯である。早稲を刈る利鎌の摩擦音を聞いている作者も清々《すがすが》しい気分になってゆく。「さくさく」「さやけさ」のサの音がそれを支えている。

【棚田】たなだ

●段丘に作られた水田。

山峡の棚田は四角も眉形もありて夕ぐれを黒く光れる
大塚洋子《おおつかようこ》『雲迅く』

地形に沿った棚田は一つ一つ形が異なる。「四角」「眉形」の田を夕暮れに暗みゆく水が教える。

【稲の花】いねのはな

●イネは茎の先に多数の小花をつける。開花は好天の午前に限られ自家受粉する。

稲の花うかべ走るを花水と教へてくれし人も逝きたり
小西久二郎《こにしきゅうじろう》『湖《うみ》の挽歌』

「花水」という呼び名を教えてくれた人を偲《しの》ぶ。田に続く堰水《せきみず》が「うかべ走る」美しさ。

【稲刈り】いねかり

●熟したイネを刈り取る。

峡ふかきかたむく棚田に田下《たげ》駄《た》穿き頰冠る農婦のろく稲刈る
結城哀草果《ゆうきあいそうか》『おきなぐさ』

人の手で稲刈りをしていた頃の歌。棚田の風景、働く女性の素朴な姿が丁寧な描写によって映像的に立ち上がる。

【脱穀】だっこく

●穀粒を穂から取り離すこと。

田の真中にのんのんのんのん働きて機嫌よかりし脱穀機の音
河野裕子《かわのゆうこ》『歩く』

脱穀機を擬人化し秋の田の作業の音を楽しんでいる。オノマトペが音楽的でつぎつぎに稲穂をかける豊かな情景が浮かぶ。

【稲架】はさ

●稲掛け。はざ。

諦めて田に掛け残す長稲架《はさ》の稔りなき穂に降る雪は積む
菊池映一《きくちえいいち》『天に向く坂』

冷害によって実が熟さなかった穂。長く渡した稲架に掛けたまま冬となり、雪を積む情景に落胆がにじむ。

コラム

言い換え一覧　植物編

赤のまんま　赤のまま、犬蓼（いぬたで）の花
馬酔木（あせび）　あしび、あしみ
隠元豆（いんげんまめ）　いんげん、藤豆
狗尾草（えのころぐさ）　猫じゃらし
片栗の花（かたくりのはな）　かたかごの花
蕪（かぶ）　かぶら、すずな
南瓜（かぼちゃ）　なんきん
茸（きのこ）　たけ、くさびら
キャベツ　甘藍（かんらん）、玉菜（たまな）
楠・樟（くす）　くすのき
芥子の花（けしのはな）　ポピー
紫雲英（げんげ）　蓮華草（れんげそう）、げんげ田
黄葉・紅葉（こうよう）　もみじ
桜草（さくらそう）　プリムラ
さくらんぼ　桜桃（おうとう）
薩摩芋（さつまいも）　甘藷（かんしょ）
百日紅（さるすべり）　ひゃくじつこう
三色菫（さんしきすみれ）　パンジー

羊歯・歯朶（しだ）　裏白（うらじろ）
自然薯（じねんじょ）　山芋、長芋
沙羅（しゃら）　さら、夏椿
蓴菜（じゅんさい）　ぬなわ
菖蒲（しょうぶ）　あやめ草
白詰草（しろつめくさ）　クローバー、うまごやし
忍冬（すいかずら）　にんどう
睡蓮（すいれん）　未草（ひつじぐさ）
鈴懸・篠懸（すずかけ）　プラタナス
芒・薄（すすき）　尾花（おばな）、花芒
大根（だいこん）　だいこ、おおね、すずしろ
筍・竹の子（たけのこ）　たかんな
土筆（つくし）　つくしんぼ、つくづくし
露草（つゆくさ）　月草、蛍草（ほたるぐさ）
石蕗の花（つわぶきのはな）　つわのはな
梯梧の花（でいごのはな）　海紅豆（かいこうず）
鉄線花（てっせんか）　クレマチス
玉蜀黍（とうもろこし）　もろこし、とうきび、きみ
梨（なし）　有の実（ありのみ）
茄子（なす）　なすび
薺（なずな）　三味線草（しゃみせんそう）、ぺんぺん草

苦瓜（にがうり）　ゴーヤー、つるれいし
大蒜（にんにく）　ひる
凌霄花（のうぜんかずら）　のうぜん、のうぜんのはな
葉鶏頭（はげいとう）　雁来紅（がんらいこう）、かまつか
蓮（はす）　はちす
帚木（ははきぎ）　箒木（ほうきぎ）、ほうきぐさ
薔薇（ばら）　しょうび、そうび
馬鈴薯（ばれいしょ）　じゃがいも、ポテト
向日葵（ひまわり）　日車（ひぐるま）、日輪草（にちりんそう）
瓢箪（ひょうたん）　ひさご、ふくべ
仏桑花（ぶっそうげ）　ハイビスカス
鳳仙花（ほうせんか）　爪紅（つまくれない・つまべに）
仏の座（ほとけのざ）　田平子（たびらこ）
茉莉花（まつりか）　ジャスミン
木槿（むくげ）　底紅（そこべに）
夕菅（ゆうすげ）　黄菅（きすげ）
ライラック　リラ

第三章

時空

時間を詠む——朝から夜へ、年月

空間を詠む——私たちのめぐり

時間を詠む
——朝から夜へ、年月

暁　あかつき

●夜明け。あかとき。「明か時」から転じた語である。なお、類語に未明、味爽《まいそう》、払暁《ふつぎょう》がある。

あかつきの空にざわめく幾万のよろこびもなき
剃刀の刃
山田富士郎《やまだふじろう》『羚羊譚《れいようたん》』

たくさんの剃刀《かみそり》の刃《は》が暁の空に鳴ることから男性のひげそりを暗示する。毎朝の身支度にこもる苦さ。

樹は水をしまいてたてり味爽《まいそう》のはじめてのひかり
は梢に及ぶ
永田和宏《ながたかずひろ》『饗庭《あえば》』

「味爽（旧かな・まいさう）」を詠みこむ。樹木の内部の水、梢に差す朝光によってその命をスケール大きく描く。清々《すがすが》しく神聖な樹の存在を見上げる。

払暁に投げ込まれたる新聞の冷えさだかなる音
を聞きたり
桜井健司《さくらいけんじ》『平津《ひらつ》の坂』

「払暁」を詠みこむ。夜明けに聞こえてくる新聞配達の物音も寒く乾いていると感受する。荒っぽく急いでいる音が朝を知らせる。

曙　あけぼの

●夜がほのぼの明けはじめるころ。清《せい》少《しょう》納《な》言《ごん》が書いた随筆『枕草子』の第一段は「春は、曙。やうやう白くなりゆく、山際すこし明かりて、紫立ちたる雲の細くたなびきたる」。四季の美しさや趣について「夏は、夜。」「秋は、夕暮れ。」「冬は、早朝《つとめて》。」と続く。

むらさきに菫《すみれ》の花はひらくなり人を思へば春は
あけぼの
宮《みや》　柊二《しゅうじ》『緑金の森』

人を恋う気持ちが、春を迎える明るさやあたたかさと連動し、「春はあけぼの」と明るい調子でうたいとめる。

黎明　れいめい

●夜明け。
●物事がはじまろうとする時。

黎明の梢につどう鳥のこえあたたかき血のめぐ
るもろ声
橋本喜典《はしもとよしのり》『黎樹《れいじゅ》』

明け方、鳥の声にその命を思い、身をめぐる血を思う。「もろ声」は鳥たちの重なる声である。

東雲　しののめ

●東の空がわずかに明るくなるころ。「東雲の」という枕詞《まくらことば》では、「明く」にかかる。

午前四時五時まだ過ぎずしののめの靄降れる間《ま》
のわれのたのしさ
若山牧水《わかやまぼくすい》『さびしき樹木』

夜が明けゆくのを待っている。靄《もや》にだんだん白っぽくなる、微妙な移り変わりを楽しんでいる。

ほかに、夜明け、日の出のころを表す言葉に、「晨《しん》」「旦《たん》」がある。旦は日が地平線よりのぼる意である。

朝朗け　あさぼらけ

●朝方の空がほのかに明るくなったころ。

あさぼらけひとめ見しゆゑしばだたくくろきま
つげをあはれみにけり
斎藤茂吉《さいとうもきち》『赤光《しゃっこう》』

ひと目見て忘れられなくなった乙女の、黒い睫毛《まつげ》や目元がよみがえってくる。「あさぼらけ」の光のなかで、人を恋う気持ちが確かめられている。連作「おひろ」の一首。

朝日子　あさひこ

●朝日、朝の太陽のこと。子は親愛をこめた接尾語。

ゆらゆらと朝日子あかくひむがしの海に生れて
ゐたりけるかも
斎藤茂吉《さいとうもきち》『赤光《しゃっこう》』

「朝日子」を茂吉は好んで使った。「ひむがし」は東のこと。ダイナミックな自然と一体化した、神聖な日の出をうたう。

朝明・朝開　あさけ

●あさあけの転。朝早いころ。

あたらしき馬糞《まぐそ》がありて朝けより日のくるるま
で踏むものもなし
斎藤茂吉《さいとうもきち》『ともしび』

馬が生活圏を歩いていた時代の風景である。ほぼ一日中、路上に馬の糞があったのが気になったのだ。

終日　ひねもす

●朝から夕方まで。一日じゅう。

ひねもすを　曾孫にをしへ余念なし。火遁　水遁　壁ぬけの術
岡野弘彦《おかのひろひこ》『バグダッド燃ゆ』

火遁《かとん》、水遁《すいとん》、壁ぬけの術は忍術の法。曾孫に教えている曾祖父は、すべてを授けようとしているかのようだ。

終日　ひもすがら

●一日じゅう。「ひねもす」と「よもすがら」が混交した語。

日もすがら光り消えたりうねり波思ひ出したりまた忘れたり
北原白秋《きたはらはくしゅう》『雲母集』

三浦半島の城ヶ島の海をうたったもの。三浦三崎に移住してからの白秋は自然の景に新たなものを発見してゆく。一日の、海の波の揺らめきや光を描きながら、海を擬人化したもののようにも読める。「たり」を三度重ねて、それが波や光の揺れのようなリズムとなっている。

ひもすがら北風《きた》に吹かれてゐる樹木を窓に眺めて業務終へたり
志垣澄幸《しがきすみゆき》『夏の記憶』

仕事場の窓から見える樹木。北風に一日中吹かれている樹木を我が身や人間に重ねることは樹木の痛みを汚すことだと思っているのだろう。

日盛り　ひざかり

●一日のうちで日光のいちばん強い時分。特に、夏の午後の暑い盛りをいう。

ふたたびは死なざるものを汽車発てば湖《うみ》現るる日ざかりの駅
清水正人《しみずまさと》『波座』

生も一回、死も一回である。改めて考える時、汽車に隠れていた湖の景色が駅の向こうに広がる。

かわたれ　旧かな　かはたれ

●「かわたれどき（彼は誰時）」を略した言い方。おもに明け方の薄暗い時をさす。夕暮れ時は多く「たそかれどき」をいい、「かわたれどき」を夜明け前のころにいう。

かはたれ時《どき》ほのぐらき庭におり立ちぬ夜露ふふみてねむれる牡丹
佐佐木信綱《ささきのぶつな》『瀬の音』

「かはたれ時」と「夜露」に一夜の経過を表している。「ほのぐらき」「ふふみて」には、やわらかな言葉の響きと繊細な観察の目がある。

黄昏　たそかれ・たそがれ

●「たそかれどき（誰そ彼時）」を略した言い方。夕方の薄暗い時。夕暮れ。

たそがれはうすあおくきて卓上のココアふたつをすこし冷ましぬ
佐藤《さとう》弓生《ゆみお》『薄い街』

黄昏は薄い青色として室内を染めるとうたう。具体的な時間ではなく青い影がココアを冷ましたように感じられ、ちょっとした言葉遣いで詩的になっている。

夕さる　ゆうさる　旧かな　ゆふさる

●夕方になる。「さる」は「来る」「〜になる」の意の自動詞で、時が自然にめぐり移ることを表す。名詞は「夕さり」。

ゆふされば大根の葉にふる時雨《しぐれ》いたく寂《さび》しく降りにけるかも
斎藤《さいとう》茂吉《もきち》『あらたま』

茂吉のこの有名な歌は、冬の時雨と暮れ方の暗さがわびしさを引き立てる。「ゆふされば」は夕方になるとの意。「いたく」はずいぶん、ひどくの意。

夕間暮れ　ゆうまぐれ　旧かな　ゆふまぐれ

●夕方のうす暗いこと。夕暮れ。「まぐれ」は「目暗」の意で、「間暮」の字が後世に当てられた。

置時計よりも静かに父がいる春のみぞれのふるゆうまぐれ
藤島《ふじしま》秀憲《ひでのり》『すずめ』

父を在宅介護していた作者。黙りこんで存在感を薄くした父の様子も気づきの一つ。ひらがな表記で春の寒い夕暮れをやさしく描く。

今宵　こよい　旧かな　こよひ

●今日の宵。

ひろしまの流灯一つわが家にゆらめき着きし思いぞ今宵
山田《やまだ》あき『流花集』

原爆の被害を受けた広島は八月六日に追悼し、死者の鎮魂のために灯籠流しをする。作者の家は広島から遠く離れた東京であるが、意識の中で遠くから流れてきたような思いになったという。

夜半　よわ　旧かな　よは

●夜中。

夜半さめて見れば夜半さえしらじらと桜散りおりとどまらざらん

馬場《ばば》あき子《こ》『雪鬼華麗』

夜中に見た桜の白い落花に「とどまらざらん」と無限なるものを描く。とどまらないのは時間であり、花と人の命の有限を知らしめる。

終夜　よすがら・よもすがら

●夜通し。一晩じゅう。

かたはらにもののけ姫のねむれるや夜もすがら降る落葉なりけり

前《まえ》登志夫《としお》『鳥總立《とぶさだて》』

床の中で落葉の音を聞いている。そばに「もののけ姫」が来て眠っているからだろうか、という発想が老年の自在さをきわだたせる。

昨夜　よべ

●昨晩。よんべ、ようべとも。

昨夜《よべ》聴きし狐の声のすさまじさ思ひてまたも目を閉づあはれ

吉井《よしい》勇《いさむ》『形影抄』

京都の北白川に住まいを移してからの歌で、里におりてきた狐《きつね》の鳴く声を聞く。その声のすさまじさを思い、命のかなしさが沁みてくる。結句の「あはれ」は感動詞で、文末に付いて悲しみや愛惜の感動を表す。

刹那　せつな

●きわめて短い時間。瞬間。

自転車に乗り得し刹那男子《おのこご》は神を宿して眼《まなこ》明るむ

柴田《しばた》典昭《のりあき》『パッサカリア』

二輪の自転車をやっと乗りこなすことができた幼い男子の表情を描く。眼に神が宿っているという発見に喜びの共有がある。

玉響　たまゆら

●しばしの間。ほんの少しの間。

蓮の葉に玉ゆら結ぶ朝露の大き小さきいづれも晶《すず》し

秋山佐和子《あきやまさわこ》『彩雲』

蓮《はす》の葉にのる露。「晶《すず》し」という読み方をしてきらきらした感じと涼しい雰囲気を出している。

頃おい　ころおい　旧かな　ころほひ

●ある時間や時期を漠然とさす、文語的な言い方。

いくばくか曇あかるく日の運《めぐ》り部屋のまともに当るころほひ

佐藤佐太郎《さとうさたろう》『しろたへ』

広大な空の変化を捉える感覚が冴えている。「部屋のまともに」は真正面の意。

明け方　あけがた

●夜が明けるまぎわの、まだ暗い頃。

昼靄《ひるもや》の寒くこめたる街をゆく明《あけ》がたの夢よみがへりつつ

佐藤佐太郎《さとうさたろう》『歩道』

明け方の夢がよみがえってきた不思議な感覚は靄がかかって冷える昼の身に起きた。

朝方　あさがた

●夜が明けた朝のあいだ。

青白《あをじろ》く壁にうつれるわがかげも朝がたゆゑに見なければならず

前川佐美雄《まえかわさみお》『植物祭』

起きてふたたび現実に戻ったときに青白い無気味な影が自身のものとして映っている憂うつ。

夕つ方　ゆうつがた　旧かな　ゆふつがた

●夕がた。「つ」は上代の格助詞で「の」の意。

からたちの花ほの白き夕つ方家畜といへどをとめ失ふ

大野誠夫《おおののぶお》『山鴫《やましぎ》』

作者は犬を好んで飼っていたというので犬のことかもしれない。「をとめ」（乙女）というと何か物悲しく哀れが深まる。カラタチは生垣にもなる、その暮らしの風景がやさしい。

暮れ方　くれがた

●日が沈んであたりが暗くなる頃。日暮れ時。黄昏。

茫として歩み来しとき昏方の有刺鉄線のなか葱
勁く立つ

田谷《たや》　鋭《えい》『乳鏡』

日暮れ時の暗い視界に、有刺鉄線の奥に生えている葱《ねぎ》の青さが生き生きとして見えた。

【一日】ひとひ

●いちにち。終日。

一日《ひとひ》にて別るる吾子《あこ》のほころびを著《き》たるままにて
つくろひやれり

三ケ島葭子《みかじまよしこ》『吾木香《われもこう》』

結核を病んでいたころ夫の実家に子供を預けていた。たまに会う子供とは一日という短い時間である。子供と過ごす時間の短さを惜しむ気持ちと、子を思いやる母の情がこめられている。

【短日】たんじつ

●冬の日のみじかいこと。

短日《たんじつ》は盲《し》ふる眼先《まさき》に朱《しゆ》の寂《さ》びし童女像ありて暮
れてゆきにけり

北原白秋《きたはらはくしゆう》『黒檜《くろひ》』

白秋は五十代で腎臓病や糖尿病を病み視力が低下していった。童女像は長女の篁子《こうこ》に似ていて気に入っていたもの。冬の早い日暮れの寒々しい影が浮かんでくる。

【年・歳】とせ

●「とし」が接尾語になったもの。年齢・歳月など、年を数える。

守り得し彼らの理論清《すが》しきに吾が寝《い》ねられぬ幾《いく》
年《とせ》ぶりぞ

近藤芳美《こんどうよしみ》『埃《ほこり》吹く街』

昭和二十三（一九四八）年刊行の歌集で、終戦後の日々をうたった作。彼らが戦争中も外部の圧力に負けずに守ってきた思想。「幾年ぶりぞ」という結句の強い響きに、戦後の新しい時代に向かってゆく気概も含まれているだろう。

この父とこの母とのみ今もかなし七年《ななとせ》の忌の吾
子のおくつき

木俣《きまた》　修《おさむ》『天《そら》に群星《むらぼし》』

「おくつき」はお墓のこと。逆縁の我が子の墓参りをするのは、上の句に詠まれる両親のみ。「今もかなし」に若い死への無念と悲痛がこもる。そして七回忌という歳月がいっそう亡き子の喪失感を深める。

行く末　ゆくすえ　旧かな　ゆくすゑ

●行く先。将来。余命。

人類の福祉よ平和よその他何されど今ねがふ己が行くすゑ　清水《しみず》房雄《ふさお》『旻《びん》天《てん》何《か》人吟《じんぎん》』

福祉や平和の他に大切なものは何であろう。高齢の身に考えるアイロニカルな歌。

年年　としどし

●毎年。年ごとに。

若き日の親のまぼろし年どしに思ひふかめて老いに到りぬ　岡《おか》野《の》弘《ひろ》彦《ひこ》『異類界消息』

若かった日の親の面影に思いを寄せている。人生の感慨が「年どしに思ひふかめて」にこめられている。

尽　じん

●「尽日」の略。月の末日。

家出でて歌つくらんと図りゐし二月尽日雨すさび降る　田谷《たや》　鋭《えい》『水晶の座』

外に出ようと計画していたが、雨が激しく降るので出られなかった。二月の末の冷たい雨に心が閉ざされたのかもしれない。

晦・晦日　つごもり

●「月籠《ごも》り」の語が転じた。月がまったく見えない意から、旧暦で月の終わり、月の最終日。十二月末は大つごもりという。

下仁田葱食みて熱めの燗を酌みおおつごもりの孤独うれしき　三枝《さいぐさ》昂之《たかゆき》『世界をのぞむ家』

下《しも》仁《に》田《た》葱のおいしさを味わうのは大つごもりの燗酒《かんざけ》である。「孤独」の語が湿っていず、豊かなイメージを持たされている。

三十日・晦日　みそか

●三十日間。月の三十日目。十二月末は大みそかという。

ぢりぢりと、／蠟燭《らふそく》の燃えつくるごとく、／夜《よる》
となりたる大晦日《おほみそか》かな。
石川啄木《いしかわたくぼく》『悲しき玩具』

大晦日の夜は特別だ。日付が変わるとしみじみとしたものをもたらす。啄木の歌は年越しの夜の感慨やイメージを蠟燭の火が燃える比喩に託して詠んでいる。

【大年・大歳】おおとし・おおどし　旧かな　おほとし

●一年の最後の日。おおみそか。

大年の町買物の荷のなかに足袋双六もありにけ
るなり
太田水穂《おおたみずほ》『螺鈿《らでん》』

町で買物をしている人々の荷が見え隠れしているのをスケッチしている。足袋《たび》や双六《すごろく》という物が時代を映し、庶民の生活をいきいきと映し出す。

【去年】こぞ

●去年。昨年。

去年今年七日があいだ楽しみしこのやわらかな
髭のよろしさ
大島史洋《おおしましよう》『幽明』

「去年今年」はセットで使われることが多く、年の始めに前年を振り返っていること。正月休みの七日間に無精髭《ひげ》を生やした、そんな楽しみを剃《そ》る前にかるく噛《か》みしめている。

【一日・朔日】ついたち

●「月立ち」のイ音便。旧暦で月の初め。上旬。月の第一日。

我命《わぎのち》をおしかたむけて二月朔日《ついたち》朝明《あさけ》の富士に相《あひ》
対《むか》ふかも
吉野秀雄《よしのひでお》『寒蟬集《かんせん》』

吉野秀雄は会津八一《あいづやいち》に師事した。師から歌人としての出立を認められたのは富士山を詠んだ一連である。富士山に、「相対」い「我命をおしかたむけて」と全身全霊で向かう。二月一日の朝の冴え冴えとした威容。

【過ぎ来し】すぎこし

●動詞「過ぎ来」に過去の助動詞「き」の連体形「し」の付いたもの。過去。来し方。類語に「過ぎ行き」がある。

嘘すこし交へて話す過ぎこしの嘘の部分の輝や
かしけれ
入野早代子《いりのさよこ》『花凪《はななぎ》』

悲しみをおかしみに変えることもできる。現実とは異な

る嘘《うそ》の部分が輝いてほしいという願望がこめられている。

かなしみに行きて会うべきすぎゆきも安曇の水のほとりにありき
田井安曇《たいあずみ》『水のほとり』

長野県の安曇野《あずみの》を流れる川のほとりに消えない悲しみがあることは自分の生きてきた証でもある。

古　いにしえ　旧かな　いにしへ

●「往《い》にし方《へ》」の意から来ている。遠い昔。古い時代。

あかあかと紅葉《もみぢ》を焚きぬいにしへは三千の威儀おこなはれけむ
前川佐美雄《まえかわさみお》『天平雲《てんぴょうぐも》』

「三千の威儀」は仏教の戒律によるさまざまな作法や儀式の意味。遠い昔の粛然とした世界を、紅葉の葉を焚《た》きながら想像している。

終・竟　つい　旧かな　つひ

●つまるところ。最後。はて。命の終わり。

あかるさの雪ながれよりひとりとてなし終の敵・終なる味方
三枝昂之《さいぐさたかゆき》『地の燠《おき》』

つまるところ「終の敵・終なる味方」は存在しないのだ、という思いを噛みしめている。作者の若き日の苦い諦念を、上の句の美しく、はかない情景が包む。

永久・永遠　とわ　旧かな　とは

●長く変わらないこと。

固きカラーに擦れし咽喉輪のくれなゐのさらばとは永久《とは》に男のことば
塚本邦雄《つかもとくにお》『緑色研究』

「固きカラー」は詰襟のこと。擦れて首の咽喉《のど》のあたりが赤くなっている。男性が何かに捧げたような擦り傷だ。「さらば」という別れの言葉にエロスとダンディズムをうたう。

空間を詠む

——私たちのめぐり

間　あわい　旧かな　あはひ

●物、人、事のあいだ。時間的なあいだ。間《ま》。

乗り換へのあはひの地上に雨降れりもうつま先が染みになつてる　山下《やました》翔《しょう》『温泉』

乗り物を乗り継ぐ少しの移動に時間的、空間的「あはひ」がある。雨に濡《ぬ》れた残念な感じを靴の染みが示している。

方　かた

●方向。方位。ところ。場所。

二の腕に止まりたる蚊を口窄め神慮の方《かた》へ吹きてやりたり　石田比呂志《いしだひろし》『春灯』

口を窄《すぼ》めて息を吹きかけて払う行為は人間臭く滑稽味がある。「神慮の方へ」という設定も大げさで冗談めいていながら、小動物への憐《あわ》れみがある。

片方・傍　かたえ　旧かな　かたへ

●かたほう。物のすぐ横。傍ら。

このベンチわれの傍《かたへ》のあきたるぞ茶色の犬よこちへ来《こ》こちへ来《こ》　安田純生《やすだすみお》『でで虫の歌』

下の句は古い口語の「こちへ来こちへ来」がやさしく面白みがある。名も知らぬ「茶色の犬」は迷い犬か。

黒い日傘はらりと開きふたむかし経ても変わらぬかたわらの人　三枝昂之《さいぐさたかゆき》『農鳥』

連れ添ってきた妻との歳月、そして愛情を、黒い瀟洒《しょうしゃ》な日傘を開く姿に描く。「かたわらの人」に含羞がある。

遠　おん　旧かな　をん

●遠い所。遠国など。

黄昏にふるへ浮かびて遠街のいづこも人のけはいを灯す　小中英之《こなかひでゆき》『わがからんどりえ』

「おんがい」と読む。それを人の気配や営みの明かりだと見る、寂しい感傷がうたわれている。

遠　とお　旧かな　とほ

●「遠し」の語幹。「とおつ」「とおの」の形で名詞の上に付き、遠いことの意を表す。遠つ国、遠山など。

とよもせる街なかにして遠つ世の土の香を嗅ぐ古墳の丘に

畑《はた》　和子《かずこ》『花野巡禮《じゅんれい》』

「とよもす」は大きな音などが鳴り響くという古語。街なかに古墳の丘がある。時空間の隔たりを「土の香」で近づけようとするロマンをうたう。

遠方　おちかた　旧かな　をちかた

●遠い所。

さ夜更けて宿もる犬の声たかし村しづかなる月の遠かた

伏見院《ふしみいん》『玉葉集』

「さ」は接頭語。「宿」は住む家のこと。夜更けに犬の声が民家からもれてあたりの静寂を破る。月夜の遠くの鄙《ひな》びた村里をうたう。

外つ国　とつくに

●「つ」は「の」の意。都から離れた国。
●外国。異国。

外《と》つ国に歩むほかなく夏時間すなわちながき黄昏にあり

島田幸典《しまだゆきのり》『駅程』

イギリスで学んだ日々、日本にはなかった長い夕暮れと夏時間を持て余すように歩く。時間や生活スタイルの違いに体が取り残されるようだ。

先・前・尖　さき

●物の先端。はな。
●時間的に早いこと。

窓により仰げば見ゆる裏山の尖ほそ冬木はさびしきかもよ

木下利玄《きのしたりげん》『紅玉』

裏山の冬木の細い先っぽには何もない。寒々とした寂しさに春を願っている。

ポケットに手を引き入れて歩みいつ嫌なのだ君が先に死ぬなど

永田和宏《ながたかずひろ》『風位』

夫婦の歩みに病気の苦悩をともにする愛の姿が見える。妻の死を怖《おそ》れていることを告白する下の句が痛切にひびく。

上　かみ

●上の方。高いところ。
●今から見てずっと昔。

河上へ矢印なして雁《かり》は行く、帰らんために行くも喜び
佐佐木幸綱《ささきゆきつな》『反歌』

河の源に向かって雁の群れが矢印の形を作って飛んでゆく。下の句は、生き物ぜんぶの姿に重ねられる。

そのかみのボートピープル弥生人稲科植物島を覆いき
五所美子《ごしょよしこ》『三耳壺』

その昔、弥生《やよい》時代の人はボートピープルのように漂着した、という発想が面白い。イネも伝わり豊かになった。

四方　よも・よほう　旧かな　よはう

●東西南北。前後左右。しほう。

かさなりて／四方《ヨモ》の枯山《カラヤマ》　眠りたり。／遠山おろし来る音の／する
釈《しゃく》　迢空《ちょうくう》『春のことぶれ』

多行分かち書きで、句読点を用いた時期の歌。枯れた冬山が夜になって影を重ね、眠っているように見える。「遠山おろし」が吹き降ろし、風の音に心細くなる。

庭の松四方《しはう》に伸びて土を偃《は》へり老いたるものに霜のさやけさ
島木赤彦《しまきあかひこ》『柹蔭《しいん》集』

「しほう」と読ませる歌。庭の松が四方に根を伸ばした歳月と作者の老いの感慨が重ねられている。松の根のでこぼこに見られる庭に霜が降りて、土の色と混じりながらも清々《すがすが》しく見えるという。

四囲　しい　旧かな　しゐ

●周囲。四方。

水位徐徐に上がれるごとし黄昏れて四囲にみち来るかなかなのこゑ
河野裕子《かわのゆうこ》『桜森』

ヒグラシの声がまわりを取り囲んでいるように聞こえる。水位が少しずつ上がってゆくようだという全く別のものに喩えている。身体の感覚の鋭敏さがうかがわれる。

十方　じっぽう　旧かな　じつぱう

●四方・四隅と上下。あらゆる方角・場所。

十方へ遙か開ける星の夜空の真中に自転車を漕ぐ

内藤《ないとう》　明《あきら》『海界《うなさか》の雲』

自転車を漕《こ》いで帰る夜道を「空の真中に」とダイナミックで解放的な気分のものにした。広がる星空を独り占めしているような満足感がある。

境・界　さかい　旧かな　さかひ

●境界、ものの分かれ目。境い目。
●土地と土地の区切り。
●すぐれた境地。

地縛《ちしばり》と姫《ひめ》烏《う》頭《づ》せめぐさかひ目の日々のうつりを窓よりのぞく

後藤直二《ごとうなおじ》『都鄙《とひ》の間《あわい》』

道や野原に生える生命力の強い植物、その二つがせめぎあっている境い目。変化の乏しい景であっても、日々見ていると季節や命の移り変わりを教えてくれるのだろう。

高空に辛夷かがやく里の山あの世この世の境を埋めて

佐波洋子《さばようこ》『時のむこうへ』

辛夷《こぶし》が咲く里山ののどかな春の空は、あの世とこの世という境界を埋めて消し去ったかのように感じられるという。人と別れた悲哀もやわらぐように。

末　すえ　旧かな　すゑ

●物の先端。草木のこずえや枝先。山のいただき。道や野のはて。
●将来。行く末。
●生涯の終わりの時期。一番あと。

一房の巨峰重たき熱もてり近代の巨大異変種の末

馬場《ばば》あき子《こ》『葡萄唐草《ぶどうからくさ》』

ブドウの豊かな実りに手を触れて「熱もてり」とその命を感受している。ずっしりとした巨峰ができた品種改良の歴史を思っている。

底方　そこい　旧かな　そこひ

●きわめて深い所。はて。

晩春の夕日は伸びて深井戸の底《そこひ》にひとり母の住むなり

小高《こだか》　賢《けん》『液状化』

一緒に住んでいる母親の老いが深まってゆく寂しさ。「深井戸の底」は高齢の母の意識とともに、作者自身の手の届かない寂しさを表している。

果・涯・極・尽　はて

●行きつく最後のところ。はたて。
●尽きること。結末。

海原《うなばら》のはたてに沈む日のかげは己《し》が大きなる形体《かたち》にて暮る

中村憲吉《なかむらけんきち》『軽雷集』

落日を「己が大きなる形体にて」と擬人化し、ダイナミックな情景を描き出している。沈むときも太陽としての形を最後まで保つ作者の憧憬が表れている。

ふるさとに友の死を次々弔ふはおのれのつひの果見る如し

鹿児島寿蔵《かごしまじゅぞう》『やまぼうし』

弔いのたびに「次々」に置いていかれるような寂しさを感じ、自分の最期も「つひの果《はて》」と重ねて予感している。

さいはての駅に下《お》り立ち／雪あかり／さびしき町にあゆみ入りにき

石川啄木《いしかわたくぼく》『一握の砂』

「さいはて（最果て）」を詠みこむ。北海道を転々としていたときの歌。石狩《いしかり》の雪原を行く汽車に乗り釧路《くしろ》を目指す。終着駅であり、地のはずれの駅であると感じている。雪あかりに浮かぶ町の寂しさが放浪の身に沁みる。

遥か・悠か　はるか

●距離、時間の非常に隔たっているさま。
●心理的に遠く隔たっているさま。

ここにゐてかつ悠かなるものであるぼくをどうにかしてくれ虹よ

荻原裕幸《おぎはらひろゆき》『世紀末くん！』

わかっているようでわからない「ぼく」。手の届かない虹に助けを求めている。虹もまた「ここにゐてかつ悠かなるもの」なのだ。

第四章 色彩

色を詠む——限りない色の世界

色を詠む
——限りない色の世界

紅　くれない　旧かな　くれなゐ

●中国で赤の基本色名。中国から渡来したベニバナの染料で染めた色。

空襲の夜の紅《くれない》にさざめきぬ一升瓶の底の米たち
笹《ささ》　公人《きみひと》『念力図鑑』

昭和五十（一九七五）年生まれの作者が描く空襲は想像のもの。「空襲の夜の紅」は燃える火や火の粉のこと。戦《おのの》きを米がさざめくことに託した。

くれないは秘めた思い、心にしみいる思いや揺れる感情を表現する言葉にもなり、叶《かな》わぬ恋の悲しみは「紅の涙」という表現で和歌にも詠まれ、「紅涙《こうるい》をしぼる」というフレーズにもなった。

唐紅・韓紅　からくれない　旧かな　からくれなゐ

●茜よりも鮮やかな色で、外国から来たエキゾチックな色、あこがれの色として古代の人の目に映ったらしい。その上に「から（唐・韓）」を付けて珍重したことがうかがわれる。

春の夜にわが思ふなりわかき日のからくれなゐや悲しかりける
前川《まえかわ》佐美雄《さみお》『大和』

青春の日の熱く切ない思いや恋が「からくれなゐ」に託されて愛惜されている。

茜　あかね

●茜色。アカネの根の染料で染めた赤。「あかねさす」という枕詞《まくらことば》で使われるが、朝日で色づくもの、あるいは「夕あかね」と日没のときの空の色を表現するものもある。

茜地に萌黄の側章〈陸軍騎兵曹長正衣〉に溢れる明治
大久保《おおくぼ》春乃《はるの》『いちばん大きな甕《かめ》をください』

大日本帝国陸軍で定められた軍服の色に着目する。茜地、萌黄の鮮やかな美の奥に近代的軍隊を創設した時代を見る。

緋　ひ

●濃く明るい赤色。アカネ（茜）の根の染料で染められた最も鮮やかな赤色につけられた色名。

緋の房の襖はかたく閉されて今日もさびしくものおもへとや

九条武子《くじょうたけこ》『金鈴』

緋色の房のついた襖《ふすま》は高貴な家の内、その奥に幽閉されるように過ごす。外国に出かけている夫を待つ日々の孤独と悲哀が優美に詠まれている。

桜色　さくらいろ

●桜の花のような色。薄い紅色。紅染の最も淡い色。

緩やかに迎え入れたる別れなり桜色したマニキュアを塗る

野口恵子《のぐちけいこ》『東京遊泳』

心を整理する時間にはからいがあったのだろう。みずからを慰めるような可憐《かれん》な色のマニキュアで爪を彩る。

赤銅　あかがね

●赤銅《しゃくどう》色。金属の銅のような色。

赤銅の色した鳩が天を飛ぶ　日暮れか夜明けか見分けがつかぬ

生沼義朗《おいぬまよしあき》『水は襤褸《らんる》に』

日を受けて赤銅色をした鳩《はと》が空に舞い上がった。時間や方向が混乱したような感覚に焦燥感を強めてゆく。

朱　あけ・しゅ

●朱色。赤、やや黄色みを帯びた赤色。水銀の硫化物の鉱物性顔料辰砂《しんしゃ》の色。

旅にして物恋しきに山下の赤《あけ》のそほ船沖へ漕ぐ見ゆ

高市黒人《たけちのくろひと》『万葉集』

「そほ」は丹《に》の土のことで、船に塗るのは官船である目印とも、魔除けのためともいわれる。「赤」を「あけ」と読む。旅先での心細さをうたった。

長かりしわが昏々を照らすごと柘榴《ざくろ》は朱《あけ》の花の満ちたり

木俣《きまた》修《おさむ》『昏々明々』

「昏々《こんこん》」はよく眠っているさま、意識がないさま。長い眠りの時間、暗い時間を覚ますように鮮やかに照るザクロの赤い花。

薔薇色　ばらいろ

●明るいくれない。淡紅色。

ルーベンスの薔薇色の雲わが手には君の重たき上着が眠る

梅内《うめない》美華子《みかこ》『若月祭』

フランドル派を代表する画家ルーベンスの絵に描かれた「薔薇色」の雲。恋人のジャケットを持つ時、意外にずっしりとした重さを味わっている。

葡萄色　えびいろ

●エビカズラ（葡萄葛）という山葡萄《やまぶどう》の一種の熟した実のような色。ぶどう色。ムラサキ（紫）という植物の根を染料とする。

少しづつ母が親友になりてゆく葡萄色のスカーフ借りて返して

栗木《くりき》京子《きょうこ》『万葉の月』

歳月を重ねた母と娘の関係を一枚の「葡萄色のスカーフ」を共有することで表している。

鴇色　ときいろ

●トキの羽のような色。淡紅色。

ときいろの曙光をほそくひるがへし冬湖の明けの羽ばたきの音

日高《ひたか》堯子《たかこ》『樹雨《きさめ》』

「曙光《しょこう》」は明け方、東の空にさす光のこと。明け方の空の美しさを「ときいろ」とうたった。冬の湖の冴えきった朝の風景と鳥の羽ばたきを繊細に表現している。

昼顔色　ひるがおいろ　旧かな　ひるがほいろ

●ヒルガオの花のような白と薄いピンクをした色。

ひるがほいろの胸もつ少女おづおづと心とふおそろしきもの見せに来る

米川《よねかわ》千嘉子《ちかこ》『夏空の櫂《かい》』

「ひるがほいろ」は作者の感覚で捉えた、独自の語である。女子生徒が何か悩みを打ち明けに来たのだろう、緊張して受け止めている。少女の繊細で傷つきやすそうな雰囲気とともに作者の誠実さも表れている。

菜の花色　なのはないろ

●菜の花のような明るい黄色。

駅前の広場の花市ぬけくれば菜の花色のタクシー並ぶ

香川《かがわ》ヒサ『テクネー』

花の市の賑《にぎ》やかな雰囲気と、鮮やかな黄色にまぶしさを覚えた、明るい駅前の風景である。

卵色・玉子色　たまごいろ

●鶏卵の黄身のような明るい黄色。また、白身と黄身をかきまぜた淡黄色をさす。

たまごいろのもやなす都市をめぐりつつ宝結びのハイウェイ明るし
井辻朱美《いつじあけみ》『地球追放』

朝靄《あさもや》の薄い白色を「たまごいろ」と表現し、高速道路の交差を「宝結び」と喩えたところもユニーク。

梨色　なしいろ

●梨の実のような黄色。造語である。

あと三十年残つてゐるだらうか梨いろの月のひかりを口あけて吸ふ
河野裕子《かわのゆうこ》『体力』

月光を「梨いろ」と独自の感覚で呼ぶ。多忙な日々のなかで後半生、残り時間を思っている。「口あけて吸ふ」も作者の存在感がある。

鬱金色　うこんいろ

●ショウガ科ウコン（ターメリック）の根茎はカレー粉の原料や染料となる。鮮やかで濃い黄色。

鬱金《うこん》いろの銀座線より藤いろの半蔵門線に乗りて通夜に行く
高野公彦《たかのきみひこ》『水行』

東京メトロの地下鉄は路線ごとに色が定められ目印となっている。古風な色名で呼んだことによって通夜の弔意にも通じてゆく。

琥珀色　こはくいろ

●太古の樹脂が化石となった琥珀のような色。半透明の赤みを帯びた黄色。

これつぱかりのしあはせに飼ひころされて今朝も木苺《きいちご》ジャム琥珀色《こはくいろ》
塚本邦雄《つかもとくにお》『黄金律』

琥珀色をした木苺《きいちご》のジャムが毎朝食卓にのる。平穏な日常の繰り返しから飛び出せない弱さを見せるが、究極のところ生活への愛でもある。

鶸色　ひわいろ　旧かな　ひはいろ

●ヒワの羽のような色。黄色みの強い黄緑色。

テラスより独りし見れば鶸色の光溢るる山の湖

道浦母都子《みちうらもとこ》『ゆうすげ』

旅先で山中のホテルから湖を見る。「独りし見れば」の「し」は強調の副助詞。「鶸色」の選択に、作者の日本語への愛着と、寂しい心持ちが託されている。

萌黄・萌葱　もえぎ

●やや黄色みを帯びた緑色。萌葱はネギの新芽のような色をさし、萌黄は黄色みが強い。

高槻《たかつき》の柔ら萌黄葉《もえぎば》雨やみて晴れゆく空のみどりに揺らぐ

窪田空穂《くぼたうつぼ》『鏡葉』

「柔ら」は名詞に付いて複合語となる。雑司が谷の雨後の空に槻《けやき》の若葉が映えてさわやかな初夏である。

さ緑　さみどり

●若草、若葉の緑色。

産むならば世界を産めよものの芽の湧き立つ森のさみどりのなか

阿木津《あきつ》英《えい》『紫木蓮まで・風舌』

産む性をスケール大きく広げた女性たちに呼びかける言挙げの歌。いっせいに芽吹く森の明るく若々しい「さみどり」が包み込む。

モス・グリーン

●苔《こけ》のようなくすんだ黄緑色。

モス・グリーンのコートを羽織り駆け出せば春風になる三月の朝

野口恵子《のぐちけいこ》『東京遊泳』

春には中間色のものを着用するが、コートも軽やかなものに変え、心身に春を呼びこんでいる。

緑青色　ろくしょういろ　旧かな　ろくしやういろ

●銅の表面にできる緑色の銹《さび》を緑青と呼び、顔料に用いる。絵画や建築等の装飾に使われた。孔雀《くじゃく》石の主成分。

緑青の兜率天宮に近づけば樹あり人居りて唐初なりける

馬《ば》場《ば》あき子《こ》『飛天の道』

シルクロードの旅でトルファンの石窟寺院を見学した折の歌。天井や壁に描かれた仏や飛天に残る顔料の色は鮮やかなところもある。兜率天《とそつてん》は弥勒菩薩《みろくぼさつ》がいる天界のこと。

青磁色　せいじいろ

●青磁のようなくすんだ青緑色。人工物からとられた色名。中国から渡来した青磁は「秘色《ひそく》」と呼ばれ、宮廷で珍重されたという。

青磁色の器《うつは》のかけもふとまじる磯辺《いそべ》の砂のかわきゆく朝
片山廣子《かたやまひろこ》『翡翠《かわせみ》』

浜辺の砂に混じっている器のかけら。暗い色のなかに見つけた残骸が、無常の世を語るもののように見えて作者をとらえたのだろう。

セルリアンブルー

●鮮烈な青色。やや緑がかった青色。青空色。

青白色《セルリーアン》　青白色《セルリーアン》　とぞ朝顔はをとめ子のごと空にのぼりぬ
葛原妙子《くずはらたえこ》『をがたま』

「セルリーアン」の響きとリフレインが印象的な歌。朝顔の花が空に向かって咲いている様子に「をとめ子」の清新で一途な姿を重ねた。水色の朝顔がセルリーアンとうたっているような印象が残る。

瓶覗・甕覗　かめのぞき

●藍染のいちばん薄い色。白い布が藍を染める瓶のなかを少し覗いただけの、という意味から来ている。

甕覗き色の着物を友は着る亡くしたる子はその青の底
米川千嘉子《よねかわちかこ》『衝立の絵の乙女』

美しい薄い青はそれを着る人の悲しみとなっている。甕をのぞくように亡くした子を思う母の悲壮を「その青の底」と表現していて哀れが深い歌である。

縹色　はなだいろ

●うす藍色。青い色に染める藍は最古の染料の一つで、濃淡によってさまざまな色を生み出す。浅葱《あさぎ》色よりも濃いのが「はなだいろ」で、『延喜式《えんぎしき》』には、藍だけで何も混ぜずに染められる純粋な藍染と記されている伝統色名である。

たましひをふかく吸ひ込む夕暮やはなだの色ぞたゆたひにける
尾山篤二郎《おやまとくじろう》『雪客』

夕空のグラデーションに「はなだの色」がたなびいている、その清々《すがすが》しさに魂をあそばせている。

水色　みずいろ　旧かな　みづいろ

●水のような薄い青色。

みづいろの髪なびかせてミクは舞ふ　恐竜の脳は腰にもありし

鹿取未放《かとりみほ》『かもめ』

初音《はつね》ミクはバーチャルシンガーかつキャラクター。電脳から恐竜の脳へとさかのぼって進化が考えられている。

浅葱　あさぎ

●浅葱色。わずかに緑色を帯びた薄い青。また青みを帯びた薄い緑色。藍染のごく薄く染めた色。

夜は大きな青馬なれば浅葱色の目をうるませて鉄路を渡る

梅内美華子《うめないみかこ》『横断歩道（ゼブラ・ゾーン）』

青馬は青毛、または白馬をさす。浅葱色の目をした空想の馬を思い描き、涼しく開放的な雰囲気をうたう。

藍　あい　旧かな　あゐ

●藍を原料に染めた色。くすんだ青。藍染。染める回数によって濃淡がある。

揺られつつかたはらに立つ青年のジーパンの藍にほふ朝《あした》は

高嶋健一《たかしまけんいち》『中游《ちゅうゆう》』

ジーンズはインディゴ染めのデニム生地で作られる。インディゴブルーとも呼ばれる。「ジーパンの藍にほふ」に青年の若さも匂いたっているのだ。

紺碧　こんぺき

●深みのある濃い青色。

紺碧の水に五月の陽をためて海はしづかな弦楽の秀《ほ》

今野寿美《こんのすみ》『花絆《はなづな》』

紺碧の海に五月のまぶしい陽光が降り注いでいる。揺れる海面と反射する光を「弦楽の秀」と知的に表現する。

菫色　すみれいろ

●スミレの花のような青紫色。

杳《とほ》い杳いかのゆふぐれのにほひしてもう似合はない菫色のスカーフ

小島《こじま》ゆかり『水陽炎《みずかげろう》』

「かのゆふぐれのにほひ」は恋の思い出か。時の経過、青春への愛惜を詠んでいる。スミレは春の野に咲く可憐な花の代表で、春の色を表す。

藤色　ふじいろ　旧かな　ふぢいろ

●薄い紫色。青紫系の中でいちばん薄い色をさす。

藤色のやわき栞を鉛筆の先でくずしていく貝図鑑

永田《ながた》紅《こう》『日輪』

「藤色のやわき栞《しおり》」とは編んだ紐《ひも》だろうか。故意に形をこわしてゆく行為には、貝の図鑑をひろげながら心が揺れているような気配。

瑠璃色　るりいろ

●仏教でいう七宝（金・銀・瑠璃・珊瑚《さんご》・琥珀・硨磲《しゃこ》・瑪瑙《めのう》）の一つで青色の宝石をいう瑠璃から、紫色を帯びた紺色のことを呼ぶようになった。仏教美術の瑠璃、キリスト教美術のラピスラズリは最上の青のことであった。

るりたては瑠璃の紋ある翅ひらくくもりあまねき天より降《くだ》り

石川不二子《いしかわふじこ》『野の繭』

鳥のオオルリや貝のルリガイなどこの語を冠した生物の名前も多い。この作品は蝶《ちょう》のルリタテハを詠み、「るり」の音の繰り返しが、美しいものに注ぐ視線や生物へのいつくしみを伝えてくる。

紫紺　しこん

●紺色の入った紫色。濃い暗紫色。

紫紺なるぶだうの粒には棲むひとのありて目深く帽子を冠る

上村典子《うえむらのりこ》『草上のカヌー』

紫紺色の葡萄の中に人が棲《す》んでいるという独自の空想が生まれた。帽子の奥からこの世を見ているような人に思えたという。

亜麻色　あまいろ

●黄みを帯びた薄い茶色。麻の一種で細く丈夫な亜麻糸のような色から来ている。

国境のちひさなる町道の椅子に女《ひと》は亜麻色の児の髪を刈る

真鍋美恵子《まなべみえこ》『土に低きもの』

外国を旅したときの歌で、つつましい生活の光景で、その普遍的な姿が目を捉えた。

褐色 かっしょく

●茶色。黒っぽい茶色を暗褐色という。

褐色に木の実垂りつつ無患子《むくろじ》の梢に春はいまだしづけし

遠山光栄《とおやまみつえ》『褐色の実』

ムクロジは球形の果実がなり、その種子は数珠《じゅず》や追い羽根の玉に用いられる。木の枝に垂れたままのムクロジの実の色を見上げながら、春の息吹にはまだ遠いことを感じている。

枇杷茶 びわちゃ 旧かな びはちや

●橙に近い白茶。野生のビワの実の色から色名がついた。

枇杷色の夕日かなしきわたつみのあなた新羅の方《かた》へ落ちゆく

高島《たかしま》裕《ゆたか》『旧制度（アンシャン・レジーム）』

夕日の色を「枇杷色」と表す。どこかぽってりとした印象を与える。海の向こうの朝鮮半島にあった古い国、新羅《しらぎ》のほうに夕日が落ちてゆく。日本が海に囲まれている地理的なものと、歴史的なものをよみがえらせている。

灰白 はいじろ 旧かな はひじろ

●灰色がかった白色。灰白《かいはく》色ともいう。英語では生牡蠣《かき》の色をあててオイスターホワイトという。パールグレイも同類の色。

灰白にさくらのはなの咲きさかり髪多ければ死なれぬやうな

日高堯子《ひたかたかこ》『樹雨《きさめ》』

白い桜の花を形容するとき「灰白」と表している。爛漫《らんまん》の桜と死の意識は底のほうで予感のように響き合うのだろう。「髪多ければ」は作者の身体感覚だけでなく、女性の豊かな髪に情念を投影した歌や文学を考えている。

艾色 もぐさいろ

●艾《もぐさ》はヨモギの葉を乾燥させて灸《きゅう》に使うもの、それに似た色。白みがかったグレー。

戦死者ばかり革命の死者一人も無し 七月、艾《もぐさ》色《いろ》の墓群

塚本邦雄《つかもとくにお》『日本人靈歌《れいか》』

戦争の犠牲となった死者は革命の死者ではなかった。「一人も無し」と言い切る強さ。艾色が虚無的な色でひろがっている。初句の破調、句割れ、句またがりのリズムも不吉。

薄墨色　うすずみいろ

●墨をうすめたような灰色。薄墨衣《ごろも》は喪服とされていた。

うすずみの日暮来たりぬかなしくばわれみづからを流刑となさむ

林《はやし》和清《かずきよ》『ゆるがるれ』

薄墨のような曇り日の寒々とした日暮れ。哀しむことさえも罪のように思う。「流刑《るけい》」は辺地や島に送られる重い刑。

乳白色　にゅうはくしょく

●乳のように不透明な白色。

マン・レイがアップに撮れるキキの頤《あご》乳白色のくぼみを捉ふ

篠《しの》弘《ひろし》『軟着陸　ソフトランディング』

詞書《ことばがき》に「街の画廊に、キスリング作の『裸婦のキキ』と出会ふ」とある。マン・レイが撮った人体の美しさに感嘆している。

白妙　しろたえ　旧かな　しろたへ

●白色。「白い布」の意の雅語的表現から来ている。

しろたへの雲の根の方うつすらと茜をやどし夜明けは到る

春日井《かすがい》建《けん》『白雨』

真っ白い雲に茜色がうっすらと宿るのは太陽が昇りはじめる兆候を映しており、刻々と変化する天空の色彩を厳粛な気持ちで見つめているのだろう。

鈍色　にびいろ

●ツルバミ(橡)で染めたねずみ色。喪の色として衣に使用された。

にび色のがん検診車きりさめの街より街へつやめき走る

栗木《くりき》京子《きょうこ》『中庭　パティオ』

「がん検診車」のねずみ色を「にび色」と表現し少し暗く重たい感じが出ている。霧雨に濡《ぬ》れたことによって無機質な車に色合いや動きが生まれ、人間の心配や苦をよそに働いていることが表出される。

漆黒　しっこく

●漆のように黒く光沢のある色。鉄粉を混入した漆で、深い濡れ色の黒が出ることから、真の黒とされる。

女人来てひかりのなかのひあふぎの漆黒の実に指触れにけり
高野《たかの》公彦《きみひこ》『雨月』

ヒオウギ（射干）はアヤメ科の草で、その種子は黒く光沢があることから「ぬばたま」「うばたま」と呼ばれる。「ひ」の音や母音のア音が連なりひびきがいい。明暗の移り変わりや、女人の指先が暗示的な作りである。

銀　しろがね

●しろがねいろ。銀色のこと。古くは「しろかね」とも読んだ。白い金属、銀の意。

銀《しろがね》は漢《をとこ》のひかり　在りし日の父の激情滝に散りぼふ
春日《かすが》真《ま》木《き》子《こ》『空の花花』

那《な》智《ち》の滝を見に行ったときの、在りし日の壮年の父が時折見せた激しさを、滝の勢いや飛沫に重ねて見たのだろう。おとこに「漢」の字を当てて、父の激情と呼応するようにしている。父は歌人松《まつ》田《だ》常憲《つねのり》。

金色　こんじき

●黄金色、金色の異称。呉音の読みで仏教語ではこちらを用いる。

金《こん》色《じき》のちひさき鳥のかたちして銀杏ちるなり夕日の岡に
与《よ》謝《さ》野《の》晶子《あきこ》『恋衣』

黄葉したイチョウの葉を「金色のちひさき鳥のかたち」に見立てた。「きんいろ」「こがね」という読み方と比べてみると、「こんじき」のやや重みのある音がきらきらしたものへの憧れを含んだものとして響いてくる。

第五章 人

からだを詠む——心を映し出すからだ

人びとを詠む——大切な人たち

人生や生活を詠む——山あり谷ありの日々

生死を詠む——有限の命を見つめる

からだを詠む
——心を映し出すからだ

人間　にんげん

●ひと。人類。人柄。

人間を深く愛する神ありて　もしもの言はゞ、
われの如けむ

釈《しゃく》　迢空《ちょうくう》『倭《やまと》をぐな』

昭和二十八（一九五三）年、作者の最晩年に詠まれた。神が自分のようだという喩えがダイナミックで、人間の世界もやさしく情け深くなってほしいという思いが背後にある。

DNA　ディーエヌエー

●デオキシリボ核酸。遺伝子の本体。

杳《とお》い世のイクチオステガからわれにきらめきて来
るDNAの破片

井《い》辻《つじ》朱《あけ》美《み》『コリオリの風』

イクチオステガは、デボン紀の両生類で、最初期に上陸を果たした四足動物だという。古代の生物の化石から過去の生物のDNAがヒトにも遺伝していることに感動している。

現身　うつしみ

●この世（うつし世）に生きている身。上代語はうつせみ、うつそみ。

富士見ればうつそみあまり小《ち》さくしてただ一茎《いっけい》
の草かとぞ思ふ

吉《よし》井《い》　勇《いさむ》『天彦』

古語の「うつそみ」を用いている。富士山の雄大な姿を前にして、おのれの身の小ささを実感している。

階段をくだりきたりしうつし身は月さしている
厠《かわや》にかがむ

岡《おか》部《べ》桂《けい》一《いち》郎《ろう》『木星』

夜更け、トイレに行った自分を現身として映し出し孤独な姿を描いている。

総身　そうしん

●全身。

逆光に総身透きてあらば見よ　われはこれだけ
これだけのもの

蒔《まき》田《た》さくら子《こ》『淋《さび》しき麒麟《きりん》』

自身の存在はからだのこれだけのものである、という宣言である。それを透けるようにあるならば、というところに覚悟がこもっている。

痩身　そうしん

●やせた身体。

痩身を背広につつむぶざまにもせかれるままの歩みなるべし
岸上《きしがみ》大作《だいさく》『意志表示』

岸上大作は六〇年安保闘争時に大学生で、二十二歳で自死した。自身の痩せたからだの頼りなさは、何事もなし得ていない若さへの羞恥である。

裸身　らしん

●裸体。はだか。

まつぶさに眺めてかなし月こそは全《また》き裸身と思ひいたりぬ
水原《みずはら》紫苑《しおん》『びあんか』

完全なる月に裸身の痛みを感受している。「まつぶさに」は「つぶさに」に接頭語の「ま」が付いた形で、詳細にまじまじと、の意。

からまって揺らいで消えるまよなかの裸体はとおい汽笛のにおい
初谷《はつたに》むい『花は泡、そこにいたって会いたいよ』

「裸体」の語を詠みこむ。揺れ動いて消滅する身という不思議なイメージをうたう。「とおい汽笛のにおい」の記憶は物語のような趣がある。

たいせつなひとにはぐれてきたような色をひろげて横たわる裸婦
小林《こばやし》久美子《くみこ》『恋愛譜』

「裸婦」の語を詠みこむ。上の句の比喩が寂しく、物悲しい。絵のモデルをしている女性の半生を思いやった比喩である。

肉叢　ししむら

●肉体。肉のかたまり、「肉群」の意。

血の出口あらぬ重たきししむらを夜の湯にしづめをり外は雪
高野《たかの》公彦《きみひこ》『汽水の光』

肉体を「ししむら」と呼ぶとき何かしら重たい感じがある。血のめぐりとともに行き所のない精神の行方が重ねられている。「血」「雪」の字からくるイメージも鮮烈。

我が母の肉《しし》のゆるびは嘆き故あを思ふゆゑにわれすべもなし

長塚《ながつか》　節《たかし》『長塚節歌集』

結核で長く病んだ節は、母に心配と苦労をかけている自身の後ろめたさを「我が母の肉のゆるび」に見ており、切ない歌だ。

脳　なずき　旧かな　なづき

●脳の古称。

いつしらに魔物のごときもの呼ぶは眠りたらざる脳《なづき》のわざか

坂井《さかい》修一《しゅういち》『スピリチュアル』

睡眠不足からくる変な感覚をふだんは封じこめている「魔物」のようなものと表しあやしさを詠む。

額　ぬか

●ひたい。

髪ながき少女《をとめ》とうまれしろ百合に額《ぬか》は伏せつつ君をこそ思へ

山川《やまかわ》登美子《とみこ》『恋衣』

額に精神性が表れている歌である。しかも人を恋う心や覚悟を象徴させていて、神聖な場所となっている。

目・眼　め

●眼球。

●目つき。

●視線。

むらがりてたゆたふ鷗窓に見え今日も朝より眼は充血す

近藤《こんどう》芳美《よしみ》『埃《ほこり》吹く街』

作者は戦後、建築会社に勤務していた。仕事の疲れで目の充血がおさまらない。窓の向こうには風に身を任せる鷗《かもめ》の群れが見え、自由になれない自身と対照的である。

目覚めたら息まっしろで、これはもう、ほんかくてきよ、ほんかくてき

穂村《ほむら》　弘《ひろし》『手紙魔まみ、夏の引越し（ウサギ連れ）』

「目覚め」が詠みこまれた歌。吐く息が白くなって冬の到来を知る。本格的に寒くなったという驚きが、口語とひらがな表記でキュートに描かれている。

眼　まなこ

●目のこと。

目薬のしづくをふかくたたへたる近江《あふみ》遠江《とほたふみ》ふたつのまなこ

小池《こいけ》　光《ひかる》『時のめぐりに』

近江には琵琶湖《びわこ》、遠江には浜名《はまな》湖がある。「あふみとほたふみ」の和語の響きを作者は味わう。目薬を浮かべた目から水がたまる湖を連想したのだ。

目玉　めだま

●目の玉。眼球。
●客の目を引く目玉商品。

宿無しの吾の眼玉に落ちて来てどきりと赤い一ひらの落葉

山崎《やまざき》方代《ほうだい》『方代』

作者は太平洋戦争で出征し右目を失明した。「宿無し」にはそういう背景がある。赤い落葉を捉えたのは片方の目。驚きと戸惑いを表した「どきりと赤い」に迫力がある。

夜目　よめ

●夜の暗い中で見ること。

夜目に咲き盛るさくらのひとつ手にすればありとも見えぬ花びら

岩田《いわた》　正《ただし》『和韻』

「夜目」の遠近を描くと同時に、桜花を求めてしまう心のありようを考えさせる。

耳朶　じだ

●耳たぶ。

陰々と祈りの如く夜の耳朶にひびきくる勅諭暗誦の声

岡《おか》野《の》弘彦《ひろひこ》『冬の家族』

かつて少年のころに唱えていた軍人勅諭の声がよみがえってきたという。軍国主義の時代の教育が身にしみこんでいたことの悲しみと、「陰々と祈りの如く」という比喩は暗くて重い。

歯　は

●動物の口中にある物をかみくだく骨質のもの。

●歯に似た形や働きをするもの。

藁屋根に乳歯のかけら眠りたる ランドサットが
とらえし地球のみどり

源《みなもと》　陽子《ようこ》『透過光線』

乳歯は最初に生える歯。六歳ごろから徐々に永久歯と交代する。その乳歯を外に放る風習がある。新しく生えてくる大人の歯が丈夫であるようにという祈りをこめるのである。ランドサットは地球を観測する人工衛星。宇宙から見える地球の美しさ、その奥に藁《わら》屋根があり乳歯があるとダイナミックに捉えている。

頤　おとがい　旧かな　おとがひ

●下あごの意の雅語的表現。

ならさか の いし の ほとけ の おとがひ に こ
さめ ながるる はる は きに けり

会津八一《あいづやいち》『鹿鳴集』

石仏のあごを流れる春雨を見ている、かなり細かい視点である。

また、あごのことを「あぎと」ともいう。「あぎ」は「あご」の意の雅語で、それに「と」（「門」「所」の意）が付いた。魚のえらも「あぎと」という。

肌・膚　はだ

●人のからだの表皮。皮膚。はだえ。

●物の表面。

●性質。気質。

白き鯉の過ぎゆく膚《はだ》にかたはらの鯉の緋色のた
まゆら映えつ

田谷《たや》　鋭《えい》『水晶の座』

白い鯉《こい》と緋鯉が池の中で近づいた時をじっと見ている。「膚」に映える瞬間を見てとった静かで鋭い視線である。「かたはら」「たまゆら」と「ら」の音で終わる語が続いて韻律も美しい。

意識なき患者の皮膚を診察す霧の彼方に呼びか
くるごと

久山倫代《くやまみちよ》『星芒体《せいぼうたい》』

皮膚科医である作者はどのような状態にもある患者を診《み》る。言葉を交わすことができない状況をたとえた下の句に手探りの感が表される。

和毛　にこげ

●やわらかな毛。うぶ毛。

しろがねの和毛《にこげ》しづかにかがやける李《すもも》のごとき吾子の陰《ほと》見き

大辻隆弘《おおつじたかひろ》『ルーノ』

赤児のやわらかな身に神聖さを感じている。「しろがねの和毛」「かがやける李」が美しい命への讃美となる。

胸乳　むなち

●乳房のこと。むなぢとも。

小夜床《さよどこ》に母の胸乳をさがしなく子のくちもとのいぢらしさはも

前田夕暮《まえだゆうぐれ》『原生林』

夜の布団の中で母親の乳房を探す幼子。その口元のいじらしい表情をつぶさに見て、命の愛《かな》しさを表す。

失ひしわれの乳房に似し丘あり冬は枯れたる花が飾らむ

中城《なかじょう》ふみ子《こ》『乳房喪失』

乳癌《にゅうがん》の手術で失った乳房の面影を、丘という地の起伏に見ている。下の句の喪失の嘆きが自虐的、虚無的にうたわれる。

乳ふさをろくでなしにもふふませて桜終はらす雨を見てゐる

辰巳泰子《たつみやすこ》『紅い花』

性愛の場面で醒めている意識と倦怠《けんたい》感が漂う。母のような優位性もある。

春みじかし何に不滅の命ぞとちからある乳を手にさぐらせぬ

与謝野晶子《よさのあきこ》『みだれ髪』

「ち」と読ませる。若い女性の瑞々《みずみず》しく弾力のある肌を自ら誇り、大胆なアプローチをうたう。

赤児にて聖なる乳首吸ひたるを終としわれは女を恋はず

春日井《かすがい》　建《けん》『未青年』

現実の母ではなく、神話的な母の存在が意識にあり、自らは女性に惹かれることのない性であることを認めている。

背　せ・せな

●背中、背後、背丈。

背を抱けば四肢かろうじて耐えているなだれおつるを紅葉と呼べり

永田和宏《ながたかずひろ》『メビウスの地平』

うしろから恋人を抱きしめている。バランスをとっている女性の心身のあやうさを紅葉の木々の様相と重ねている。

背《せな》ぬくきあづまをとめは物言はずはこべら持ちて遊ぶなりけり　坂井《さかい》修一《しゅういち》『ラビュリントスの日々』

東国の女性のおおらかなたたずまいをスケッチする。「背ぬくき」は体温であり春の暖かさであり恋の体感ともなっている。

背向　そがい　旧かな　そがひ

●背中合わせ。背後。

「まもなく」のアナウンスあり「まもなく」は電車にあらず背向《そがい》より来る　小高《こだか》賢《けん》『本所両国』

駅のアナウンスが「まもなく」というが、それは迫る時間、死への意識につながる。向うからやってくるのでなく、背後から迫るという捉え方に、否応のない生の感覚がある。

背　そびら

●後方。「背中」の雅語的表現。「背（そ）平（ひら）」から来ている。

宴果てぬそびらのあたりややさむしややに寒しと帰り来るなり　稲葉《いなば》京子《きょうこ》『宴』

酒宴がお開きになって、背中に寒さを感じたのは人と淡い付き合いをした疲れであろうか。「ややさむしややに寒し」の繰り返しが印象的である。

筋　すじ　旧かな　すぢ

●筋肉。

●細長いひとつづきのもの。線。血筋。

まへをゆく日傘のをんな羨《とも》しかりあをき蛍のくびすぢをして　辰巳《たつみ》泰子《やすこ》『紅い花』

首筋をうたう。「あをき蛍」の形容に淡い明かりと女性の肌の白さが浮かび上がる。

かいな　旧かな　かひな

●腕。

秋到る空の縹へ差し入れて不犯の腕《かひな》悲しまむとす　春日井《かすがい》建《けん》『青葦』

「不犯《ふぼん》」は仏教の戒律で、僧が異性と交わらないことである。主人公は青く澄んだ秋空へ腕を差し伸べて、自身の生の行方を考えている。

ただむき

●腕。臂《ひじ》。

自転車の鞍部をはさむただむきのきよき少女よわれに来ずやも
岡井《おかい》 隆《たかし》『マニエリスムの旅』

「ただむき」は臂の字を当てることから、腕全体をさす。自転車に伸べられた腕の表現が独特である。

手　た

●手の交替形。多く「手綱」「手折る」「手向ける」など複合した形で見られる。

尊厳死するもさせるも荒縄にてたましい括る手《た》力《ぢから》がいる
さいとうなおこ『逆光』

高齢の親を介護している状況にいて「尊厳死」というものが立ち上がってくる。「手力」はまさに生きている者の苦悩に直結している。

掌　たなごころ

●手のひら。「た」は手、「な」は「の」の意味の助詞で、「手の心」の意から来ている。「たなうら（手裏）」も手のひらのこと。

雲南《うんなん》の白き翡翠をもてあそびたなごころ冷ゆ天《てん》日《じつ》は冷ゆ
葛原妙子《くずはらたえこ》『朱靈《しゅれい》』

中国雲南原産の翡翠《ひすい》の石を手のひらに転がしながら、その冷えを楽しんでいる。「天日」（太陽の古語的表現）も輝きながら冷えているようだという感覚が特異である。

受胎せむ希ひとおそれ、　新緑の夜夜妻の掌《て》に針のひかりを
塚本邦雄《つかもとくにお》『水葬物語』

掌を「て」と読ませる使用例も多い。妻の掌に針の光のような危うさを、受胎への複雑な心理に投影させて詠む。

手底　たなぞこ

●手の底の意で手のひらのこと。

こよひあやしくも自《みづか》らの掌《たなぞこ》を見るみまかりゆきし父に似たりや
斎藤茂吉《さいとうもきち》『寒雲』

「こよひあやしくも」と、亡き父から遺伝した証であることを見ている。手のひらは心を反映する、もっとも近くで大事な部分であることがわかる。

指　おゆび・および

●手の指。「おほゆび」（大指）から転じた語で親指をさしていたが、指全般を呼ぶようになった。

夏草を括りて遊ぶおよび見ゆすでにわがものにあらぬ子の指

藤《ふじ》井《い》常《とこ》世《よ》『氷の貌《かお》』

草遊びをしているわが子の指はだんだん器用になって動いている。もう自分の所有から離れてゆくことを実感した母の視線である。

指　し

●手の指。食指など。

雨の音やや遠ざきぬ胸の上の十指ほどきて今は眠らむ

来嶋靖生《きじまやすお》『葉』

布団の中で考え事をし胸の上でかたく十指《じっし》を組んでいた。力が入っていた指は作者の内面とつながっている。

脛　はぎ

●すね。膝から足首までの後ろ側の肉の脹《ふく》れた部分。ふくらはぎ。

落葉松の木の間より見つ少年の脛《はぎ》のしろさに渓くだる水

小島《こじま》ゆかり『獅子座《ししざ》流星群』

少年の細いすねのように渓流の水が白く下っているという、清新な比喩が印象に残る。

腓　こむら

●ふくらはぎのこと。こぶらとも。

耶蘇誕生会《タンジヤウヱ》の宵に　こぞり来る魔《モノ》の声。少くも猫はわが腓《コブラ》吸ふ

釈《しゃく》　迢空《ちょうくう》『倭《やまと》をぐな』以後

戦後間もない昭和二十五（一九五〇）年の日本に流れるクリスマスの音楽と日本に潜む人知を超えた不思議な存在の声。そのとき飼い猫がこむらを舐《な》めたという怖ろしくもエロチックな歌。

尻・臀　いさらい　旧かな　ゐさらひ

●尻。臀部《でんぶ》。いざらいとも。

人知れず老いたるかなや夜をこめてわが臀も冷ゆるこのごろ

斎藤茂吉《さいとうもきち》『小園』

老いを身体の寒さに如実に感じている。「夜をこめて」冷えるのは、だんだんに肉付きが薄くなって沁みるようになったのであろう。

陰　ほと

●女性の陰部。男性の陰部もさす。

山の樹に白き花咲きをみなごの生まれ来につる、ほとぞかなしき

前《まえ》登志夫《としお》『縄文紀《じょうもんき》』

作者が女の子の父親になったという背景がある。その性のしるしに哀れを感じていることが清らかな風景の中に詠まれる。

風呂《ふろ》にしてわれとわが見る陰処きよくすがしく保ちてあらな

吉野秀雄《よしのひでお》『寒蟬《かんせん》集』

「ほとどころ（陰処）」という語もある。自身の陰部を風呂で眺めるとき、命の象徴であると感じて、清らかで健やかにありたいと願う。

陰嚢　ふぐり

●いんのう。睾丸《こうがん》のこと。

深酒をあわれまれつつ湯にひとり己がふぐりを掴みて浸る

永田和宏《ながたかずひろ》『やぐるま』

たくさん酒を飲んだ翌朝に家族にいろいろ言われたのであろう。どうしようもないなという自己憐憫《れんびん》と反省がこもる。

魔羅・摩羅　まら

●男性器、陰茎のこと。

草萌えろ、木の芽も萌えろ、すんすんと春あけぼのの摩羅のさやけさ

前《まえ》登志夫《としお》『樹下集』

早春の芽吹きの山の命に通じてゆくものとして自身の命を「さやけさ」としてうたい、健やかな寿《ことほ》ぎのような歌である。

腸　はらわた・わた

●内臓、特に大腸と小腸をさす。「腹綿」の意。

はらわたに花のごとくに酒ひらき家のめぐりは雨となりたり

石田比呂志《いしだひろし》『滴滴』

酒がはらわたに沁みるという感覚を、「花のごとくに」開いてゆくとして、酒への愛着とともに表現している。内部の感覚と、外界の雨を対比的に並べ、それが湿った心地よさを伝えてくる。

なすび形の腸《わた》が抱けるさざれ石人体はかかるものも貯ふ
三國玲子《みくにれいこ》『鏡壁』

腎臓結石が見つかった時「なすび形の腸」「さざれ石」と言い換えて現実の驚きと戸惑いを詩化している。「人体」とは不思議なものであると感心した歌。

肝　きも

●内臓、特に肝臓をさす。「胆」とも書く。

烏賊の肝《うろ》ずるりと引き抜く手わざなど累ねて夏をしたたかに越ゆ
今野寿美《こんのすみ》『星刈り』

「うろ」という呼び方を採用し、烏賊《いか》を調理するとき内臓を引き抜く。若い妻の厨《くりや》に立つ時間を重ねた自負が「したたか」にこめられている。

群肝・村肝　むらぎも

●五臓六腑。群がっている肝の意。

うつしみの十指の爪を摘みしかどむらぎものうちまだ爪のある
田井安曇《たいあずみ》『我妻泰歌集』

「むらぎも」の内部にまだ切らない爪がたっているようだという。抑えがたい感情をもった生な人間を捉えようとする意志がある歌だ。

臓腑　ぞうふ　旧かな　ざうふ

●内臓全体。五臓と六腑のこと。

脂肪まみれの臓腑をわれも持てること疲れうつむく時に意識す
杜澤光一郎《とざわこういちろう》『青の時代』

「脂肪まみれの臓腑」とは飽食の時代を表す。そこに自身も連なっていることの羞恥と抵抗しがたいものを感じている。

癒えし胃の腑さかんに陽を吸ひ陽の中の黄菊白菊咀嚼しあかぬ
森岡貞香《もりおかさだか》『白蛾《はくが》』

胃袋を「胃の腑」と呼ぶ。初句が六音で勢いがある出だしてである。食べ物のほかに秋の日差しや日を受けている黄菊白菊をも咀嚼《そしゃく》しているという、大胆な感覚で回復と身の力を詠んでいる。

身籠る　みごもる

●妊娠する。

傷あらぬ葩《はなびら》のごとかばはるるうらがなしさに妊《みごも》りてをり

稲葉《いなば》京子《きょうこ》『ガラスの檻』

妊娠した身が庇護《ひご》されることに悲しみを覚え、「葩」の比喩で繊細に感受している。

誰からも頼りにされず妊婦とはあまりに巨大な球根のよう

畑《はた》　彩子《さいこ》『卵　egg』

庇護されていることに疎外感を覚え、「巨大な球根」というSFのような異物によって表す。

孕む　はらむ

●胎内に子を宿す。
●布などが風を受けてふくれる。
●中に含んでもつ。

孕みつつ屠らるる番待つ牛にわれは呼吸を合はせてゐたり

寺山《てらやま》修司《しゅうじ》『田園に死す』

畜殺の残酷な場面に立ち会っている。呼吸は命の動きであり、胎内の仔牛《こうし》にも脈動があるのだ。死が迫る牛に寄り添う。

悪阻　つわり　旧かな　つはり

●妊娠の初期に見られる症状で、吐き気、嘔吐《おうと》、食欲不振など。

みちのくに冬遶《めぐ》る陽のいろしろし。このごろ妻の悪阻《つわり》やみゐる。

石原《いしはら》　純《じゅん》『靉日《あいじつ》』

妻の悪阻を見守ってきた主人公の安堵《あんど》に近い観察眼がやさしい。冬の太陽が遠くから白く見守っている。

羊水　ようすい　旧かな　やうすい

●羊膜の中を満たす液。胎児・臍帯《さいたい》が圧迫されるのを防ぐ。

たんぽぽの花に目線を合わせんとしゃがみこむとき傾く羊水

鶴田《つるた》伊津《いづ》『百年の眠り』

動作によって羊水が傾くのを体感し、常ならぬ身を書き留めている。

産み月　うみづき

●臨月、出産予定の月。

産み月の葉月が近し腹の皮薄くなりたる妻は日蔭に
吉川宏志《よしかわひろし》『青蟬《あおせみ》』

産み月、葉月の「つき」の音が続き祈りのように響く。「腹の皮薄くなりたる」という描写がリアル。

臨月のわたしを午後の湯の中に沈めてみればちいさな火山
早川志織《はやかわしおり》『クルミの中』

「火山」という比喩は大地の息吹の力強さを身に引き寄せようとしている。

香　か

●かおり。におい。色合い。

わが夏の髪に鋼《はがね》の香が立つと指からめつつ女《ひと》は言うなり
佐佐木幸綱《ささきゆきつな》『夏の鏡』

恋人の髪に指をからめて寄り添っている女性が、「鋼」の匂いがしていると言った。「わが夏の髪」は若い季節を、「鋼」は重く鋭いもの、男っぽいことをさしている。青春映画を髣髴《ほうふつ》とさせる男女の場面である。

匂い・臭い・匂う・臭う　におい・におう　旧かな　にほひ・にほふ

●鼻で感じる刺激。かおり、くさみなど。

●あるにおいを発散する。

●なんとなくそれらしい雰囲気が感じられる。

泥染めの泥が乾けば夏草の藺にうつすらと故国が匂ふ
安永蕗子《やすながふきこ》『緋の鳥』

藺《い》は畳や茣蓙《ござ》の材となる。刈り取ったあと泥で染め乾燥させる。それによって草を急激な乾燥から守り、頑丈にし、独特の香りが得られる。故国は祖国のこと。

涙・泪・涕　なみだ

●眼球を潤している液体。

●泣くこと。喜びや悲しみなど人間らしい感情の表れ。

ほんとうにおれのもんかよ冷蔵庫の卵置き場に落ちる涙は
穂村《ほむら》 弘《ひろし》『シンジケート』

自分の涙を信じ難く突き放して見ている。涙が落ちる場所が「冷蔵庫の卵置き場」。そのギャップに意外性があり自分だけが知る切なさがある。

食べ損ねたる手足を想ひ山姥が涙の沼を作った話

石川美南《いしかわみな》『離れ島』

山姥《やまうば》は山に住む老女の妖怪。人を食ったという伝説もある。上の句は山姥のある日を想像した作者の創作。このような伝説が残る沼がありそうな気がしてくる。山姥の悔しさが壮大である。

吐息　といき

●落胆したり、ほっとしたりした時に思わずもらす息。ためいき。

箸とめて馬疾走に吐息する外れし顔を子ゆゑ楽しむ

千代國一《ちよくにいち》『風日』

吐息をもらしたのは予想した馬券が外れたから。「子ゆゑ楽しむ」という父のスタンスにユーモアがある。

温み・温もり　ぬくみ・ぬくもり

●あたたかみ。ぬくまり。

川原風はげしく吹けり日のぬくみ冷《さ》めぬ小石を吾子にもたせつ

岡麓《おかふもと》『庭苔』

太陽を浴びていた小石を父が子供に手渡す。その温かさで励まそうとするやさしさ。二句切れのリズムに張りがあり、風の冷たさが想像される。

入水せる母のからだに人間のぬくもりはなしわれは抱けるに

川口常孝《かわぐちつねたか》『裸像』

母の悲しい死に方。冷たいなきがらから受ける衝撃と深い悲しみが断定的な言い方にこもっている。

尿　しと・いばり・ゆばり・ゆまり

●小便。小水。「ゆばり」は「ゆまり（湯放）」から転じた。「いばり」は「ゆばり」の転。膀胱《ぼうこう》のことを「ゆばりぶくろ・いばりぶくろ（尿袋）」という。

空も老けてただあかるきに神無月尿《しと》のやうなる日照り雨すぐ

日高堯子《ひたかたかこ》『雲の塔』

親の老いを思う日々の中で空の明るさにも老いがあると見ている。日照り雨を肉体感をもって捉える。

勢ひて尿《いばり》をはなつ俺の雄《を》のしばしの愉快彼女ら知らず
島田《しまだ》修三《しゅうぞう》『晴朗悲歌集』

男性が立って小便をする爽快さをうたいあえて優越感をもたせている。「彼女ら知らず」と挑発しニヤリとする。

むこうむきに女尿《ゆまり》す黄の花の揺らげる闇にわれを待たせて
永田《ながた》和宏《かずひろ》『やぐるま』

のどかな開放感、健やかさにあふれている。黄色い花が咲いている夜の闇がやさしい。

屍　かばね・しかばね

●死骸。死体。「屍《し》」とも。

冬潮に母のしかばね皓として運ばれしゆめうるはしかりき
坪野《つぼの》哲久《てっきゅう》『百花』

母の臨終に際した歌で、故郷の厳しい風土の中で母を送る悲しみを美しいイメージに描いた。

夏蝶の屍《かばね》ひそかにかくし来し本屋地獄の中の一冊
寺山《てらやま》修司《しゅうじ》『田園に死す』

「本屋地獄」はおびただしい本。その中の一冊に夏蝶《なつちょう》の死骸を挟んで隠したという嗜虐《しぎゃく》的な行為に、愛するものを永遠なものにしたいという倒錯した願いがある。

亡骸　なきがら

●死骸。死体。魂が抜けてしまった肉体のこと。

コンタクトレンズつけたる現身のなきがらをときに思ふことあり
二宮《にのみや》冬鳥《とうちょう》『忘路集』

コンタクトレンズを入れたまま亡くなる人もいるだろう。「現身のなきがら」と言葉を重ねたことで、人体と現実に奥行きが生まれている。

骸・軀　むくろ

●身体そのものをいう。死骸、亡骸《なきがら》。

のこされし者なる我ら汗あえて二階より君のむくろ下しぬ
高野《たかの》公彦《きみひこ》『汽水の光』

同僚であり歌人であった小野《おの》茂樹《しげき》が急逝した折の歌。突然の死にショックを受けながら、立ち会った生者としての自身と時間を客観的に淡々と描く。

人びとを詠む
——大切な人たち

緑児・嬰児　みどりご

●赤子。えいじ。生まれたばかりの赤ん坊から二、三歳までの子供をさしていう。新芽のような子の意から来ている。嬰は女、児は男の子。

みどりごはふと生《あ》れ出でてあるときは置きどころなきゆゑ抱きゐたり
今野寿美《こんのすみ》『世紀末の桃』

現代的なスタンスの詠み方。若い母親の困惑をさらっと描いて「ふと」「あるときは」にユーモアがただよう。

ベビー

●赤ん坊。乳幼児。今では「乳母車」はベビーカーと呼ばれる。

眠る子をベビーシートに起こすとき駆け抜けてゆく風遙かなり
富田睦子《とみたむつこ》『さやの響き』

ベビーシートは車に設置する、乳幼児を横たえ固定するシート。車の扉を開けた途端に風が吹きぬける。子供と離れられない今は自在な風と対照的である。

ベビーカーは折り鶴に似て児を拐ひとぶやもしれず枷鎖購ひにゆく
光森裕樹《みつもりゆうき》『山椒魚《さんしょううお》が飛んだ日』

ベビーカーが「折り鶴」の形に似ていると気づく若い父親。鶴に子供が突然さらわれたらという不安が早くも生まれているのだ。

幼・稚　おさな　旧かな　をさな

●幼い子供。幼児。「おさなご」に同じ。

幼子《をさなご》は鮭のはらごのひと粒をまなこつむりて呑みくだしたり
木俣《きまた》 修《おさむ》『冬暦』

サケの腹子の粒を食べる様子が丁寧に描写されている。幼児の小さな体と表情が見えてくるようだ。おさなご・はらごの音が続く。

めし粒をこぼしつつ食ふこの幼《をさな》貧の心をやがて知るべし
長澤一作《ながさわいっさく》『松心火』

まだ上手に食べることができない幼子への憐《あわ》れみがいきなり「貧の心」を引き寄せる。これからの人生が決して平坦ではない厳しさを見通している親としての視線。

乙女・少女・処女

おとめ 旧かな をとめ

●成人前の女性。童女。

居眠りをしてゐる乙女ほの明き体の中のその白牡丹

高野公彦《たかのきみひこ》『水苑』

若い女性の身内に白い牡丹《ぼたん》が開いているのだろうという空想が美しく、やさしい。

小鳥きて少女《をとめ》のやうに身を洗ふ木かげの秋の水だまりかな

与謝野晶子《よさのあきこ》『さくら草』

水浴びをする小鳥の触れ難いような清らかさと可憐《かれん》な命を「少女」にたとえる。

男子・男

おのこ 旧かな をのこ

●成人した男性。

●男の子。男児。

我等より見る天地の外をゆく星に等しと男《をのこ》をおもふ

茅野雅子《ちのまさこ》『金沙《きんしゃ》集』

異なる性に対しての憧れと頼もしさを「天地」「星」というスケールで浪漫的にうたう。

雅男・遊士・風流士

みやびお 旧かな みやびを

●優雅で風流な男。

遊士《みやびを》とわれは聞けるを屋戸《やど》貸さずわれを還せりおその風流士《みやびを》

石川女郎《いしかわのいらつめ》『万葉集』

「おそ」はのろま、にぶいという意。石川女郎が洗練されている男性に片思いをしていたが恋に発展しなかった。思いを遂げられなかったことを恨めしく思い、冗談にしてこの歌を送ったという。

益荒男・丈夫

ますらお 旧かな ますらを

●勇ましい男子。

ますらをは千よろづあれど手弱女《たわやめ》の向脛《むかはぎ》にあへばなべて倒れつ

与謝野《よさの》 寛《ひろし》『相聞《あいぎこえ》』

多くの「ますらを」が倒れてしまうと、男の心を大仰にユーモアをこめてうたう。

女

おみな 旧かな をみな

●女性。若い女性。おみなご。

妻でなきをみなと腕組み街ゆけりなんとわたしとしたことぞ　よき
岩田《いわた》　正《ただし》『レクエルド』

私としたことが今なんということをしているのか、に作者の真面目さと純情がある。「よき」と肯定したところがユニークであり人間味が出ている。

合唱をして戻りくるおみな子が夕闇に跳ねる尿意こらえて
花山《はなやま》多佳子《たかこ》『砂鉄の光』

作者の娘を「おみな子」と描く。合唱する間にがまんしていたのだろう。跳ねる姿に子のまじめさとあわれがある。

【児・息子・娘】こ

●児童、息子、娘を略して「こ」と読ませる例もある。

ポール・ニザンなんていうから笑われる娘《こ》のペディキュアはしろがねの星
小高《こだか》　賢《けん》『本所両国』

足の爪にマニキュアを塗っている娘。「しろがねの星」というきれいな表現は、娘が大人びてゆく時期への戸惑いの光なのかもしれない。

夫と息子《こ》に明るき色のTシャツを選ぶ間われの鬱は弾ける
佐田公子《さたきみこ》『夢さへ蒼《あお》し』

自分のことはさておいて、といった時に心が元気になるのかもしれない。夫と息子だから思い切って明るく派手な色を選ぶことができる。

【家族・親族】うから

●「から」は血族集団の意である。

みちのくを捨ててみやこにさまよへる族《うから》が祖《おや》の父ぞ亡《う》せける
玉城《たまき》　徹《とおる》『徒行』

父祖が根付いていた東北の故郷を捨てて都市部で生活している苦さ。親が亡くなったときに一族の彷徨《ほうこう》の意味を問うている。

【同胞】はらから

●同じ母から生まれた兄弟姉妹。祖先を同じくする者。また同じ国民のこともいう。

こころかよはざるはらからよ死の後の象《かたち》想ふにさへ黒き獏
塚本邦雄《つかもとくにお》『緑色研究』

血を分けたきょうだいでも一体となることは滅多にないのかもしれない。「死の後の象」はそれぞれの死が違い、不明であるということの比喩である。

長男・長女　ちょうなん・ちょうじょ

旧かな　ちやうなん・ちやうじよ

●一番目に生まれた男子、女子。長子。

長女という上着すぽんと脱いでみた　母が着なさいと追いかけてくる
井上久美子《いのうえくみこ》『マザーリーフ』

長女としての役割を娘に期待している母。それはお仕着せでしかない。たとえと動詞を上手く使いせめぎ合いを描いた。

夫・背・兄　せ

●女性の側から恋人・夫・兄弟などの男性を親しんで呼ぶときに使われた古語。夫子《せこ》、背子、兄子ともいう。

わが妻《つま》のかたちづくらずなりたるを四十《しじふ》に近《ちか》きその夫子《せこ》の泣《な》く
与謝野《よさの》　寛《ひろし》『相聞《あいぎこえ》』

体裁をつくろわない、身だしなみを構わない妻で、その夫が悲しんで泣いているという。「四十に近き」中年期の哀しさ。

妹　いも

●男性の側から恋人や妻など親しい女性をさしていう語。

これやこの一期《いちご》のいのち炎立《ほむらだ》ちせよと迫りし吾妹《わぎも》よ吾妹
吉野秀雄《よしのひでお》『寒蟬集《かんせん》』

「吾妹」は「わがいも」を略したもの。親しい女性を呼ぶ言い方で妻や恋人をさす。病に臥《ふ》して死が近くなった妻が夫を求めた愛と命の切なさを詠む。結句のリフレイン（繰り返し）に哀切な思いがこめられている。

夫・妻　つま

●夫婦間で互いに相手を呼ぶ名称で、古語では男女とも「つま」と呼んでいた。

年ごとに自然《ナチュラル》になつてゆく妻をしづかに遠ざけて夫も老ゆ
日高堯子《ひだかたかこ》『樹雨《きさめ》』

年とともに男と女の意識が薄れてゆき夫婦間の距離も変化する。「自然《ナチュラル》」「しづかに遠ざけて」がその中身を客観的に捉え軽やかにうたう。

孫　うまご

●まご。子孫。「まご」の古い言い方。むまごとも。

三歳の女のうまご電話に出《い》でてこしばかりに新《にひ》年《どし》の心うれしむ
山本友一《やまもとともいち》『続頃日片片』

幼い女孫の声によって、新年がなお喜ばしいものになったという、祖父としての素直な心情。

祖父　おおじ・おおちち　旧かな　おほぢ・おほちち

●祖父の古い言い方。おほぢぢとも。

降りながらみづから亡ぶ雪のなか祖父《おほちち》の瞠《み》し神をわが見ず
寺山修司《てらやましゅうじ》『田園に死す』

雪が降る情景を「亡ぶ」と暗く厳しいものにしている。祖父が見たであろう日本の古い神々はもはや自分には見ることができないという隔世の感慨。

祖母　おおば・おおはは　旧かな　おほば・おほはは

●祖母の古い言い方。

大ははが木練《こねり》の柿と惜しみたる赤光りの柿か霜にも落ちず
馬場《ばば》あき子《こ》『雪木』

祖母の心を思い女たちが守ってきたものを思う。それはある時は色彩をもって鮮明に現れる。赤く照る柿の実のように。

ちちのみの

●父にかかる枕詞《まくらことば》。漢字では「乳の実の」とも書く。「ちちのみ」だけで父親のことをさす例もある。

ちちのみの骨ひろひし六月のわが手このあさ畳を拭きつ
雨宮雅子《あめみやまさこ》『秘法』

火葬した父の骨を拾った手は拭き掃除をする日常の手に戻る。人生の変化を「手」に託して詠んでいる。

たらちねの

●母にかかる枕詞。漢字では「垂乳根」「足乳根」とも書く。「たら」は垂らすの語幹、「ち」は乳、「ね」は女性の尊称の語。「たらちね」だけで母親をさす例もある。

垂乳根の母が釣りたる青蚊帳をすがしといねつたるみたれども

長塚《ながつか》　節《たかし》『長塚節歌集』

年老いた母への思い。自分を産んでくれた存在として「たらちねの」が冠されている。母が釣った蚊帳《かや》がたるんでいるのをさびしく思い申し訳なく思うのだ。

ははその

●母にかかる枕詞。「ははそばの」とも。漢字では「柞葉の」と書く。「ははそは」だけで母親を表すときもある。

星のゐる夜ぞらのもとに赤赤とははそはの母は燃えゆきにけり

斎藤《さいとう》茂吉《もきち》『赤光《しゃっこう》』

亡くなった母の火葬の場面。山形の金瓶《かなかめ》村の野で焼いたという。大きな空間のもとで燃える火は生と死を同時に表しているようでもある。

姥　うば

●年老いた女。

山坂を髪乱れつつ来しからにわれも信濃の願人の姥

齋藤《さいとう》　史《ふみ》『ひたくれなゐ』

作者は戦時中に信州に疎開してから住み続けた。「信濃《しなの》の願人の姥」が激しく、自己劇化を通して情念を描く。

媼・嫗　おうな

●年老いた女。

この国の媼等が着る黒布みなわれら日本の売りし生地なる

三井《みつい》　修《おさむ》『砂の詩学』

中東での任務でテヘランを歩いた作者。老女が身につける黒布はその国の慣習である。「日本の売りし」が本末転倒の現実を突きつける。

翁　おきな

●年老いた男。
●男性の老人を親しみ呼ぶ語。

心寂しくなれば父とも言ひ寄りて思はざりしに還暦の翁

山本友一《やまもとともいち》『黄衣抄』

父のように慕った恩師を翁と呼ぶ。作者の若さと歳月の経過も含まれている。

連れ合い　つれあい　旧かな　つれあひ

●連れになること。夫婦。

連れ合いは欠けてはならぬ人のこと五風十雨の日々がすぎゆく

三枝浩樹《さいぐさひろき》『黄昏　クレプスキュール』

連れ合いがいることで生活も心も保たれているとあらためて気づく。「五風十雨」は穏やかで順調な日々のこと。

夫婦　めおと　旧かな　めをと

●夫婦。

婚の日は杳《はる》かとなりて夫婦《めをと》さぶ冬の苺を妻と分けつつ

影山一男《かげやまかずお》『天の葉脈』

「冬の苺《いちご》」を二人で静かに食べる。日常の優しさに夫婦らしくなったなという感慨が静かにわいている。

友垣　ともがき

●友だち。朋友。

仕舞いじたくをせよという声　友垣のいなくなりたるこの世の朝に

三枝浩樹《さいぐさひろき》『黄昏　クレプスキュール』

友人の死を聞いた朝、死に近くなった年齢が意識された。「仕舞いじたく」「この世の朝」が響き合い、寂寥《せきりょう》感が立ちのぼる。

ライバル

●好敵手。

ライバルは死者なれどこの手に銃をその眼に映る星を撃つため

松野志保《まつのしほ》『モイラの裔《すえ》』

ライバルの死を惜しみ、永遠に向き合っていきたいという心を銃や星に託す。「死者なれどこの／手に銃を」の破調と句またがりに複雑な心境が乗せられている。

鰥夫・寡男　やもお　旧かな　やもを

●妻を失った男。男やもめ。

上《かみ》の山《やま》の停車場に下り若《わか》くしていまは鰥夫《やもを》のおとうとを見たり

斎藤茂吉《さいとうもきち》『赤光《しゃっこう》』

連作「死にたまふ母」の前半にある歌。東京から故郷の山形県上山《かみのやま》に帰った作者を迎える弟。それぞれの人生を抱えていることを実感するのである。

【寡・孀・寡婦】やもめ

●未亡人。後家。かふ。

糊口《くちすぎ》のその日その日にわが知らぬ小皺もさして孀さぶらむ

明石海人《あかしかいじん》『白描』

寡婦となった人が生活に苦労している姿を見る。痩せて小皺《こじわ》が増え、やつれてゆく女性への憐憫《れんびん》がこもる。

【一人・独り】ひとり

●一個のひと。いちにん。
●その人しかいない、相手や仲間がいないこと。
●独身であること。

逆さまにビルから人が落ちてゆく顔まで見えて人はひとりだ

奥田亡羊《おくだぼうよう》『亡羊』

二〇〇一年九月十一日に起きたアメリカ同時多発テロ事件で、恐怖と絶望でビルから自ら飛び降りた人。ニュース映像を見た作者は衝撃を受け、極限状態を克明に描く。

独り言つぶやくことの多くなり我がみずからを励ましおらん

沖《おき》ななも『ふたりごころ』

「独り言」が増えた自分を分析している。その理由を自分自身を励ましているからだろうと自愛の気持ちがある。

のどから出る手のかたちなど考へて独り笑ひに耐へ耐へてゐる

清水房雄《しみずふさお》『老耄章句《ろうもうしょうく》』

「のどから手が出る」という成句におかしさを覚え、現実にはありえない手を思い浮かべている。笑いをこらえた表情を想像することができる。

娶りたる友の月日とひとり身のいづれ安けき水仙にほふ

水本協一《みずもときょういち》『孤映』

独身の日々と結婚後の日々のどちらが心安らかだろうか、と友人のことを考える。人生の味わいはどちらにもある。水仙の花の香りに清潔な趣がある。

人生や生活を詠む

——山あり谷ありの日々

猟　りょう　旧かな　れふ

●狩猟。鳥獣を捕らえること。

harassとは猟犬をけしかける声その鹿がつかれはてて死ぬまで

川《かわ》野《の》芽生《めぐみ》『Lilith（リリス）』

ハラスメントの語源に遡《さかのぼ》り狙われ追い詰められた鹿の死を描いた下の句は、虐げられる怖さと、人間の心理の怖さを考えさせる。

漁　りょう　旧かな　れふ

●魚介類を捕ること。

沖合にゴマ粒程の船見えて鯵釣り漁のシーズン来たらん

櫻《さくら》井《い》利春《としはる》『母なる海よ永遠に』

地域によって多少違うが高水温になる時期がアジ釣りのシーズンだという。「ゴマ粒程」の描写から季節への期待が高まる歌。

農　のう

●農業。農作。

●農業に従事する人。農民。

泥にぬれて夕映《ゆうばえ》の坂下るときまざまざと暗愚なる農のひとりぞ

板宮《いたみや》清《せい》治《じ》『麦の花』

作者は農業に従事した歌人であり、生業を追求し哲学的にうたった。我が身をことさらに飾らず真実を見すえる姿勢がうかがわれる。

労働　ろうどう　旧かな　らうどう

●体を使って働くこと。

労働の果《み》のつまりたるぴらぴらのフロッピー一葉もちて歩むも

大塚寅彦《おおつかとらひこ》『空とぶ女友達』

パソコンを使った作業をフロッピー一枚の成果として描き、労働の手法や形が変化する時代を表現している。「果」「一葉」と対照的にしているところにも詩的なアイデアがある。

方便・活計　たつき

●古くは「たづき」。生活の手段。生計。

夕焼けのなごりをとどめゆく雲や生活《たつき》を負いて坂にのぼれば

三枝浩樹《さいぐさひろき》『世界に献ずる二百の祈禱《きとう》』

青年から壮年に向かう時間のなかで生活への責任はしだいに重くなってゆく。美しい夕空を眺めながら、喪《うしな》いつつあるものへの愛惜を抱く。

罠　わな

●紐《ひも》、縄、竹などを用い輪の形にするなどして鳥獣を生け捕りにするための仕掛け。

●他人をおとしいれるための計略。

火の罠をつくるライトの中に立ち青年狂ほしく楽を指揮する

春日井《かすがい》　建《けん》『未青年』

ステージの照明を「火の罠」と不穏に表現し、指揮をする青年が囚われていると見る。音楽という火にもだえ踊らされているように。

釣り　つり

●釣り針をつけた糸を垂らして魚を捕ること。

あの白き湿布の匂う軽バンに祖父乗せ釣りに行きたかりけり

永田《ながた》　淳《じゅん》『1／125秒』

祖父に同行し釣りを教わった思い出が多いのだろう。軽バンが白くて湿布が匂っていたという描写の具体性に、もう実現できないことへの愛惜が表れている。

簗・梁　やな

●川に木や竹などで流れをせきとめ、魚を捕るための仕掛け。

簗の簀《す》にうち上げられし一つの魚飛沫《しぶき》がかかるたびに喚喁《あぎと》ふ

半田良平《はんだりょうへい》『幸木』

簗に当たって立つしぶき、水に反応する魚など動きを描写。苦しむ魚の命を憐《あわ》れんで見つめる。

夜勤　やきん

●夜間の勤務。

帰らんとすれば、遠く、／警鐘《けいしょう》のおとの、そら耳、／冬の夜勤《やきん》を悲しめりけり。

土岐《とき》善麿《ぜんまろ》『街上不平』

仕事の疲れが空耳に表れたのだろうと、悲しく思う作者。都市生活の中で働く身の抒情《じょじょう》を積極的にうたった。

ラッシュ

●多数の人が押し寄せること。にわか景気。

波際を攫われぬようおずおずとラッシュの駅のエッジを歩く

ユキノ　進《すすむ》『冒険者たち』

ホームに大勢の人がいて押されながら歩く。「波際」「エッジ」によって、ホーム下を意識しながら恐る恐る歩く様子が表出された。

リストラ

●リストラクチュアリングの略。不採算部門の切り捨てや人員削減などで再構築をはかること。

リストラを甘受せし友大晦日妻と二人で甘栗買える

秦《はた》　武司《たけし》『さくら坂』

リストラを受けた友人が妻と連れ立ち甘栗を買う胸の内を思いやる。「甘」の字を二通りに用いて現実社会の苦さに耐えることを描く。

リクルート

●人材募集。転じて就職活動のこともいう。

会いたいねってなったら会ってリクルートスーツときみと見た藤の花

阿波野《あわの》巧也《たくや》『ビギナーズラック』

就職活動中、息抜きに友人や「きみ」と会う。活動期間にスーツを着せられているような気分が漂う。

理髪　りはつ

●主に男性の髪を切り整えること。散髪。理容。

眠りたるわが疲れねぎらひくれたりし鎌倉駅前庄司理髪店

島田《しまだ》修二《しゅうじ》『行路』

散髪や顔剃《そ》りの間に眠ってしまった作者。思いやりの深い店主の言葉。「鎌倉駅前庄司理髪店」の名詞に忘れられない思い出がこめられている。

パーティー

●社交的な集まり。
●登山で行動をともにする仲間。志を同じくするグループ。

パーティーははじまり小エビのカクテルもチョコのムースも生者の取り分
米川《よねかわ》千嘉子《ちかこ》『吹雪の水族館』

パーティーの美しくおいしい食べ物を取ることができない死者が意識された途端、この世の有限性が迫ってくるのだろう。

浪費　ろうひ　旧かな　らうひ

●むだに時間や労力を費やすこと。

感情のかかる浪費は何がため夜のしばしばにひとり目覚めて
高安国世《たかやすくによ》『砂の上の卓』

感情が揺らぎ夜中に目が覚める。まるでむだ使いしているようだと自身の心境を突き放して表現している。

盗み・偸み・盗む　ぬすみ・ぬすみ・ぬすむ

●他人の物をひそかに自分のものにする。とる。
●他人の芸や作品、考えなどをひそかにまねる。
●人に知られないようにこっそりおこなう。

秋づけば山のぬすみのまた増加《ふ》えぬ今朝もこと告げ山守《やまもり》きたる
中村憲吉《なかむらけんきち》『しがらみ』

作者は広島県布野《ふの》（現・三次《みよし》市）に住んだ。山間の村で聞く「山のぬすみ」は、春の間にひそかに生木に傷をつけておき、秋に枯色を目当てに盗伐するのだという。

荒び・遊び　すさび

●心のおもむくままにまかせること。慰みごと。

みづからに猿轡はめて試《ため》せるも無為の日の夜のすさびなりけむ
前川佐美雄《まえかわさみお》『捜神』

ひまをもてあそぶ滑稽なおのれのすがたを思い出してうたっている。何か白けた感じもただよう。

無頼　ぶらい

●無法な行いをする人。素行の悪いこと。
●頼るところのないこと。

無頼たれ　されどワイシャツ脱ぐときのむざむざと満身創痍のひとり

佐佐木《ささき》幸綱《ゆきつな》『群黎《ぐんれい》』

「無頼たれ」は助動詞「たり」の命令形で止めた強調の形。「満身創痍《まんしんそうい》」は身体であり精神の有様でもある。

放蕩　ほうとう　旧かな　はうたう

●酒や色事にふけり、好き勝手に過ごすこと。

放蕩のあはくかなしきこころよきその味《あぢは》ひを忘れかねつも

吉井《よしい》勇《いさむ》『酒ほがひ』

吉井勇は明治十九（一八八六）年に伯爵家の次男に生まれ、若い頃から紅灯街を題材とした歌を詠んだ。「あはくかなしきこころよきその味ひ」に集約された享楽の日々。

放浪　ほうろう　旧かな　はうらう

●さまよい歩くこと。

夏帽のへこみやすきを膝にのせてわが放浪はバスになじみき

寺山《てらやま》修司《しゅうじ》『空には本』

「夏帽」は麦藁《むぎわら》などの軽い素材でできた帽子。「へこみやすき」「放浪」に青春性が表れている。

離郷　りきょう　旧かな　りきやう

●郷里を離れること。

埋立地にいまだ墓地なし離郷者の町と呼ばむか美浜区真砂

久我《くが》田鶴子《たづこ》『ものがたりせよ』

千葉市美浜《みはま》区の埋立地。マンションが建ち東京のベッドタウンとなった。「墓地なし」が新興の地を象徴している。

流離　さすらい　旧かな　さすらひ

●流浪。漂泊。あてもなくさまよい歩くこと。

さすらひの道づれとしてしまひたる犬のよごれし体を洗ふ

大野《おおの》誠夫《のぶお》『あらくさ』

汚れた犬を洗う行為に犬への哀れみとともに老いた自身と人生への悔恨の思いがこめられている。

流離　りゅうり　旧かな　りうり

●郷里を離れてさまようこと。

母の齢《よわい》はるかに越えて結《ゆ》う髪や流離に向かう朝のごときか

馬場《ばば》あき子《こ》『飛花抄』

実母が亡くなった年齢を自分はとうに越えた。母が知りえなかった人生を歩んでいること、拠《よ》り所なく一人で生きてゆくことが流離に通じると思い始める。

流転　るてん

●物事が移り変わること。

紫蘇の穂は白くこまかく咲きゐたりなべて流転の内と聞くとき

滝沢《たきざわ》　亘《わたる》『断腸歌集』

シソは夏から秋に花穂に小花をつける。万物流転の中に現れては消滅してゆく命、小さな花も自身も移ろいゆく中にあるという感慨を深める。

奔放　ほんぽう　旧かな　ほんぱう

●自由にふるまうこと。

大正の末に生まれて奔放なる若さといふを知らず過ぎきぬ

岡野《おかの》弘彦《ひろひこ》『冬の家族』

作者が少年から青年にかけて、日本は戦争へ突入し、作者は学生のまま兵士となった。「奔放なる若さ」を抑えこんだ失われた青春を惜しむ思いが滲《にじ》む。

問い　とい　旧かな　とひ

●尋ねること。質問。問題。

少年も果実のように熟れてゆくうれて失う問いをかかえて

三枝《さいぐさ》浩樹《ひろき》『銀の驟雨《しゅうう》』

少年の純粋な内面を「問い」と表現し、成長とともに変化し失われてゆくことを作者は惜しんでいる。

罪　つみ

●法律的、道徳的、宗教的な規範に反する行為。
●ある行為から生ずる他者に対する負い目。

残照の光の海を二人行く花のごとかる罪を抱きて

道浦《みちうら》母都子《もとこ》『夕駅』

罪といっても花にたとえたいような恋。何かから逃れてきたような二人。照りはえて残っている夕日の光がはかなさを暗示する。

咎・科　とが

●あやまち。過失。

生きかはり生きかはりても科《とが》ありや永遠《とは》に雉鳩の声にて鳴けり

稲葉《いなば》京子《きょうこ》『槐《えんじゅ》の傘』

仏教で前世で犯した罪業のために地獄に生まれ変わるという考えがある。雉鳩《きじばと》の鳴き声に、あやまちを犯す生を思い、それは作者自身のおびえに反照する。

業　ごう　旧かな　ごふ

●仏教用語で、人間の働き、行為ともたらされる善悪の結果。前世の行為によって現世に受ける応報。

●人が担っている運命や制約。

雪ぐにに住むもおのれの業《ごふ》としてきびしき冬を堪へつつ生きむ

岡部《おかべ》文夫《ふみお》『雪天』

北陸の石川が故郷である作者は、そこに住んでいることも「業」とうたう。きびしい風土に自らを置くことは忍耐を強いられつつも、精神を培うのだろう。

敗者　はいしゃ

●勝負や試合などに負けた人、チーム。

つひにわが踏むをえざりし甲子園の土をかき入れゐる敗者たち

竹山《たけやま》広《ひろし》『眠ってよいか』

作者は長崎で被爆し病を抱えて生きた。負けて土を持って帰る高校野球の球児をテレビで見ながら、敗者にさえ羨望の眼差しを向けている。

ボランティア

●みずから進んで無償で社会的な活動をする人。

ボランティアスタイルの群降りきたりさらに支線に乗り換へるべく

佐藤《さとう》通雅《みちまさ》『昔話（むがすこ）』

東日本大震災後の二〇一二年の作。仙台に住む作者は被災地を訪れる人々に醒《さ》めた目を向ける。被災者はスタイルさえ選べなかった。

盲導犬　もうどうけん　旧かな　まうだうけん

●盲人の歩行を導き助ける犬。

老いに添ひ信号待てる盲導犬上ぐる眼に秋の日澄めり
青木陽子《あおきようこ》『原風景』

その役割をけなげにおこなっている盲導犬。見上げた目に無垢《むく》なものを感じ、美しい結句でまとめている。

点字　てんじ

●指先の触覚により読解する記号文字。凸状の点の組み合わせによる記号を基本とする。

痛きところの無き日は点字を打つといふ祈りにあらむ点字を打つは
大西民子《おおにしたみこ》『風の曼陀羅《まんだら》』

病身をいたわりながら点字を打つ作業にいそしんでいる人。「点字を打つ」の繰り返しに、自身がなし得ないことへの敬意がこもる。

朗読　ろうどく　旧かな　らうどく

●声高く趣があるように読み上げること。

「かも」といふところを顎をひきしめて「かもオつ」と言へり茂吉の朗読
澤村斉美《さわむらまさみ》『夏鴉《なつがらす》』

録音で残っていた斎藤茂吉《さいとうもきち》の朗読を聞いた作者。ゆっくりと息をこめた独特の読み方を口元を想像しながら「かもオつ」と書き留めたところに茂吉の存在感が出ている。

訛り　なまり

●ある地方に特有の言い方や発音。

ふるさとの訛《なまり》なつかし／停車場《ていしやば》の人ごみの中に／そを聴きにゆく
石川啄木《いしかわたくぼく》『一握の砂』

岩手県の出身である啄木は東北の人々が乗り降りする上野駅が親しく感じられたのであろう。演技性があるが、地方出身者の望郷の念に響くところがあるだろう。

立ち居・起ち居　たちい　旧かな　たちゐ

●立ったり、座ったりする日常の動作。立っていること。

額《ぬか》の真中《まなか》に弾丸《たま》をうけたるおもかげの立居に憑《つ》きて夏のおどろや
齋藤《さいとう》史《ふみ》『魚歌』

処刑の場面を想像したもの。昭和十一（一九三六）年の二・二六事件に幼年からの友人が関与していた。伝え聞く話が日常の立ち居にも「憑」くように浮かんでくる。刑の執行は七月、夏草の茂みの暗い影が身に迫る。

寝・寝る　ね・ねる

●眠り。睡眠。関連する語として寝汗、寝息、寝心地、寝静まる、寝しな、寝そびれる、寝不足、寝巻などがある。

びつしよりと盗汗《ねあせ》出《で》てゐる／あけがたの／まだ覚《さ》めやらぬ重《おも》きかなしみ。

石川《いしかわ》啄木《たくぼく》『悲しき玩具』

寝汗を「盗汗」とも書く。発熱時や悪い夢をみたときに出る汗。心身がざわざわと落ち着かない寝覚めを「重きかなしみ」とうたう。

家族みない寝しづまりし夜の鏡まなぶた垂れし顔うつしゐる

岡野《おかの》弘彦《ひろひこ》『滄浪歌《そうろうか》』

家族みんなが寝静まった夜中、一人鏡に向かう。そこには中年を過ぎた自身の疲れた面持ちが映る。

手術して見よと言はれて泣きて居る妻よ寝巻にオーバーを着て

近藤《こんどう》芳美《よしみ》『静かなる意志』

思わぬ事態に困惑し泣き出す妻。掛ける言葉も少なく見守るしかない夫。取り乱している妻の様子が感情や服装の描写から伝わってくる。

熟睡・熟寝　うまい

●ぐっすりと眠ること。うまいね。うまね。

クレヨンの散るテーブルにあをあをと未完の海が熟睡《うまい》してをり

日置《ひおき》俊次《しゅんじ》『ノートル・ダムの椅子《いす》』

描きかけの海によって幼い子供の眠りを暗示している。クレヨンもひと休みして青い海に寄り添っているようである。

安寝・安睡　やすい

●安らかにねむること。

幼《をさ》な世のわれにかへれば基督《キリスト》も拾ひたまひぬ安睡してまし

山川《やまかわ》登美子《とみこ》『山川登美子歌集』

現実の苦労や哀しみから逃れたい心。幼児のわれをキリストが救ってくださり安眠していたと想う切実さ。

寝覚め　ねざめ

●眠りからさめること。

かぎりなく悲しきものは灯の消えての後の寐覚なりけり
香川景樹《かがわかげき》『桂園一枝』

和歌の伝統的な寝覚めは恋の気分が付随していたが、香川は自身の感情に焦点をあてた近代的な寝覚めをうたっている。

夢　ゆめ

●眠っているときに感じる現象。
●はかないこと。
●希望。理想。

春暁の夢は卵のかたちして薄明のなかむづむづとあり
照屋眞理子《てるやまりこ》『抽象の薔薇《ばら》』

孟浩然《もうこうねん》の詩「春眠暁を覚えず」を下敷きにしている。なかなか目が覚めず夢をみていることを「卵」「むづむづ」と表したのがユニークである。

夢かたり終えれば妙に寒々と梅酒の梅が露出している
松村正直《まつむらまさなお》『駅へ』

将来の希望や願望を語り終え現実に戻る。下の句の情景が醒めた視線で描かれており、現実感を強く印象づける。

中年　ちゅうねん

●青年と老年のあいだの年ごろ。壮年。

五番から十九番へフレグランスの甘さを捨てて中年前期
福士《ふくし》りか『〝り〟の系譜』

シャネルの香水の違いに年齢や嗜好《しこう》の変化を表明している。「中年前期」という区分もこまかく、若き日やロマンとの訣別《けつべつ》を表しているのだろう。

更年期　こうねんき　旧かな　かうねんき

●女性の月経周期が不規則になる頃から月経停止に至るまでの期間で種々の変化が生じる。

やがてわれに来る更年期《メノポーズ》しづかなる樹の裡《うち》にさへ凪は渦巻く
栗木京子《くりききょうこ》『綺羅《きら》』

女性の体に起こる更年期、それがやがて自身の体にも起こることを予測して、樹木の内部に重ねてうたう。現代女性の身体感覚、年齢意識を表した。

生死を詠む
——有限の命を見つめる

現　うつつ

●現実。目が覚めている状態。生きている状態。

老いぬれば見し夢覚むるに忘られて夢と現《うつつ》のけぢめもあらず
窪田空穂《くぼたうつぼ》『清明の節』

夢と現実の明確な境目がない老境をうたう。句切れがないようだが「忘られて」でひと呼吸置くのかもしれない。文語による屈折感もある。

現世　うつしよ

●この世。げんせとも。

現し世は死者の声なし春ゆふべ樟をつつみて葉のそよぐこゑ
高野公彦《たかのきみひこ》『水行』

この世に「死者の声」がないことに気づいたとき、生きている者の喧騒《けんそう》のほかに、クスノキの葉のそよぐ音に注意が向いた春の夕べ。

現世まず縁にしたがうほかなくて人に逢うため坂上りゆく
大下一真《おおしたいっしん》『存在』

初句は「げんせ」と読む。この世は人の縁によって成り立ち、生きていられるのだ、と考え直して坂を上る。

今生　こんじょう　旧かな　こんじやう

●この世。この世に生きている間。

今生《こんじょう》の某《それがし》もとは田螺にて水田の畦をいま照らす月
岡部桂一郎《おかべけいいちろう》『一点鐘』

人間として生まれる前、田んぼの上にのぼる月の光の下で、田螺《たにし》であったという空想。小さな命へのなつかしさ。

現身　うつそみ・うつせみ

●「うつしおみ（現人）」が転じた語。現世。この世の人。

うつそみの人にあるわれや明日よりは二上山《ふたかみやま》をいろせとわが見む
大伯皇女《おおくのひめみこ》『万葉集』

この世の人間である私、明日からはあの二上山を弟と思って偲《しの》び眺めるのだろうか。大伯と弟の大津皇子《おおつのみこ》は天武《てんむ》天皇の子。大津皇子は謀反の疑いをかけられて処刑され、この世で二人きりの姉と弟が死に別れた悲愴《ひそう》が詠まれた絶唱。

娑婆　しゃば

●仏教用語。人間界。俗世。現世。

をりをりは娑婆の寒さをかこちつつ水洟爺《みづはなをぢ》となりてわが居る

吉井《よしい》　勇《いさむ》『形影抄』

「かこつ」は嘆きや不平を言うこと。自身の老いを卑下して戯画的に表しながら、人生とは現世とはこういうものだと感慨を言い換えている。

世　よ

●人の一生。

●世間、現世。

●治世。

●男女の仲として和歌の主要な主題の一つ。

君つひに無の世に移りはててのちわれの住めるも半は無の世

与謝野晶子《よさのあきこ》『白桜集』

夫、鉄幹《てっかん》への挽歌。「無の世」は命なき世界。半身を無くしたような深い嘆きと悲哀がこめられている。

世の隅に「愛」をば持つと信じつつ苦しむ日なり音もなき朝

佐佐木治綱《ささきはるつな》『續秋を聴く』

自分は愛をもって世に生きようとしているが、苦しむことが多いという。物音のない静かな朝は人生の通過点のようである。

生　よ

●生きている間。一生。

観覧車回れよ回れ想ひ出は君には一日《ひとひ》我には一生《ひとよ》

栗木京子《くりききょうこ》『水惑星』

「回れよ回れ」、「一《ひと》」のリフレイン、君の一日と我の一生という対句がリズムを生んでいて愛誦性がある。自分と他者との相違がおのずと浮かんでくる。

魂　たま・たましい　旧かな　たましひ

●霊魂。精神。

いづくより生れ降る雪運河ゆきわれらに薄きたましひの鞘

山中智恵子《やまなかちえこ》『紡錘』

形をもたない魂を薄い鞘《さや》にしまって生きてゆく。生は雪のおぼつかなさと似ている。雪とゆきの音が繰り返されているのも印象的である。

舗道《いしみち》に棲むたましひも秋となり馬なりし世の声ひびかする

水原紫苑《みずはらしおん》『びあんか』

石が敷かれた道にいろいろな精霊が棲《す》んでいると夢想する。秋の舗道に幻のいななきを聞く。姿が見えないものを感受する不思議な感覚の歌。

玉の緒・霊の緒　たまのお　旧かな　たまのを

●玉をつらぬいた糸。「魂の緒」の意で、いのち。

今の我れに偽ることを許さずば我が霊の緒は直《すぐ》にも絶ゆべし

伊藤左千夫《いとうさちお》『左千夫歌集』

正直に生きる、志を押し通すことの難しい局面に立って、自身の命が絶えてしまうことさえも辞さないような覚悟をうたう。

病　やまい　旧かな　やまひ

●病気。

かなしくも、／病《やまひ》いゆるを願はざる心《こころ》我に在り。／何《なん》の心ぞ。

石川啄木《いしかわたくぼく》『悲しき玩具』

自分の心の暗さを見つめている。「かなしくも」「何の心ぞ」が複雑な心理を包みこんでいる。

リハビリ

●リハビリテーション。後遺症が残った療養者などを回復させるための訓練や指導。

歩ける日いつか知らねどリハビリの母に真白き運動靴買ふ

半田雅男《はんだまさお》『沼辺断簡』

母への励ましと、再び歩けるようになる日を祈るように運動靴を買ってあげた。「真白き」の清らかさに再生への願いがこもっている。

来歴　らいれき

●これまでの身の上。経てきた次第。

みどり子の甘き肉借りて笑《ゑ》む者は夜の淵にわれの来歴を問ふ
米《よね》川《かわ》千《ち》嘉《か》子《こ》『一夏《いちげ》』

赤ん坊のわが子に対してすでに人間として向き合う緊張感がある。自分が何者であるかを答えられるだろうか。そのような畏れがにじむ。

齢　よわい　旧かな　よはひ

●年齢。寿命。

人はみな馴れぬ齢を生きているユリカモメ飛ぶまるき曇天
永《なが》田《た》　紅《こう》『日輪』

人にとってその年齢が初めてのものだ、だから年齢に馴《な》れて生きるということはないのだという。そのような見方はユニークであり、寂しさをともなう。曇天の景色がドームのように覆っている。

時・定　さだ

●上代語の「しだ」（時・ころ）の転。時期。若い盛んな年ごろ。「さだ過ぐ」の形で用いられる。

わが心　あやまち多くならむとす。　この盛時《さだ》過ぎて、父母思ほゆ
釈《しゃく》　迢空《ちょうくう》『水の上』

若い時期を過ぎて感情のままに動くことが多くなったことであろう。そして年とともに父母のことが思われると心を見つめている。

余生　よせい

●残りの命。余命。

わづかなる余生かがやきて吾にあれ秋の筋雲その日その日を
草《くさ》野《の》源《げん》一《いち》郎《ろう》『本明川』

秋空の筋雲の輝きのように余生も光ってほしいと願う。「吾にあれ」は命令形を用いて願望を強調した表現。

遺言　ゆいごん

●死後のために言い残す言葉。いごん。ゆいげん。

小用に起きしついでに掘り出しし深夜の一首遺言に似る
竹山《たけやま》　広《ひろし》『空の空』

深夜目覚めて、自分が書いた歌を探し出すと「遺言」のようだ。こんなことを書くなんて、と省みる。

他界　たかい

●死後の世界。死者の世界。

他界より眺めてあらばしづかなる的となるべきゆふぐれの水
葛原妙子《くずはらたえこ》『朱靈《しゅれい》』

「他界より眺めてあらば」は、現実の猥雑《わいざつ》な内にいては見えないものを見ようとしたのだろう。茫洋《ぼうよう》とした「ゆふぐれの水」は丸く淡い光に揺れている。

夭折　ようせつ　旧かな　えうせつ

●若死に。夭死。夭逝。

夭折は桂冠にして歌遺る　将軍実朝、岸上大作
森《もり》　淑子《よしこ》『詩片』

桂冠は月桂冠のことで勝者や名誉を表す。鎌倉《かまくら》幕府の三代将軍　源　実朝《みなもとのさねとも》は二十六歳、昭和三十五（一九六〇）年に学生運動で挫折した岸上大作《きしがみだいさく》は二十一歳で亡くなった。歌とともに語り継がれる、その皮肉な運命を桂冠とうたう。

夭死せし母のほほえみ空にみちわれに尾花の髪白みそむ
馬場《ばば》あき子《こ》『桜花伝承』

作者が幼いころに逝った母。空に遠い母の面影を描き、「尾花」で白を導き出す。透明感のある寂しさ。

柩・棺　ひつぎ

●遺体を入れて葬る箱。かんおけ。

夢のごとふと眼さむれば消えともる灯の前にしも子の柩あり
松村英一《まつむらえいいち》『春かへる日に』

子供の柩を前にした逆縁の悲哀。「しも」は強調の意。現実感のあいまいな目覚めと柩が目に入る現実、悲しみが繊細に描かれている。

納棺　のうかん　旧かな　なふくわん

●死体を棺に納めること。

納棺の前夜を夫と並び寝て世の音もなし灯点しつづく
立川敏子《たちかわとしこ》『天のとり舟』

棺に納める前となった悲しいこの世の添い寝である。夜の静寂の中で、蠟燭《ろうそく》の灯を絶やさずにともし死者を守っている。「並び寝て」に妻である自身が噛《か》みしめられている。

通夜　つや

●葬送の前に、親類・知人が集まり、死者とともに終夜過ごすこと。また宵のうちに行う葬送の法要。つうや。

ゆりかごの歌うたおうか生涯にたった一人のわが子の通夜
住《すみ》　正代《まさよ》『赤い蠟燭《ろうそく》』

悲哀と喪失感の深い歌である。「生涯にたった一人のわが子」を亡くした通夜。「ゆりかごの歌」が切なく響く。

喪　も

●人の死後、近親者が家にこもり、祝い事などを避けること。

喪のリボンはづしつつ思ふ生きの日になしがたかりし和解を遂げぬ
大西民子《おおにしたみこ》『花溢《あふ》れゐき』

死者となったその人とわかりあえないままだった日々。喪のリボンをつけて弔ったことが作者にとって和解となったのだろう。

忌　き

●喪にこもる一定の日数。忌中。死者の命日。

梅のとき桜のときのはざまなる母の忌の今日地上明るし
高旨清美《たかむねきよみ》『無限カノン』

母の忌日が梅と桜の季節の間であるという表現が美しい。「今日地上明るし」の音ものびやかである。

風花のローザ・ルクセンブルグ忌の海より帰る海鼠をさげて
原田禹雄《はらだのぶお》『生死の橋』

ドイツ共産党を創ったユダヤ人女性革命家の忌。風花ははかなさを表し、海鼠《なまこ》の死は思想の死か。

墓碑　ぼひ

●墓石。墓石に死者の事績を記した文句。

あるいは愛の詞《ことば》かしれず篆刻のそこだけかすれゐたる墓碑銘

中山《なかやま》 明《あきら》『猫、1・2・3・4』

かすれて判読できない文字を「愛の詞」かもしれないと想像した。古びた墓碑にロマンを見出し、句割れ句またがりによる韻律がそれを支えている。

【黄泉・夜見】よみ

●死者の国。冥府《めいふ》・冥土。よもつ国。よみじ。

冥路《よみち》まで追ひすがりゆく母われの愛執を子は厭へるならむ

五島美代子《ごとうみよこ》『新輯母の歌集』

五島美代子は二十代の若さで亡くなった娘への慟哭《どうこく》の歌を多く詠む。母の深い悲愴が愛執となって冥土まで追いかけてゆくという、すさまじさが心の真実。それを子は厭《いと》うであろうという娘の思いも思い描いている。

われのゆくえ常に問いつつ老いたりき黄泉へのみやげはてぶらでいいさ

原田《はらだ》 昇《のぼる》『酷曜座《こくようざ》日乗』

自分の行方、居場所を常に心配して聞いている親。あの世には手ぶらで行っていい、という軽みのある言い方に愛情がこもっている。

【幽界】ゆうかい 旧かな いうかい

●死んでから行くといわれている世界。あの世。

ぼんやりと見上げる空は幽界のひかりとなりし母の棲むそら

道浦母都子《みちうらもとこ》『青みぞれ』

哀しみと喪失感のなかであてどなく広い空にも心を寄せて母を偲んでいる。空、そらと書き分けている。

【幽霊】ゆうれい 旧かな いうれい

●死者の霊が現れたもの。

●実在しないものを居るかのように見せたもの。

幽霊の身近くをりし世の去りて闇をひそかに動くものなし

伊藤一彦《いとうかずひこ》『森羅《しんら》の光』

現代の生活は幽霊の気配を感じたり霊魂の存在を信じたりしながら暮らすものではなくなった。作者は幽霊がいなくなったことが寂しいのである。

【前世】ぜんせ

●この世に生まれてくる前の世。過去世。

水蜜桃《すいみつ》の汁吸うごとく愛されて前世も我は女と
思う

俵《たわら》　万智《まち》『チョコレート革命』

愛の行為の比喩に肉体感があり濃密だ。心身で確信した愛から女という性が前世から続いているような感覚を覚えるという。

後世　ごせ

●死後の世界。来世。後生。後《のち》の世。

後世《ごせ》は猶今生《こんじやう》だにも願はざるわがふところにさ
くら来てちる

山川登美子《やまかわとみこ》『恋衣』以後

登美子は結核を病み、「明星」明治四十一（一九〇八）年五月号にこの歌を発表したのを最後に翌年春亡くなった。希望を失った境地の胸元に美しくやさしく桜の花が散りかかる。結句の「来てちる」の動きを捉えた視線に桜花へのいとおしみが漂う。

来世　らいせ

●未来世の略。死後、生まれかわって住む世。後生。後世。「来む世」ともいう。

予科練の名簿にスズキイチローの名はありて来世
は如何なる花ぞ

藤原《ふじわら》龍一郎《りゅういちろう》『楽園』

太平洋戦争時の予科練に属した若者の名と野球選手「イチロー」。同じ名をもった若き戦死者の来世を「如何《いか》なる花ぞ」と詠嘆する。

美しく来む世は生まれ君が妻《め》とならね復《また》もと云
ひし人はも

窪田空穂《くぼたうつぼ》『土を眺めて』

亡くなった妻の言を偲ぶ歌。死期の近い女の切なる願いが、命ある自身の胸に熱くよみがえったのだという。「はも」は二つの助詞を組み合わせたもので「…だなあ」と詠嘆を表す。

第六章 心

想いを詠む——内面に光を当てて

祈り・信仰・空想を詠む——人知を超えたもの

想いを詠む
——内面に光を当てて

幸い　さいわい・さきわい　旧かな　さいはひ・さきはひ

●しあわせ。幸福。

十七歳になれるむすめとをりをりに将棋さすことあるさいはひよ
小池《こいけ》　光《ひかる》『静物』

十七歳の少女は父を遠ざけることが多いが、作者の娘は父と将棋をさすのだという。こんな幸せがあるか、いい娘を持ったという感慨。

うつしみの小さきさきわい落ちん落ちん落ちんと躊《ためら》う花びらのまえ
香川《かがわ》　進《すすむ》『湖の歌』

この世に命あるわれは落ちそうな花びらを見て、小さな幸いを覚えるという。「落ちん落ちん落ちん」の繰り返しに花びらの不安定さと歌のリズムが表れている。

幸　さち

●しあわせ。
●自然からとれる産物。

歌詠みて悟り得し今《いま》の愛《かな》しさは死刑あらねば知らざりし幸
島《しま》　秋人《あきと》『遺愛集』

島は死刑囚として獄中で短歌とキリスト教に出会った。昭和三十五（一九六〇）年ごろから短歌を投稿し、窪《くぼ》田《た》空《うつ》穂《ぼ》を慕って「まひる野」に入会。特異な境遇から命ある今を噛《か》みしめた「幸」をうたう。

下心　した・したごころ

●心の奥。内心。

あきらめてみづからなせど下《し》心《た》ふかく俸《ほう》給《きふ》取《とり》を蔑《さげす》まむとす
宮《みや》　柊二《しゅうじ》『多く夜の歌』

「俸給取」はサラリーマンのこと。作者は戦争から帰還した戦後の生活で納得しきれない部分、鬱屈するものをもっていたのだろう。複雑な心の嘆きが詠まれている。

素志　そし

●つね日ごろ抱いている望み。

檜の山の枝差し交はす高みよりくるひかりあり素志たがはざれ

前《まえ》登志夫《としお》『靈異記《りょういき》』

結句の命令形は、違《たが》うことがないようにあってほしいという希望を強調した言い方。檜《ひのき》の梢から降る光に聖なる力や励ましを見ている。

瞑想　めいそう　旧かな　めいさう

●静かに考えること。

一本の樹が瞑想を開始して倒さるるまで立ちておりたり

渡辺松男《わたなべまつお》『寒気氾濫《はんらん》』

樹木が瞑想するという擬人化に、立ち続ける存在への敬意と畏怖がこめられている。「倒さるるまで」立っている、受身だが力強い樹木の存在である。

静心　しずごころ　旧かな　しづごころ

●静かな心。落ち着いた心。

久方《ひさかた》の光のどけき春の日にしづ心なく花の散るらむ

紀《きの》友則《とものり》『古今和歌集』

「久方」は「光」にかかる枕詞《まくらことば》。のどかな春の日に、どうして落ち着いた心もなく桜の花が散るのだろう。桜の花を擬人化して、しきりに散っていく花を惜しむ心が詠まれている。

心当て　こころあて

●予期すること。心だのみ。見当。当て推量。

心あてにそれかと見ればそれと見えて月にかすかなり故郷の山

石榑《いしくれ》千亦《ちまた》『潮鳴』

石榑千亦の故郷は愛媛県橘《たちばな》村（現・西条《さいじょう》市）である。当て推量に見たなら、なつかしい山が月光にぼんやりと見えた。故郷への思いを味わうように言葉を重ねている。

名残　なごり

●物事の過ぎ去ったあとに残る様子。なごりおしいこと。

さびしさよ広き高原に道ありて入日のなごり赤く照らせり
柴生田《しぼうた》　稔《みのる》『入野』

「さびしさよ」という初句切れの詠嘆が響く。夕陽の名残の赤い光を見つめていると、わけもなく淋《さび》しさがわいてくるという。人間の心の中にある原初の淋しさであろう。

躊躇い　ためらい　旧かな　ためらひ

●躊躇《ちゅうちょ》。迷って決心がつかないこと。

ためらひを重ねてわれらがめぐりには一万尺の海の沈黙
今野《こんの》寿美《すみ》『花絆《はなづな》』

「われら」は恋人同士、まだ互いの心や距離をはかりかねてためらいながら接している。沈黙を「一万尺の海」という広大さに喩えたところが詩的で若々しい。

性　さが

●生まれつきの性質。

柔軟に対応出来ぬわが性《さが》はめぐりせばめんさもあらばあれ
田中子《たなかね》之吉《のきち》『転生』

自身の性を省みて、ときに意固地を通すと周囲を狭めるようなことがあるだろうと思う。しかし容易に修正もできないのも性である。「さもあらばあれ」と居直る。

母性　ぼせい

●母が子供に対してもつ愛情、性質。

巻き緊むるわれの母性を見るなかれ旅装のボタンつけ変へてやる
槇《まき》　弥生子《やよひこ》『神話』

親心を「巻き緊《し》むるわれの母性」と客観的に述べている。あふれるような母性、愛の危うさを自覚しているからだろう。

願い・願う　ねがい・ねがう　旧かな　ねがひ・ねがふ

●神仏に望みがかなえられるようにと祈願する。
●他人に対して、こうしてほしいと頼む。こうなってほしいと強く思う。

晩年にたくす願いのあやうけれ人のこころはいつも現在
大島《おおしま》史洋《しよう》『四隣』

年老いてからこうしてほしいと願うことは危ういものだ

と考えている。そして現実的で流動的な心の有り様を「いつも現在」と言っているところに真実味がある。

妬み・嫉み・妬む・嫉む　ねたみ・ねたむ

●他人の幸福や長所がうらやましくて、憎らしいと思う。

大名牟遅少那彦名《おほなむちすくなひこな》のいにしへもすぐれて好《よ》きは人嫉みけり
与謝野《よさの》寛《ひろし》『相聞《あいぎこえ》』

オオナムチの神はオオクニヌシの別名。天孫降臨以前に葦原中国《あしはらのなかつくに》を支配し、スクナビコナの神と協力して国土を作った。神話の時代も智恵があり優れた人は人の妬みをかったのだという。時代を超えてスケールの大きな歌い方で、生きることを問うている。

やけ

●行き詰まって前後を省みない行動をすること。自棄。やけくそ。

「やけ酒」を一生《ひとよ》飲みたるお吉偲び下田の街に酔ふこともなし
宮地伸一《みやちしんいち》『続葛飾《かつしか》』

「お吉」は伊豆下田《いずしもだ》の船大工の娘斎藤《さいとう》きちのこと。幕末にアメリカから来日したハリスの世話をした。別れた後で酒に溺《おぼ》れたことが伝えられる。作者は「酔ふこともなし」と対照的に述べる。

憎しみ・憎む　にくしみ・にくむ

●嫌だと思ったり許し難く思うこと。
●ねたむ。うらやましく思う。
●非難すること。

氷挽《ひ》く虹配りつつ街を行く若者ゆえにわれは憎めり
平井《ひらい》弘《ひろし》『顔をあげる』

氷に「虹配りつつ」という美しさを見ている点が詩的である。二度と戻ることのできない若さを見て嫉妬している。

断念　だんねん

●思い切ること。きっぱりあきらめること。

受容とは断念ののち来るこころ雪の大地はまたく音なし
木畑紀子《きげたのりこ》『水繭』

きっぱりと諦めたあとに他者や新しいことを受け入れる余地がある、心の不思議に自ら気づく。まったく音がしない、雪の大地のダイナミズムを対応させている。

追憶　ついおく

●過去をなつかしくしのぶこと。

今しばし麦うごかしてゐる風を追憶を吹く風とおもひし

佐藤佐太郎《さとうさたろう》『帰潮』

作者にとって麦に吹く風は原風景や過去を想起させるものだったのだろう。「今しばし」という一瞬によぎる思いを掬《すく》いとっている。

慟哭　どうこく

●悲しみで大声で泣くこと。号泣すること。

地の上に無数の死あり慟哭あり忘却ありて刻移りゆく

大下一真《おおしたいっしん》『存在』

人間がなす悲惨なことの一つに戦争がある。悲惨な光景も時とともに忘却される。「あり」を繰り返し、時の酷薄さ、無常観を考え直している。

同情　どうじょう　旧かな　どうじやう

●思いを同じくすること。

●他人の悲哀や不幸を思って慰めること。

鳥はいやしき同情者たることなけれ人なぐさめてゐるわがあはれ

三井《みつい》ゆき『空に水音』

感情を持たない鳥を例にしながら、自身に偽善があるのではと問いかけている。第三句の「なけれ」と結句の「あはれ」が韻を踏んで、調べも優れている。

微笑　びしょう　旧かな　びせう

●ほほえみ。

離れたる座席に妻が横を向き家にては見するなき微笑せり

井上生二《いのうえせいじ》『小告身《しょうこくしん》』

普段家庭では見たことのない「微笑」の妻がいる。複雑な心境になる夫。「横を向き」にも距離感が出ている。

恋慕　れんぼ

●恋い慕うこと。

夜見ののち恋慕のおもひいや増しぬわれはなべてにまつろはぬ者

春日井《かすがい》　建《けん》『井泉』

「夜見《よみ》」は地底の死者の国「黄泉《よみ》」を表す語。癌《がん》の発病によって作者は死の国を思ったのちに人恋しさがさらに増したという。「なべて」はおしなべての意。あらゆる者や困難にも屈服しない精神で生をまっとうしようという気概。

抱擁　ほうよう　旧かな　はうよう

●抱きかかえること。

抱擁のきはまるうつつ巻き緊めし髪わらわらとゆるみ始めつ

河野裕子《かわのゆうこ》『森のやうに獣のやうに』

若者の急《せ》くような抱擁。「巻き緊《し》めし」から「わらわらとゆるみ始めつ」と髪の変化を捉えているところに、覚醒している主人公がいる。

接吻　せっぷん

●口づけ。キス。

耳のうら接吻すれば匂ひたる少女なりしより過ぎし十年

近藤芳美《こんどうよしみ》『埃《ほこり》吹く街』

知り合った少女のころから十年の歳月が流れた。「耳のうら」という親しい触れ合いや、「匂ひ」はつややかな美しさを意味し、愛の深まりが立ち上がってくる。

悋気　りんき

●嫉妬。やきもち。

鎌倉は小雨霧雨濡れながら悋気は青きほのおと思う

梅内美華子《うめないみかこ》『若月祭』

自身の心に芽生える嫉妬、他者からの嫉妬を感受した怖さに「青きほのお」を思い浮かべている。旧跡のある鎌倉《かまくら》で雨にあいながら北条政子《ほうじょうまさこ》を思ったのだ。

予想　よそう　旧かな　よさう

●前もって想像すること。

声高に競馬の予想言ひ合ひて葬儀社のをとこ花輪を運ぶ

阿部《あべ》　綾《あや》『雪明りの坂』

葬儀社の男性社員にとって競馬の予想は日常の続きである。作者はその光景に生と死が同時に存在する現実を見て取る。

恥・辱　はじ　旧かな　はぢ

●面目を失うこと。

●はずかしいと感じられる行為や事柄。

恥をすすぐの「すすぐ」に「雪」を当つること　かなしきことを知つてしまへり

佐藤通雅《さとうみちまさ》『天心』

汚名、恥などのつぐないをすることに「雪」の字が当てられるという。作者は字が意味すること、古代の人の考えに衝撃を受けている。雪の清浄さ、冷たさに触れるたび、「恥」が思い返されることになるのだろう。

面魂　つらだましい　旧かな　つらだましひ

●強くはげしい性格や精神が表れている顔つき。

無人駅よりかけ込みし少年のすでに敵あるつら　だましひや

竹山《たけやま》　広《ひろし》『射禱《しゃとう》』

駆け込み乗車した少年の顔つきが「すでに敵ある」とは痛快だ。「無人駅」がのどかな地方を伝え少年のたくましさを想像させるものとなっている。

私語・囁き　ささめき・ささやき

●ひそひそと話すこと。またその声や音。

夜の帳《ちやう》にささめき尽きし星の今を下界《げかい》の人の鬢《びん》　のほつれよ

与謝野晶子《よさのあきこ》『みだれ髪』

夜のとばりの中でささめきを尽くした恋は星に喩えられ、下界、地上の人の鬢のほつれは恋の悩みを象徴している。

ささやきを伴ふごとくふる日ざし遠き紫苑をか　がやかしをり

相良《さがら》　宏《ひろし》『相良宏歌集』

日ざしがささやきを伴うようだという比喩が擬人的であり、紫苑《しおん》の花群を見る目に憧憬がこもっている。

戯れ　たわむれ・たわぶれ　旧かな　たはむれ・たはぶれ

●遊び興ずること。ふざけること。

●男女の痴戯。

たはむれに母《はは》を背負《せお》ひて／そのあまり軽《かろ》きに泣　きて／三歩《さんぽ》あゆまず

石川啄木《いしかわたくぼく》『一握の砂』

三歩も歩けなかったとは芝居がかった感じもするが、なかなか親孝行できない自身の現実を情けなく思っている心。

嘆息・歎息　たんそく

●嘆いたり感心したりしてため息をつくこと。

歎息して我は見てゐる人老いて若きに負けゆく新聞将棋
柴生田《しぼうた》　稔《みのる》『冬の林に』

新聞紙上で将棋の棋譜を追っているときに歎息が洩《も》れたという。「人老いて」に自身の年齢を重ねた思いがこもっている。

道化　どうけ　旧かな　だうけ

●人を笑わせるようなおどけた言い方や動作。

生きものの一生《ひとよ》は球乗りの道化よと地球儀廻しをれば身にしむ
富小路《とみのこうじ》禎子《よしこ》『幻の花』

丸い地球儀から道化師が乗る球を連想している。人間も球乗りのように、あくせくしているのだなという。「〜のようなもの」を省いた隠喩の用法。

卑小　ひしょう　旧かな　ひせう

●根性が卑しく、料簡《りょうけん》が狭いこと。取るに足らないちっぽけなこと。

卑小なるわれとおもふなひと夏を蚯蚓を飼ふと草刈りて敷く
林《はやし》　善衛《よしえ》『等高線』

ミミズを育てるために草を刈り環境を作っている。「卑小なるわれとおもふな」とは自身が為していることに向けて言い聞かせているフレーズである。

祈り・信仰・空想を詠む
——人知を超えたもの

祖霊　それい

●先祖の霊。

君と吾の祖霊が詠みし恋のうた万葉集にひそみておらむ　大滝和子《おおたきかずこ》『竹とヴィーナス』

約千三百年前に成立した『万葉集』。恋人と私の祖霊が詠んだものかもしれない、という発想が壮大でユニークである。

道祖神　どうそじん　旧かな　だうそじん

●村境や峠などの道端にまつられる、禍《わざわい》・悪霊を防ぐ神。旅の安全をもつかさどる。さえのかみ。道陸神《どうろくじん》。

和合してやさしき道祖神まつる道赤麻《あかそ》のくきのくれなゐ冽《きよ》し　生方《うぶかた》たつゑ『北を指す』

道祖神の中に男女が抱擁した形があり、和合道祖神とも呼ばれる。赤麻はイラクサ科の草で葉柄と茎が赤色を帯びる。その色彩の鮮やかさを「冽」の漢字を用いてうたった。

鳥居　とりい　旧かな　とりゐ

●神社の参道に建てる門。二本の柱の上部を貫《ぬき》で固定し、その上に笠木《かさぎ》を横に渡す。

あなたとは遠くの場所を指す言葉ゆうぐれ赤い鳥居を渡る　松村正直《まつむらまさなお》『駅へ』

「遠くの場所」に親しい男女間で呼ぶ「あなた」を思い浮かべ重ねている。人恋しい気分に、鮮烈な赤い鳥居を見上げて通る。

祠　ほこら

●小さなやしろ。

女坂のぼれば狐の祠《ほこら》あり頬をそがれて白し狐は　大西民子《おおにしたみこ》『印度の果実』

稲荷《いなり》神社の狐《きつね》の像の「頬をそがれて」に歳月が表れている。そのわびしさは「女坂」と響き合っている。

神輿・御輿　みこし

●輿《こし》の敬称。神体を安置して担ぐ輿。

宵ぐちの路傍に据うる神輿あり供ふるものは米と塩と酒
川島《かわしま》喜代詩《きよし》『沈黙』

祭りの日、路傍に据えられている神輿。米、塩、酒というシンプルな供え物に信仰と伝統が表れている。

社　やしろ

●神を祭った地域、神社。

日の御碕かみの社の昼たけて常世のくにの浪の音する
岡野《おかの》弘彦《ひろひこ》『滄浪歌《そうろうか》』

和歌山の日御碕《ひのみさき》の神社から海を望む。そこから「常世《とこよ》のくに」を目指した船が昔漕《こ》ぎ出して行った。波音に深遠なものを感受している。

神子・巫女　みこ

●神に仕えて神楽を舞ったり、祈禱《きとう》や口寄せをおこなう人。

社家の女子のみが定めの神楽神子《かぐらみこ》　八十四歳の老から継ぎし
佐山《さやま》加寿子《かずこ》『鈴さやさやと』

作者は佐渡《さど》にUターンして伝統の神楽舞を教わっている。「八十四歳」の女性は島に継ぐ者が少なくなった現在を示している。

仁王　におう　旧かな　にわう

●寺門あるいは須弥壇《しゅみだん》前面の両側に安置した一対の仏教護持の神像。

うめの香は山門近くながれ来て仁王がほうと吐く春の息
永井《ながい》陽子《ようこ》『てまり唄』

「ほうと吐く」は仁王の厳《いか》つい面をやわらげており作者の心寄せが軽いタッチによって新鮮に表れた。

仏像　ぶつぞう　旧かな　ぶつざう

●信仰の対象としての仏の像。釈迦《しゃか》仏のみならず諸尊仏の像もさす。

肉体のしづけさをもつ仏像を見たりき野の果ての古りたる寺に
真鍋《まなべ》美恵子《みえこ》『土に低きもの』

仏像は人間に似せて仏を造形したものだが、あらためて「肉体」を感じ取ったという。倒置法で感銘を先に述べている。人気《ひとけ》のない寂しい野原にある古寺がふさわしい。

仏壇　ぶつだん

●仏像を安置するために堂内に作られた須弥壇《しゅみだん》。
●位牌《いはい》や仏像を安置するための仏具。

新しき仏壇買ひに行きしまま行方不明のおとうとと鳥
寺山《てらやま》修司《しゅうじ》『田園に死す』

架空の物語に託された喪失感。新しい仏壇を買えずにさ迷った弟は鳥とともに迷宮入りした。

天蓋　てんがい

●仏像の上にかざしたり、吊ったりする絹張りの網笠。教会の祭壇などの上に置かれる覆い。

天蓋《てんがい》にはつかとどける外《と》の明り瓔珞《えうらく》のいろは浄《きよ》く古りたる
木俣《きまた》修《おさむ》『高志』

仏像を取り囲む天蓋や瓔珞に、外の光がかすかに射している。古色を「浄く」と見ているところに敬虔《けいけん》な思いがある。

念仏　ねんぶつ

●仏の姿や功徳を心に思い描くこと。浄土教で阿弥陀仏《あみだぶつ》の名を唱えること。

念仏も嫁入り道具のひとつにて満月の夜の川渡り来る
寺山《てらやま》修司《しゅうじ》『田園に死す』

前近代的な農村を幻想の中に描く。「念仏も嫁入り道具のひとつ」がアイロニカルな捉え方である。明るい満月と対照的な嫁入りの暗さである。

礼拝　れいはい

●神を拝むこと。キリスト教では「れいはい」、仏教では「らいはい」と読む。

街角に貼られし日曜礼拝のキリスト画像疲れてゐたり

古《ふる》谷《や》智《とも》子《こ》『神の痛みの神学のオブリガート』

ポスターのキリストの絵。「疲れてゐたり」と断定的な表現が考えさせる。救済を求める心が増えている。あるいは信仰心が弱くなっている現代を二重写しにしている。

耶蘇　やそ

●イエス・キリスト。転じてキリスト教。

岡のうへの耶蘇教会の鉦《かね》のこゑこの朝霜の曇りにひびく

太《おお》田《た》水《みず》穂《ほ》『雲鳥』

キリスト教の教会から礼拝の時に鳴らす鉦の音が聞こえてくる。音を「こゑ」として生き物にたとえて使うのは、古くからある表現。季節や時間がこまやかに描かれ、空間を支えている。

ミサ

●カトリック教会の祭式。

如何なる生を吾にゆるさん病める子と弱き妻とならび見ゆミサの窓

前《まえ》田《だ》　透《とおる》『断章』

喜びや安寧が訪れる日を思うと「如何《いか》なる生」が許されるのだろうかと思う。ミサを見ている疎外感の寒さが伝わってくる。

ロザリオ

●カトリック教徒の祈りの方法や、祈りを数えるために用いる数珠《じゅず》に似た具。

あやまちて切りしロザリオ轉がりし玉のひとつひとつ皆薔薇

葛《くず》原《はら》妙《たえ》子《こ》『原牛』

「あやまちて」には作者が意識している罪が含まれているのではないだろうか。ロザリオはラテン語の「バラの冠」に由来するという説もある。

箱舟・方舟　はこぶね

●長方形の船。

●『旧約聖書』の「ノアの箱舟」のこと。

方舟を降りたるのちの永かりしノアの老後をさびしみ思ふ

菊《きく》地《ち》原《はら》芙《ふ》二《じ》子《こ》『雨の句読点』

人類の堕落に怒った神は世界を洪水で襲うとノアに教える。方舟を作って家族と番《つがい》の動物たちと乗り込みノアたちは生き延びた。果たしてそれで幸せだったのか。人類の祖を想像する思索的な歌である。

天使　てんし

●ユダヤ教・キリスト教・イスラム教などで、神の使者をつとめるもの。エンジェル。

●やさしい心で人をいたわる人の比喩として使われる。

天使は不圖おそろしき顔をしたり柱の陰よりこちらを向きて

葛《くず》原《はら》妙《たえ》子《こ》『朱靈《しゅれい》』

ふと「おそろしき顔」に見えた天使は清らかな幼児ではない。その発見が思い込みをくつがえす。

スキップは天使でありし日の名残り翼を脱ぎし少女が駆ける

上《うえ》野《の》春《はる》子《こ》『虹の食べ方』

少女に残る幼さ、無邪気さを天使、翼を喩としてスキップする姿に見ている。

天国　てんごく

●神や天使が住む、天上の理想郷。キリスト教やイスラム教では信仰を貫いた者が死後に赴き永遠の生を得る所とする。

空に向け手を突き上げて人は歌う天国も今日は土砂降りならん

谷《たに》岡《おか》亜《あ》紀《き》『闇市』

作者がニューヨークの教会でゴスペルを聞いた時の歌。世の悲惨さを受けて神の国が悲しみの涙にくれていると思う。

モスク

●イスラム教の礼拝堂。

響《なり》わたるモスクのかたへ信仰をもたぬ革ぐつ跫音消しぬ

前川《まえかわ》佐《さ》重郎《じゅうろう》『不連続線』

モスクに祈る彼らのように熱心な信仰を持たない者としての遠慮と自省を足音に代表させて詠む。

煩悩　ぼんのう　旧かな　ぼんなう

●仏教用語で、心身をまどわすもの。

一口でこころの鬼をころす酒ふたくち呑めば煩悩そだつ

島崎榮一《しまざきえいいち》『消極と沈黙』

「一口」「ふたくち」の対句形式と、「鬼をころす」「煩悩そだつ」の間で揺れ動く人間の心を肯定している。

魔　ま

●人の心を乱す悪霊や鬼神。
●怪しく無気味なこと。

東京は大き魔なれば魔のひとりわれのくるまの迅速なりき

葛原妙子《くずはらたえこ》『葡萄《ぶどう》木立』

大都市東京も、自身も悪い「魔」のかたまりという。車の走行も怪しげである。

わが合図待ちて従ひ来し魔女と落ちあふくらき遮断機の前

大西民子《おおにしたみこ》『不文の掟《おきて》』

「魔女」は魔法を使う不思議な力をもった存在。一日の終わり素に戻る時、自身の心に潜むダークな存在を呼び出したものか。

念力　ねんりき

●一心に思い込むことによってわいてくる力。
●超心理学の用語で、心に念じただけで物体に物理的影響を及ぼす能力や現象。

王禅寺に仰ぎてをれば青柿が念力ゆるみたるごと落ちぬ

今野寿美《こんのすみ》『若夏記』

王禅寺《おうぜんじ》は神奈川県にある寺。禅寺丸柿という柿が伝わる。「念力ゆるみたるごと」という比喩に驚きと楽しさがある。

修羅　しゅら

●仏教語で、阿修羅、修羅道の略。激しい争い。執着心。

御用聞きが静かな人と云ひしといふ裡に修羅もつ我のことにて

田谷《たや》　鋭《えい》『乳鏡』

「御用聞き」の人を介して伝えられた自身の印象と、人が知らぬ執着の落差をうたう。

天女　てんにょ

●天に住んでいるといわれる女性、女神。

●美しくやさしい女性のたとえ。

羽衣の天女うたへり疑ひは人間にありて冬深むらむ

馬場《ばば》あき子《こ》『月華の節』

謡曲「羽衣」の天女は羽衣を返すのを躊躇《ちゅうちょ》する漁師に「いや疑ひは人間にあり。天に偽りなきものを」と潔白、純粋性を訴える。人間はその言葉に己を省みる。

天馬　てんば

●想像上の動物で天を行く馬。非常にすぐれた馬の比喩。ペガサス。

天蒼々《てんさうさう》漠《ばく》地《ち》茫々《ばうばう》たり張騫《ちやうけん》が天馬もとめしロシアトルキスタン

宮《みや》　英子《ひでこ》『天蒼々《てんそうそう》』

張騫は中国前漢時代の旅行家で北方の遊牧民族である匈奴《きょうど》に、十数年抑留されたこともある。その見聞によって西域への関心を高めた。トルキスタンはアジア中央部のパミール高原を中心とした乾燥地帯。「天蒼々漠地茫々たり」は、内モンゴルの古い民謡の歌詞から取られている。駿馬を求めたはるかな地にロマンを感じている歌。

物の怪　もののけ

●人にたたりをする生霊《いきりょう》、死霊。

もののけの棲む月の谷しろがねの穂芒いまだ枯れのこるみゆ

尾崎《おざき》左永子《さえこ》『風の鎌倉』

月光がさす谷に物の怪《け》が棲《す》むと見ている。芒《すすき》の穂が銀色になって枯れ残っている姿は冷たいような妖しさ。

厄　やく

●めんどうなこと、苦労。

●災厄。

●厄年。

厄歳《やくどし》の厄拾ひつつ一年をおほかた遣れば心は惑ふ

西村《にしむら》　尚《ひさし》『故園断簡』

厄年に当たった一年を自嘲《じちょう》気味に詠む。「心は惑ふ」には今後への怖《おそ》れが含まれているだろうか。

妖怪　ようかい　旧かな　えうくわい

●化け物。

八十になりても夢に妖怪が幼時のままに蔵の陰より

和《わ》田《だ》周三《しゅうぞう》『春雷』

八十歳の老人になっても妖怪の夢をみるのかと不思議に思う。「蔵の陰より」という具体がユニークで、幼いころから抱いてきた怖れを表している。

奈落　ならく

●仏教用語で地獄のこと。
●どん底。
●劇場の舞台と花道の床下。

夜蟬一つじじつと鳴いて落ちゆきし奈落の深さわが庭にあり

馬《ば》場《ば》あき子《こ》『飛種』

蟬《せみ》の鳴き声が途切れて作者は庭の闇を思い浮かべる。無限の闇のような「奈落」であるように思われ、生死が隣合せにあることを深く実感している。

妖精　ようせい　旧かな　えうせい

●西洋の伝説・童話に現れる森や花の精霊。フェアリー。

鰯雲の気流めぐりあふ天ふかく妖精王は水に佇ちしや

井《い》辻《つじ》朱《あけ》美《み》『地球追放』

「妖精王」はシェイクスピアの『夏の夜の夢』のオーベロンか。鰯雲《いわしぐも》の空を水に見立てて、妖精の力を思い描いている。

人魚　にんぎょ

●上半身が人間で下半身が魚の体をもった、想像上の動物。マーメード。

童話いくつ語り終りて子もわれも蒼き人魚となりて眠らむ

辻《つじ》下《した》淑《よし》子《こ》『失楽のうた』

幼い子供に童話の読み聞かせをしていた母。「蒼《あお》き人魚となりて」はアンデルセンの「人魚姫」のイメージの余韻をひく。

モンスター

●化け物、怪物。

モンスター生《あ》るることなし少年も父親たちもプラモデル組み

石本隆一《いしもとりゅういち》『星気流』

父と子の楽しげな光景を認めながら、彼らに「モンスター」となる怒りや狂気がないことを考える作者。成長して「モンスター」でなくなったことを思い浮かべて読んでもいいだろう。

ミイラ

●死体が腐らずに乾いて残っているもの。人為的にそのようにしたもの。木乃伊《みいら》。

満身の静脈透けて樹もわれも木乃伊とならむ結氷期なり

春日井《かすがい》　建《けん》『未青年』

真冬の寒さが厳しい時、樹も自身も乾ききって「木乃伊」になるだろうとうたう。身体の痛みを甘美なものとする感性がある。

第七章 暮らし

時代を詠む――うたことばをアップデート

衣服・装いを詠む――まとう心

食を詠む――命をささえるもの

住居・建造物を詠む――暮らしの場所

物・道具を詠む――大切な物たち

町を詠む――人が行き交う場所

時代を詠む
——うたことばをアップデート

ニュース

●新聞、テレビ、ラジオなどにより報道される事件や出来事。それを伝えるための放送番組や記事。

キャスターが或る俳優の死を告げて今日の最後の
ニュースも終る
藤原《ふじわら》龍一郎《りゅういちろう》『花束で殴る』

一日の最終のテレビニュースはどことなく寂しいものだ。訃報で終わるニュースは、何事にも終焉《しゅうえん》があることを暗示している。「或《あ》る」の語によって読者に想像させる。

レンズ

●ガラスや水晶、合成樹脂などの両面を磨いて、光を発散、収束させる透明体。

舞う砂がレンズの動きを奪うのに似た裏切りとい
まさら気づく
千種《ちぐさ》創一《そういち》『砂丘律』

中東で暮らした作者。カメラのレンズを不能にさせる砂の厄介さを体験した。重ねて思う「裏切り」。暴力的な心を考えている。

フィルム

●薄い膜状のもの。
●感光乳剤を透明な支持体に塗布したもの。それに写し出された映像。特に映画・スライドなど。

現像もせぬままに古りしフィルム出づいくばくわ
れの過去を封じて
大西《おおにし》民子《たみこ》『無数の耳』

カメラのフィルムに自身の過去がわずか残っている。目に見えない時間、過ぎた時間に思いを馳《は》せている。

レーダー

●電波探知機。

きれぎれに歌へる声の網投げてレーダーに映る
白鳥座《シグナス》青し
井辻《いつじ》朱美《あけみ》『地球追放』

宇宙を捉えるレーダー。電波と機器から聞こえる音を歌声の網を投げたものだという表現にロマンがあり美しい。

はくちょう座の光が青白く響きあう。

放射能　ほうしゃのう　旧かな　はうしやのう

●本来は放射線を出す能力のことだが、「放射線を出す物質」の意味で使われていることがある。

放射能ふくめる雨に霧らふ店さかな屋の鯖《さば》ごろごろ光る　窪田《くぼた》章一郎《しょういちろう》『六月の海』

昭和二十九（一九五四）年の歌で第五福竜丸事件を背景にしている。「ごろごろ光る」は死の灰を浴びたもののイメージか。

レントゲン

●エックス線。エックス線写真（レントゲン写真）は物体、人体に照射して撮影した透過写真。
●照射線の強さを表す単位。

学校で習はぬ単位、シーベルト、ラド、レム、グレイ、キュリー、レントゲン　大口《おおぐち》玲子《りょうこ》『ひたかみ』

検査でレントゲン撮影を受けた際に放射性物質について考えた作者。科学者の名にちなむ単位を並列し、学校で習う知識には含まれなかったものの多さと種類に愕然《がくぜん》とし怖《おそ》れをうたう。

ロボット

●機械人形。人間の代わりに自動的に動いて作業をする機械装置。

ひとの気持の分かるロボット造るといふロボットの迷惑二の次として　中野《なかの》昭子《あきこ》『夏桜』

ロボットにしてみたら迷惑ではないかと作者は立ち止まる。本来は心を持たないロボットを擬人化して考えるところに慎重な思考がある。

メーデー

●五月一日に行う労働者の祭典。

メーデーの広場騒音の中に立つ噴水は秀を吹き折られいる　米田《よねた》憲三《けんぞう》『海蝕《かいしょく》』

「秀《ほ》」は穂先のことで、吹き上がった水が折れて落下するさまを描く。メーデーの後も要求が達成できないことが暗示されている。

有線　ゆうせん　旧かな　いうせん

●電線を使った通信。有線放送。

労働は、寒い。つかのま有線の安室をなぞるく
ちびるを見た　　高島《たかしま》　裕《ゆたか》『旧制度（アンシャン・レジーム）』

働くことのわびしさがこめられている。有線放送で流れて来た安室奈美恵《あむろなみえ》の歌をそっと歌う人。知らない誰かの唇の動きにやさしさを感じている。

デモ

●デモンストレーションの略。意思表示、要求実現の表示のために行われる集団的街頭行進。

女子学生のデモに殉ぜし夜は明けてもの言わぬ
警官ら乗せてバス行く　　青柳節子《あおやぎせつこ》『昭和万葉集』

一九六〇年、安保反対のデモ隊が警官隊と衝突して東大生の樺美智子《かんばみちこ》さんが死亡した。バスに守られるように乗って行く警官たちに寒々しく溝を感じている。

バリケード

●敵の攻撃を防ぐため道路や建物を封鎖して築く臨時の防壁。

ある夜は心潰《つひ》えて独りかへるバリケードのなかの
細き迷路を　　岡野弘彦《おかのひろひこ》『滄浪歌《そうろうか》』

作者が教員として勤めていた大学で学生たちが闘争のためバリケードを築いていた。心労と孤独感は学生たちが作った「細き迷路」と同じものとして目に映ったのだった。

闘争　とうそう　旧かな　とうさう

●社会運動や労働運動などで、要求を通すために争うこと。

闘争委員会より遅く帰れば碁を打ちて尚夜を
更かす疲れのままに　　葛原《くずはら》　繁《しげる》『蟬《せみ》』

戦地から帰還して日本電機に勤務した作者は労働者の苦渋をうたった。疲れと興奮を鎮めるために深夜、碁盤に向かう。「尚夜を更かす」に静寂と孤独がにじむ。

団塊　だんかい

●かたまり。

おそろしい風が吹くだろ…破綻する年金のため団塊世代に

池田《いけだ》はるみ『婚とふろしき』

団塊の世代は戦後のベビーブーム時に生まれた世代で人口が多い。年金が破綻する予想や噂《うわさ》に愕然とし不安を覚える時代となった。「おそろしい風」が率直に表している。

世紀　せいき

●西暦で百年ごとの年代。
●時代。

今世紀終末にしてあがめらる自然食品のごとくにおんな

阿木津《あきつ》　英《えい》『白微光』

この歌が作られたのは二十世紀末。フェミニズムを語る男も女も「おんな」を発見したように語る。作者は女性の側から批評的にうたう。

過疎　かそ　旧かな　くわそ

●まばらすぎること、人口が減少した地域。

基地原発負はぬ信濃の過疎の村スノードームのなかのふるさと

草田照子《くさだてるこ》『旅のかばん』

作者は信濃《しなの》（長野県）の生まれで故郷の冬を「スノードーム」のように遠くから思う。駐留基地や原発など負うものがない代わりにさびれてゆく。

母校　ぼこう　旧かな　ぼかう

●出身学校。

春ふかき母校の裏に青銅の獅子はゆたかに水の束吐けり

高野公彦《たかのきみひこ》『汽水の光』

西洋風に造られた母校の庭の「青銅の獅子《しし》」。「ゆたかに水の束吐けり」が詩的な表現である。

拉致　らち

●無理に連れて行くこと。らっち。

国家といふ壁の中へとめり込みし釘の痛みぞ拉致被害者還る

栗木京子《くりききょうこ》『夏のうしろ』

二〇〇二年十月、北朝鮮に拉致されていた被害者の一部が帰国した。拉致された人の奪われた生活や時間、痛みを思い「めり込みし釘の痛み」に怒りがこもる。

ファクシミリ・ファックス

●写真、文書などの画像を通信回線を用いて伝送する方法。その装置または伝送されたもの。

ぬくもりのことば数字の隅に添えファクシミリー
届く梅雨の事務所に
石垣《いしがき》美喜子《みきこ》『ホップ・ステップ』

ファックスの隅に書かれたメッセージに慰められる作者。「ぬくもりのことば」は数字との対比で、ひらがな表記にしてその感触を伝えている。

バーコード

●太さや間隔の異なる棒線を並べ合わせて表示する符号。光学的に読み取ることができ、各種商品に印刷、貼付されている。

バーコード読みとるようにはゆかぬもの君の心は
春の逃げ水
渋谷《しぶや》みづほ『アスパラスープ』

バーコードを読み取るように簡単にゆかないのが人の心。「春の逃げ水」という比喩が清新でもどかしさを美しく表現している。

デジタル

●物質、システムなどの状態を離散的な数字、文字で示したもの。

「デジタルには過去も未来もないやうな」ポツリ
と言ひてはや寝入りけり
武下《たけした》奈々子《ななこ》『樹の女』

カッコ内の科白《せりふ》は家人のもの。デジタルの数字に対しての違和感を奥行きがないようだと言う。早く床についてしまった姿に寂しさとあきらめを見てとっている。

パソコン

●パーソナルコンピューターの略。事務所や家庭などで個人が利用することを目的としたもの。

ぷつすんと消えてうごかぬパソコンよときどきわ
れもやつてみたいぞ
坂井《さかい》修一《しゅういち》『望楼の春』

突然パソコンの画面が黒くなった。仕事中なら非常事態。しかし作者は自分も働きたくないし消えたいと本音を漏らす。「ときどき」と控え目に。

メール

●郵便物。手紙。
●電子メール。

父からのメールの口調が不器用で変だと笑う母の夕暮れ

小島《こじま》なお『サリンジャーは死んでしまった』

携帯電話のメール。「口調が不器用」に馴《な》れない父親がうかぶ。母親の笑いが家族の親密感と愛情を表している。

ペットボトル

●加工樹脂で作られた容器で液体を入れるものとして用いられる。

たぶん親の収入超せない僕たちがペットボトルを補充してゆく

山田《やまだ》　航《わたる》『さよならバグ・チルドレン』

「僕たち」若者は長引く不況の影響を受けた世代。「たぶん」「超せない」に現実を受け入れた諦念がにじむ。

レンタル

●有料貸し出し。

一番好きな人たちとだけ持っているレンタルビデオの静かな夜を

永井《ながい》　祐《ゆう》『日本の中でたのしく暮らす』

「レンタルビデオの静かな夜」に雰囲気がある。「一番好きな」と「人たち」の複数形は矛盾しているようであるが、心許せる存在がいかに自分の心を保つかを表しているようだ。

レンタカーを夜中に借りる誰だっていいから迎えに行きたくなって

鈴掛《すずかけ》　真《しん》『愛を歌え』

誰でもいいから迎えに行きたいこと、夜中のレンタカーなどが孤独感と人恋しさを訴えるものとなる。

リサイクル

●不用品や廃物を再利用すること。

リサイクルショップの奥へすすむほど時間は集まり重くとどまる

黒﨑聡美《くろさきさとみ》『つららと雉《きじ》』

物や洋服などに「時間」の集積を見て「重くとどまる」という感受に、物があふれている現代への怖れも含まれている。

ユーチューブ

●YouTube。グーグルの動画共有サービス。インターネットで視聴する。

YouTubeで知らないブルース聞きながら煮込めば歌う細切れの豚

佐《さ》佐《さ》木《き》定綱《さだつな》『月を食う』

曲名も歌手の名も知らないブルース、「細切れの豚」がささやかな日常感を盛り立てる。

ライン

●LINE。ソーシャルネットワーキングサービス。メールや通話ができるアプリケーション。

運転中LINEを器用に打つ部下となんだかヤバい線上を行く

ユキノ　進《すすむ》『冒険者たち』

車の運転中にスマホを操作するのはいけないが、ついついやってしまう部下の若者。器用さを認めつつ危ない思いをする。「LINE」と「線上」を掛ける機知がある。

衣服・装いを詠む

——まとう心

衣　きぬ

●着る物。衣服。

娘の衣《こ》の衣《きぬ》の身丈肩裄そらんじて母います小さき灯《あか》りのやうに

高尾文子《たかおふみこ》『春の絃』

母の力と深い愛のありかをしみじみと思う作者。老いた母はいま頼りなげな、手でつつみたい存在にいることに寂しさを託している。

ブラウス

●上半身に着るシャツのような衣服。

夕立にシフォンブラウス透きとおり乳房のためのあたらしい皮膚

中家菜津子《なかいえなつこ》『うずく、まる』

雨に濡《ぬ》れて貼りついたエロスと、薄く柔らかいブラウスを「あたらしい皮膚」とする繊細な感性。

浴衣　ゆかた

●木綿の単衣《ひとえ》で入浴後や夏に着る和服。湯かたびら。

妻なりし過去もつ肢体に新しき浴衣を存分に絡ませて歩む

春日真木子《かすがまきこ》『北国断片』

かつては妻だったことの苦さと自愛が交錯する。「肢体」「存分に絡ませ」が大胆な言葉選びであり、作者の再出発の思いを代弁している。

もんぺ

●袴《はかま》型で足首のくくれている衣服。

もんぺと呼び穿《は》きし手織の木綿縞《もめんじま》いつ捨てしものか記憶より消ゆ

齋藤　史《さいとうふみ》『風翩翻《かぜへんぽん》』

「手織の木綿縞」は質素な生活を伝える。もんぺは戦中戦後の暮らしに耐えた、女性たちを象徴するものだった。作者は東京から長野県に疎開した。苦しかった時代が逆に浮かび上がってくる。

襤褸　らんる

●破れた着物。ぼろ。

いまよりは未来は善けむ行き場なき襤褸《らんる》の背《せな》に山鴫《やましぎ》啼けり
大野誠夫《おおののぶお》『山鴫《やましぎ》』

戦後の貧しい時期、傷んだ衣服を繕いながら着続けた。また職がない自身の境遇を「襤褸」に重ねている。「いまよりは未来は善けむ」と思うしかないやりきれなさが滲《にじ》む。

白衣　はくい

●白い衣服。特に医師・看護師・化学者などの白い上着。

一本の廊下が西陽におぼれそう人は白衣のまままぎれそう
永田《ながた》紅《こう》『ぼんやりしているうちに』

作者は科学の研究室に勤めていて白衣は作業着である。「人」は白衣を着た仲間。「おぼれそう」「まぎれそう」があやうさを表す。

木綿　もめん

●キワタの一種の白くてやわらかい綿毛。
●木綿わたを紡いで作った糸。木綿織り。

一冬をまといて軽くあらざりし木綿の法衣ザブザブ洗う
大下一真《おおしたいっしん》『存在』

作者は僧侶。「軽くあらざりし」は衣の重さに、日々の思いや人生観を重ねている。木綿の風合いと「ザブザブ」のオノマトペが似合っている。

化粧　けわい　旧かな　けはひ

●化粧。身づくろい。

旅にして化粧《けはひ》は羞《やさ》し吉野川渡りゆきたる姫の首おもほゆ
水原紫苑《みずはらしおん》『あかるたへ』

浄瑠璃《じょうるり》「妹背山婦女庭訓《いもせやまおんなていきん》」で吉野《よしの》川に流され届けられる姫・雛鳥《ひなどり》の首は敵対する家同士の犠牲となった恋の哀しい果てであった。吉野の旅で思いながら、命ある自身の化粧を羞《はずか》しいと感じている。時空を超えた「化粧」への思いである。

紅　べに

●赤色の顔料。染料、食品、化粧品などの着色料にする。ベニバナの花びらから採った。

●口紅、ほお紅。

朝化粧五月となれば京紅《きやうべに》の青き光もなつかしきかな
柳原白蓮《やなぎわらびやくれん》『踏絵』

「京紅」は京都で作られた艶紅《つやべに》で口紅にする。紅花から採った液を陶器や貝殻に塗り重ね、乾燥すると緑色に輝く。五月の季節感を色彩を引き合いに出して述べた。

ルージュ

●フランス語で赤色、口紅。

ベゴニアの花のオレンジ冬の日に初めてひいたルージュのように
俵《たわら》万智《まち》『花束のように抱かれてみたく』

ベゴニアの花の色から思い出したルージュの色。「冬の日に初めてひいた」に初々しい体験と大人に近づく女性の横顔が浮かび上がる。

綺羅　きら

●綺は綾織りの軽い絹、羅は透けるような薄い絹。美しい衣服のこと。

綺羅を脱ぐ秋の樹木ようそばかり教えてくれた奴はよかった
広坂《ひろさか》早苗《さなえ》『夏暁』

秋に紅葉した木の色彩を「綺羅」と呼んでいる。二句切れの詠嘆深い呼びかけに続く後半のきっぱりとした独白には、人生の表裏に気づいてゆく苦さがある。

ペンダント

●宝石やメダルがついた首飾り。

ペンダント君に触れたり草濡らす霙《みぞれ》のように胸かさねれば
江戸《えど》雪《ゆき》『百合オイル』

抱擁の場面や感覚がみずみずしく表現されている。二句切れと倒置法によって韻律も張りがある。「草濡らす霙のように」の直喩には速度感もある。

ピアス

●身体の一部に穴を開けてつける装身具。

透明のシールをピアスの穴に貼るともだち　白い逆光のなか
山崎聡子《やまざきさとこ》『手のひらの花火』

透明のシールを貼っているのは、閉じたかったのか。友人の内面はわからないが、そういう姿も眩《まぶ》しい青春の渦中にいる。

ネクタイ

●ワイシャツなどの首まわりに巻いて結ぶ、装飾とする細い帯状の布。タイ。

ナポレオンは三十歳でクーデター　ほんのり派手なネクタイでぼくは

辻《つじ》　聡之《さとし》『あしたの孵化《ふか》』

三十歳を迎え自身を振り返る際に偉人ナポレオンと比べる。遠く及ばないことと生きている時代の差がネクタイで象徴される。「ほんのり派手な」がユニーク。

リボン

●紐《ひも》状の織物。洋服、帽子、髪、贈答品などにつけて飾りにする。

いつの日か失うために育て来し娘につまだちてリボンを結ぶ

久々湊《くくみなと》盈子《えいこ》『家族』

娘が巣立つ未来の寂しさを予感しながら髪にリボンを結んでやるという。「つまだちて」には自分より背が高くなった娘の成長が浮かび上がる。

ハンカチ

●ハンカチーフの略。正方形で小型の手ふき。ハンケチ。

五歳の頃ドブに流れたお気に入りのハンカチあれが人生だった

森本《もりもと》　平《たいら》『モラル』

幼い頃の哀しい体験であり絶望である。人生には美しい思い出のほうが少ない。意図的な訥々《とつとつ》とした散文調が印象に残る。

マフラー

●襟巻き。

●車の消音装置。

マフラーを巻いてしづかな君からの伝言のやう冬の木洩れ陽

澤村斉美《さわむらまさみ》『galley』

冬の木もれ陽《び》を静かで柔らかなものとして捉えている。「君からの伝言」のようで冬の装いに懐かしさを感じて思い出しているのだろう。

マント

●袖のない外套《がいとう》。

いちはやく冬のマントをひきまはし銀座いそげばふる霙《みぞれ》かな

北原白秋《きたはらはくしゅう》『桐の花』

「ひきまはし」にはマントの生地の広さが表れていて、近代のおしゃれな洋装が銀座を舞台に劇的に描かれている。

ランジェリー

●女性の下着。

きさらぎは萌揺月《きさゆらぎづき》うすあをいランジェリーを今日は買ひたし

松平盟子《まつだいらめいこ》『シュガー』

如月《きさらぎ》は旧暦二月の異名。更衣とも書き、冬から春へ衣類を変える月。「萌揺月」から薄い青を連想した。自愛の心が季節感から引き出される。

ブーツ

●深い靴。長靴。

「さぶいさぶい」口語の木枯し一号がブーツ脱ぎ捨て部屋に入り来し

小高《こだか》 賢《けん》『本所両国』

部屋に入ってきたのは、長くて洒落《しゃれ》たブーツを履いている娘。「さぶいさぶい」と嘆く娘を「口語の木枯し一号」とたとえているのがユニークである。

ポケット

●洋服についている物入れ。かくし。

軀《み》をめぐる迷路ある日のポケットより朝顔の黒い種も出てくる

高嶋健一《たかしまけんいち》『中游《ちゅうゆう》』

ポケットを通じて我が身を取り囲むものを迷路にたとえた。そう考えると覚えのない朝顔の種が出てきたことも面白く思えるのだ。

ボタン

●洋服などの合わせ目をとめるもの。ポルトガル語からきている。鈕《ぼたん》。

いつのまにぼたんのひとつ飛びたるらし胸つべのあなゆるやかに浮く

森岡貞香《もりおかさだか》『珊瑚数珠《さんごじゅず》』

ボタンが取れたことを飛んだという。「ゆるやかに浮く」といった表現もやさしく一つ欠けたことによる変化を見る。

眼鏡　めがね

●レンズや色ガラスで視力を調整したり、強い光線を防ぐ。がんきょう。

窓辺にはくちづけのとき外したる眼鏡がありて透ける夏空
吉川宏志《よしかわひろし》『青蟬《あおせみ》』

キスしようとして眼鏡を外した。それを通して夏空が光っている。恥じらいを含んだ若やかな光景。

指輪　ゆびわ

●指の飾り輪。リング。

二十代ばかりの水面はさんざめくわれに指輪のことばかり問う
天道《てんどう》なお『NR』

年下の二十代の若者が、作者がしている指輪に気づいて問い掛けてくる。結婚への関心の反応を表した「水面」「さんざめく」という比喩が美しく新鮮。

帽子　ぼうし

●頭にかぶるもの。防寒やおしゃれに用いる。

空っぽに満たされてゐるわが帽子冠ればゆふやみ掬ひてぬくし
上村典子《うえむらのりこ》『草上のカヌー』

帽子を被る前に、窪《くぼ》んだ空間を見つめている。「ゆふやみ掬《すく》ひ」は小さな空間を詩的に捉えなおしていて魅力的な表現である。

手袋　てぶくろ

●防寒や保護、装飾のために手にはめる袋状のもの。

クリームの匂ひの染《し》みし手袋が去年《こぞ》のまま外套のかくしよりいづ
三國玲子《みくにれいこ》『空を指す枝』

手袋にクリームの匂いが移ったというところが独特。「かくし」はポケットとのこと。過ぎた時間の形となって手袋が目の前に現れる。

紐　ひも

●物をくくったり、結んだり、しばりつけたりする細長いもの。糸より太く、綱より細いもの。

縛るため用ある紐が束なして縛られて荷となりて送らる　浜《はま》田《だ》康敬《やすゆき》『旅人われは』

「縛る」用途の紐が「縛られて」運ばれるという皮肉な見方。動詞による畳み掛けや、理屈っぽい言い方に面白さがある。

懐　ふところ

●衣服の胸のあたり。
●山などに周りを囲まれたところ。
●衣服の内側に入れて持っている金。所持金。
●胸中。心中。

こときれし母がみ手とり懐に温《ぬく》めまゐらす子なればわれは　吉《よし》野《の》秀雄《ひでお》『寒蟬《かんせん》集』

母の臨終に寄り添いその手を取る。着物の懐に入れて自分の体温で温めるという、親子の最後の交流。「み手」「まゐらす」の敬語謙譲語を用いて、深い情愛がうたわれている。

頰かぶり　ほおかぶり　旧かな　ほほかぶり

●手ぬぐいやショールなどで頭から頰にかけて包むこと。ほおかむり。ほっかぶり。

寒の夜を頰かむりして歌を書くわが妻にしてこれは何者　永《なが》田《た》和宏《かずひろ》『華氏』

冬の冷え込む夜に作歌をする妻。夫である作者は何だか異様な雰囲気、鬼気迫る感じがしたのだ。「わが妻にしてこれは何者」に驚きとユーモアがある。宮《みや》柊《しゅう》二《じ》の〈昨夜《よべ》ふかく酒に乱れて帰りこしわれに喚《わめ》きし妻は何者〉（『晩夏』）を手本にしている。

食を詠む

——命をささえるもの

【飲食】おんじき

●飲み物と食べ物。食べること。

牙のやうな炎を点《つ》けて水を煮るわたしはわたしの飲食《おんじき》のため

藪内亮輔《やぶうちりょうすけ》『海蛇と珊瑚《さんご》』

自炊の孤独感が伝わってくるような歌。コンロの炎の形を鋭い「牙」にたとえ煮炊きが激しいものであることを認識する。

【食・餉】け

●食事。飯。複合した場合は「げ」となる。朝餉《あさげ》。夕餉《ゆうげ》。

禅僧のいくたりか居てまなこ鋭《と》し一椀の餉《け》を走りつつ食ふ

岡井《おかい》　隆《たかし》『中国の世紀末』

禅僧は修行の最中であろうか。その行為や眼の鋭さに怖《おそ》れをもって見ている。

夏至の日の夕餉をはりぬ魚の血にほのか汚るる皿をのこして

小池《こいけ》　光《ひかる》『廃駅』

夕餉の皿を描き、つつましい食事のなかの痕跡を魚の血に見ている。魚の命と人間の命が交差した証。

【糧・粮】かて

●食物。精神や生活のためになる必要なもの。

やへざくらひかりあふるる下かげをこころ瞋《いか》りて糧《かて》もとめゆく

山田《やまだ》あき『紺』

歌集『紺』は昭和二十六（一九五一）年刊行、戦前戦後の作品を収める。妻として戦後の貧しさに立ち向かう意志が「瞋り」にこめられる。八重桜の美しい景色と「糧」の実生活が対照的。

【弁当】べんとう　旧かな　べんたう

●携える簡単な食べ物。

弁当に梅干入れて昆布入れて、そんな私が英語を講ず

大松達知《おおまつたつはる》『アスタリスク』

「梅干」「昆布」は代表的な日本食。日本人そのものといった感じだ。「そんな私が」の展開が巧みでオチは英語教師である自分への恥じらいや自覚からきているのだろう。

杯・盃　はい

●さかずき。優勝カップ。
●器に盛った液体、飯などを数えたり、船やイカ、タコを数えたりする。

月下独酌一杯一杯復《また》一杯はるけき李白相期《あいき》さんかな
佐佐木《ささき》幸綱《ゆきつな》『直立せよ一行の詩』

唐時代に活躍した詩人李白《りはく》は不遇なうちにも豪放に生き、酒を愛した。作者は「月下独酌」と諳《そら》んじながら李白と酒を酌み交わしたい気分をうたう。漢語の響きが硬質かつリズミカル。

丼　どんぶり

●どんぶり鉢の略。茶碗《ちゃわん》より深く大ぶりで厚みのある陶製の鉢。

どんぶりを抱へてだれにも見られずに立蕎麦を食ふ時が好きなり
岩田《いわた》　正《ただし》『郷心譜』

自分が何ものにも囚われずに過ごすひとときを立ち食いそば屋に映し出している。庶民的な場に紛れて気負わない安心感に似たものを感じるという。

飯　めし

●ご飯、食事。

飯をくう顔がさみしい男でも笑う位はたのしく出来る
髙瀬《たかせ》一誌《かずし》『火ダルマ』

「飯をくう」に気取らない感じがあり「笑う位《くらい》は」が照れを含んでいて、作者のシャイでユーモアのある人柄をのぞかせる。

糠　ぬか

●玄米を精白する際、搗《つ》かれて取れる種皮や胚芽の粉末。糠油を採取したり、肥料や飼料、漬物に用いる。こめぬか。ぬかどこ。

わがかなしみ捨つる甕とも眞夜中にあら鹽ふりて糠味噌つくる
扇畑《おうぎはた》利枝《としえ》『遠い道』

毎日の食卓のためにぬかどこを管理する主婦である作者は甕《かめ》の中に自身の内面を投影している。「眞夜中」「あら鹽《じお》」の語に厳しさがにじむ。

卵黄　らんおう　旧かな　らんわう

●卵の中の黄色い部分。黄身。

卵黄を白飯《いひ》に落すならはしのまた復《か》へりきて冽き秋日《しうじつ》

葛原妙子《くずはらたえこ》『橙黄』

大正生まれの作者にとっては、栄養をとる一番の食事だった。「ならはし」は大事に食べていた日を回想したもの。秋の冷気の中で噛《か》みしめている。

卵白を泡立てること上手《うま》くなり結婚の日は具体となりゆく

栗木京子《くりききょうこ》『水惑星』

「卵白」は卵の白身。泡立てた卵白を入れる料理などもレパートリーに加わる。結婚後に身についてきた技に自身を再確認している。

牛乳　ぎゅうにゅう　旧かな　ぎうにゆう

●牛の乳汁。

牛乳に張りたる膜をすくひをりしきりに河のにほひくる卓に

真鍋美恵子《まなべみえこ》『雲熟れやまず』

河水の生臭いにおいが部屋に届く。温めた牛乳の膜をすくい取る時、においや膜に生の感覚を否応なく実感させられているのだ。

餅　もち

●もち米を蒸してついた食べ物。

恍として冬の夜ふけをストーブに固き餅《もちい》を焙《あぶ》りいにけり

石田比呂志《いしだひろし》『琅玕《ろうかん》』

「もちい」という呼び方もある。「恍《こう》として」は老年の自身のぼんやりとして揺らぎがちな意識を表している。つつましい日常に主人公の孤独が映し出される。

饅頭　まんじゅう　旧かな　まんぢゆう

●中に餡《あん》や肉を入れて蒸した食べ物。

はてしなきおもひよりほつと起きあがり栗まんじゆうをひとつ喰《た》べぬ

岡本かの子《おかもとかのこ》『浴身』

尽きない思いの中でわれに返ったように起き上がる。栗まんじゅうが作者を現実に留めるようだ。「ほっと」に息づかいが表れている。

パン

●小麦粉を主な原料とし、水でこねイーストを加えて発酵させてから焼きあげた食品。「麺麭」とも書く。

一日中眼を開けながら仕事してつめたいパンの袋をひらく　内山《うちやま》晶《しょう》太《た》『窓、その他』

目を閉じることが許されない何かに強制させられている感じが漂う。そしてパンのほとんどは冷えている。それを誰も言葉にしない。

プリン

●牛乳や卵、砂糖などを材料とした菓子。プディングから転じた語。

プディングをプリンといひてなめらかに匙さし入れぬ　ひと殺めるな　前川《まえかわ》佐《さ》重郎《じゅうろう》『不連続線』

「ひと殺《あや》めるな」は事件や現代人の心の闇を見て出てきた思い。「プリン」の音の軽さ、なめらかな感触に通じてゆく危うさを敏感に感じ取っているのだ。

マシュマロ

●スポンジ状のやわらかく弾力がある菓子。

するだろう　ぼくをすてたるものがたりマシュマロくちにほおばりながら　村《む》木《らき》道彦《みちひこ》『天唇』

「マシュマロ」以外は全部ひらがな表記で、意味から一歩引いたような印象を受ける。「するだろう」という出だしが唐突だ。他愛なく別れを語るだろうと想像し失恋の痛手を醒《さ》めた視点でうたう。

ヨーグルト

●牛乳を乳酸菌によってクリーム状にしたもの。

裏側に張りついているヨーグルト舐めとるときはいつもひとりだ　木下《きのした》龍也《たつや》『つむじ風、ここにあります』

蓋の裏に薄く張りついているものを舌で舐《な》め取る行為は人前ではほとんどやらない。「いつもひとりだ」には素の表情の寒さがにじんでいる。

ラーメン

●スープに中華風の麺を入れて具を加えた食べ物。醤油《しょうゆ》、塩、味噌《みそ》などのスープがある。

世界じゅうのラーメンスープを泳ぎきりすりきれた龍おやすみなさい

雪舟《ゆきふね》えま『たんぽるぽる』

何杯ものスープを泳ぎきったという発想が独特で、労《いた》わりの心情がある。「世界じゅう」のスケールと、「おやすみなさい」のやさしさが一首で融合している。

ランチ

●昼食。

剥き出しに財布を携えたる人らランチタイムの通りに溢る

遠藤《えんどう》由季《ゆき》『鳥語の文法』

オフィス街の昼、財布だけを持ってランチに出かける人々。ブランド品のおしゃれな長財布を持つ女性もいるだろう。「剥《む》き出し」が常態化している現実は平和なのだ。

ビール

●麦芽の糖化液にホップを加えて低温で発酵させた、苦味のあるアルコール飲料。

生ビール飲むや臓腑のくらやみに波ひろがれりづわんしゅわある

高野《たかの》公彦《きみひこ》『水苑』

「飲むや」と切れ字を入れて韻律に変化をもたせ、「くらやみ」「波」によって身体の奥が小宇宙のように描かれる。結句のオノマトペが波のイメージを引き出してユニーク。

二日酔い　ふつかよい　旧かな　ふつかよひ

●酒量が度を過ぎた翌日に、頭痛や吐き気などに悩まされること。

二日酔いの無念極まるぼくのためもっと電車よまじめに走れ

福島《ふくしま》泰樹《やすき》『バリケード・一九六六年二月』

「ぼくのため」「まじめに走れ」と電車に呼びかけるのはナンセンスだが無念である今は切実だ。学園闘争の日々にうたわれ青春の愚かさ、苦味がにじむ。

住居・建造物を詠む

——暮らしの場所

門　もん

●屋敷や庭園の出入り口。
●物事のはじめ。

門灯は規定時間を過ぎてまで終の居場所を点していたり

田島邦彦《たじまくにひこ》『人間漂流』

会社の裏玄関の門灯であろうか。「終《つい》の居場所」を知らせるように感じた。遅くまで働く人を見守っているような門灯である。

煉瓦　れんが　旧かな　れんぐわ

●粘土に砂を混ぜて練り焼いたもの。建築材料となる。

高い塀だ　刑務所の塀だ。　煉瓦塀だ。　高い高い塀だ。　まだ春も寒い。

矢代東村《やしろとうそん》『矢代東村遺歌集』

矢代東村は明治二十二（一八八九）年生まれ。大正期からプロレタリア短歌運動を背景にし、口語短歌を作った。体制や権力への抵抗と弱い立場にある者の叫びを、「高い高い」「まだ春も寒い」に託している。

屋根　やね

●建物や物の上につけたおおい。

葺き替へて瓦のせたるわが屋根に月かげ蒼しながく生きたし

長谷川銀作《はせがわぎんさく》『寸土』

瓦を葺《ふ》き替えたことにより新鮮な気分でわが家の屋根を見上げる。月光に生の充実を感じて、素直に長生きをしたいと願った作者。

柱　はしら

●建物の土台の上に直立し、棟や梁、床などを支えている材。
●一つの組織を成り立たせたり、支えたりする重要な人や物。

おほてら の まろき はしら の つきかげ を つち に ふみ つつ もの を こそ おもへ

会津八一《あいづやいち》『鹿鳴集』

全部ひらがなで表記された歌。奈良の古寺や仏像の蒼古《そうこ》とした面影や美を作者は追い求めた。月光と影が地面に映り、静寂で幻想的な光景である。

梁　はり

●屋根や上階の重さを受け支えるために、柱上に渡される横木の総称。

のど赤き玄鳥《つばくらめ》ふたつ屋梁《はり》にゐて足乳母《たらちね》の母は死にたまふなり

斎藤茂吉《さいとうもきち》『赤光《しゃっこう》』

「死にたまふ母」の一首。山形県金瓶《かなかめ》村の生家に帰り、生みの母の臨終に会った。燕《つばめ》二羽が木造家屋の梁に来て止まっている。生きている燕と母の死が対照し、絵画的な構図である。

鉄骨　てっこつ

●建造物の骨組みとなる鉄材。

鉄骨を組む閃光が冴ゆるなりたそがれ迫るビルの屋上

神作光一《かんさくこういち》『秋の信濃路《しなのじ》』

日暮れ時に鉄骨を溶接する火が冴え冴えと見える空中の建設現場。閃光《せんこう》にするどいものを見てとっている。

軒・軒下　のき・のきした

●屋根の下端で、建物の外壁から張り出した部分。風雨や日光をよける。軒端。庇《ひさし》。

軒に垂るる柿の簾のひまを縫ひ冬の陽こたつの母の背にさす

大津留《おおつる》　温《おん》『ふれあひ』

干し柿が簾《すだれ》となって吊るされている。そのすき間から冬の日が「こたつの母の背」にまで届くと見ている生家のやさしさ。

三和土　たたき

●土間。石灰・赤土・砂などに苦塩、水を加え練り固めたものやコンクリートで仕上げた。

灯油罐洩りて三和土《たたき》のにじめるを生《いき》の翳《かげり》のごとく見て立つ

千代國一《ちよくにいち》『暮春』

三和土に灯油が洩《も》れて滲《にじ》んでいる暗い影に人生や内面のかげりを投影する。昭和の家屋と薄暗い土間を彷彿《ほうふつ》とさせる。

土間　どま

●屋内で床板を張らず、地面のまま、あるいは三和土にしてあるところ。

梁《はり》たかき夜半《よなか》の土間にいくたびか茫然と立つ娶らず過ぎて

前《まえ》　登志夫《としお》『子午線の繭』

古い作りの家屋の土間という場で婚期を過ぎた自身を振り返る。冷え冷えとした場所が孤独を支えている。

厨　くりや

●台所。厨房《ちゅうぼう》。

指ほどの針魚《さより》に黒き腑はありて冬の厨のたそがれぞ濃き

安永蕗子《やすながふきこ》『草炎』

可憐《かれん》な魚にも確かにある命の証しに静粛な気持ちになった。冬の冷えた厨の黄昏《たそがれ》どきは空気も影も濃密であったらしい。

妻病みて男子厨房にもっぱらの話し相手はふるき俎板

山野吾郎《やまのごろう》『加減乗除にて』

慣れない調理をしながら、そんな自身を頼もしく思っているのだろう。「もっぱらの話し相手」と戯画化する。

浴　よく

●水や湯をあびたり、中に入ったりすること。

沐浴を終へたるからださやげるを裹《つつ》むごとくに着衣なしたり

雨宮雅子《あめみやまさこ》『雅歌』

「沐浴《もくよく》」の語を詠みこみ、清々《すがすが》しさを「さやげる」草木のように感じている。衣につつむ所作に自愛の思いが表されている。

浴槽にみたす深夜の湯に溶けて形《かたち》失ふごとくゐたりき

尾崎左永子《おざきさえこ》『春雪ふたたび』

「浴槽」の語を詠みこみ「深夜の湯」は一人に戻る儀式のような趣がある。溶ける、失うという動詞によって肉体と精神の疲れが形をもって表れてくる。

階　きざはし・きだはし

●階段。きだ。

落ちてゆく眠りのなかにまざまざと見えて昇れぬ楷梯《きざはし》を持つ
大西民子《おおにしたみこ》『不文の掟《おきて》』

きざはしは心象風景のもの。見えるけれど昇れない楷梯は、障壁となっているものを象徴している。

鳥獣の描線いくばくか濃くあらむ雨の高山寺石段《きだはし》のぼる
河野裕子《かわのゆうこ》『紅』

京都栂《とが》ノ尾《お》の高山寺《こうざんじ》の石段。大和絵《やまとえ》の白描画「鳥獣人物戯画巻」を所有する古寺。雨の日から絵の墨の濃淡に思いを馳《は》せる。

床　ゆか

●室内で板を張ったところ。

いそぎつつ来り去る人は見ぬならむ踏み込みし床に花の象嵌
北沢郁子《きたざわいくこ》『麺麭《パン》と水』

「花の象嵌《ぞうがん》」に自分だけが気づいた。急いで行き来する人の目には止まらないだろうと、床の美しい模様をいとおしんでいる。

玻璃　はり

●仏教で七宝の一つ、水晶のこと。
●ガラスの別名。

マラソンの最後の一人うつしたるあとの玻璃戸に冬田しずまる
寺山修司《てらやましゅうじ》『空には本』

「玻璃戸」はガラス戸。最後尾を走るランナーの喘《あえ》ぐ姿と枯れた冬田の対比が際立つ。

炉　ろ

●火をたくところ。いろり。暖炉。
●工業用に高温で火をたくところ。溶鉱炉、原子炉。

炉辺まだ恋しき春の夕べなり子への荷物にパスモを入れる
三枝昻之《さいぐさたかゆき》『世界をのぞむ家』

春先の肌寒さを表す。「パスモ」は交通系のICカード。どこにでも気楽に行ってほしいことを後押しする。

廃炉まで四十年の知らせにてわれら長生きせむと誓いぬ
三原由起子《みはらゆきこ》『ふるさとは赤』

作者の故郷は福島。二〇一一年東日本大震災で事故を起こした原発の近くである。かつての穏やかな土地に戻るまで長生きしようという誓いには望郷の強い念が底にある。

卓　たく

●机。テーブル。

卓上になないろにひかり砕きいる定規あり祖父の窓辺はしずか
鈴木加成太《すずきかなた》『うすがみの銀河』

製図を描いていた祖父の存在感を定規の反射に表す。卓上に動くものはないが光を砕くという捉え方によって祖父の手を偲《しの》ぶ。

座　ざ

●座ったり腰掛けたりする場所、位置。
●集会や宴会などの雰囲気。
●地位。

遠山にきれぎれの虹つなぎつつわが父の座に雪は降りつむ
辺見《へんみ》じゅん『雪の座』

作者の父は角川《かどかわ》書店創設者の角川源義《げんよし》。五十七歳で亡くなった父を偲ぶ歌。父は富山の出身で雪と縁が深い。雪山を父の存在として見ている。

客の靴揃へて出で来ししばしの間座をはずすのも仕事のひとつ
鶴岡美代子《つるおかみよこ》『緑風抱卵』

客相手の商売の現場を具体的に描きながら、自らの仕事への自負がこめられている。様子を見計らう役目が目に浮かぶ。

ベッド

●寝台。
●苗床のこともさす。

ひとしきりノルウェーの樹の香りあれベッドに足を垂れて　ぼくたち
加藤治郎《かとうじろう》『サニー・サイド・アップ』

恋人とベッドに腰掛けてビートルズの「ノルウェイの森」を聞いているのか。「樹の香りあれ」にはそんな香りに満たされたいという気分である。

暖簾　のれん

●屋号などを染め抜いて店先や仕切りに掛げる布。
●店の信用や格式。

雨宿りせんとてのれん分ける手がその雨筋の二三本も分く　浜田康敬《はまだやすゆき》『旅人われは』

「雨宿り」「雨筋」と降りこめられた様子が浮かび、「二三本」の数字は「雨筋」と関連し合い、見立ての面白さがある。

廊　ろう　旧かな　らう

●間をつなぐ通路。廊下、回廊。

遠のきてわれは待てれどわれの血によりて生まれむ子ぞ廊の果て　小野茂樹《おのしげき》『黄金記憶』

産院の廊下で出産を待つ父親。「遠のきて」は廊下の距離だけでなく、自分の血を引いて生まれてくる子供へのある種の怖《おそ》れと緊張を含んでいる。

襖　ふすま

●和室で部屋の仕切りに用いる。

ふるさとに帰りし夕べ鯉の絵の襖を閉じて乳飲ます妻　吉川宏志《よしかわひろし》『夜光』

作者の故郷に帰省した折、授乳の際に人目をはばかって襖を閉じた妻。「鯉の絵の襖」が和室の趣を伝え、人生のささやかな一場面を切り取っている。

ぶらんこ

●横板に二本の綱や鎖を付けて吊る。ふらここ。しゅうせん。

亡き子来て袖ひるがへしこぐとおもふ月白き夜の庭のブランコ　五島美代子《ごとうみよこ》『いのちありけり』

二十代で亡くなった長女の幼い頃の姿を思い出している。庭にしつらえたブランコが風に揺れると、亡き子が来て漕《こ》いでいると思ってしまうのだ。夜の幻想が美しく、悲しみを際立たせている。

鉄棒　てつぼう

●鉄製の棒。器械体操の用具の一つ。

休日の鉄棒に来て少年が尻上がりに世界に入って行けり　佐藤通雅《さとうみちまさ》『水の涯』

逆上がりを「世界に入って行」くと捉えている。少年の若さ、躍動感、未来などが「世界」の語から思われる。

物干し　ものほし

●洗濯物を干すこと。またその場所。

物干し竿宣伝カーの音声を憎めども覚ゆ　「二本で千円」

小島《こじま》ゆかり『獅子座《ししざ》流星群』

物干し竿《ざお》を販売する車の音声をうるさいなと思いながら、いつのまにかその宣伝文句を覚えてしまったという皮肉。リアルな結句がユニーク。

納屋　なや

●別棟に設けた物置用の小屋。農家で収穫物や農機具などを納める建物。

吊されて玉葱芽ぐむ納屋ふかくツルゲエネフをはじめて読みき

寺山修司《てらやましゅうじ》『空には本』

ツルゲーネフの名と文学性が動かしがたい一首である。納屋の奥に隠れるようにして読む少年。一つ一つの言葉が恋や性への関心、萌芽をシンボリックに表している。

排水口・排水孔　はいすいこう

●排水を流す穴の口。

バスタブの湯をぬきながら恋いわたる排水孔の奥の涅槃《ねはん》を

藤原龍一郎《ふじわらりゅういちろう》『夢みる頃を過ぎても』

風呂の湯が排出されていく。「涅槃」はあらゆる煩悩《ぼんのう》が消滅し苦しみを離れた安らぎの境地のこと。排水の穢《けが》れが流れ行く所として知的な比喩である。

ノブ

●ドアなどの丸い取っ手。把手とも書く。

いつの日か思ひ出《い》ださむアパートの把手《ノブ》の裏なるわづかのへこみ

内藤《ないとう》　明《あきら》『壺中の空』

どうしてへこんでいるのか、追及しないままに過ごした日々。ささいなことがかえって記憶に残る。

灯・燈　ひ

●ものを照らす光。ともしび。あかり。

灯の点かぬ街の弱さに押し寄せて夜があらゆる裂け目に溜まる

亀谷《かめたに》たま江《え》『雨上がり』

一九九五年一月十七日の阪神《はんしん》・淡路《あわじ》大震災の被害を受けた街のこと。損壊や停電によって暗い風景が広がる。怖れと不安が独特の把握によって表現されている。

【灯火・灯】ともしび

●火や電気でともした明かり。

ねつかれぬならひとなりて物の色の白くなる時ともしびを消す

尾上柴舟《おのえさいしゅう》『ひとつの火』

「物の色の白くなる」明け方、暗闇のために点けていた灯火を消す。そのずれが眠れない夜が過ぎたことを物語る。

【電灯・電燈】でんとう

●電気で発光させる灯火。電球。

書《ふみ》よめば電燈のぬくみ額《ぬか》にしむ秋の夜頃となりにけるかな

松田常憲《まつだつねのり》『三径集』

冷え始める秋に「額にしむ」体感から季節のうつろいを意識する。「書よめば」には書物に向かう時の充足感がある。

【ベランダ】

●外に張り出した縁。主に階上にあるものをいう。

ベランダに冬のタオルは凍り付きあなたのきれいな感情を許す

堂園昌彦《どうぞのまさひこ》『やがて秋茄子《あきなす》へと到る』

気温が下がるとベランダに干したものが凍ることがある。あなたの「きれいな感情」のように美しく固まっている。

【マンション】

●集合住宅。

朝なさなマンションの窓ひらかれて一羽づつ発つ眠りの鳥よ

春野《はるの》りりん『ここからが空』

「朝なさな」は朝ごとにの意味。「眠りの鳥」が飛びたつようだとたとえ、人々の暮らしの窓が詩的に描かれている。

物・道具を詠む
——大切な物たち

引き出し・抽き出し　ひきだし

●「抽斗」とも書く。たんす、机などの物をしまっておくための抜き差しできる箱。

どれも微妙に開《あ》いている家中《いえじゅう》の抽斗《ひきだし》を閉めに立ちたり
花山周子《はなやましゅうこ》『屋上の人屋上の鳥』

気づくと我が家は抽斗が少しずつ開いている。こんなのはおかしいと立ち上がる。「どれも微妙に」が散文調で面白い。

手紙　てがみ

●書簡。書状。

いとけなきものに手紙を書く朝のひらかなばかり善きことばかり
高尾文子《たかおふみこ》『エレミヤ』

稚《いとけな》いは幼いこと。自身の幼い孫にひらがなの手紙を書くという。伝えたいことは「善きこと」にする願い。

手帳・手帖　てちょう　旧かな　てちやう・ててふ

●常に携帯して用などを記入する小形の帳面。

３Ｂの鉛筆は体力をもてるごと色濃くあたらしきを手帖に見つむ
河野愛子《こうのあいこ》『夜は流れる』

「体力をもてるごと」という比喩には「３Ｂ」のしっかりとした濃さに頼もしさを感じていることが伝わってくる。手帖に自分が記録され映し出される。

万年筆　まんねんひつ

●ペン軸にインクを入れた筆記用具。

つねのごと萬年筆が吸ひこみしインクの重み指先に知る
窪田章一郎《くぼたしょういちろう》『定型の土俵』

インク壺《つぼ》から吸い上げて使う感触が丁寧に捉えられ、指先には万年筆を手にした時の充足感がある。

葉書・ハガキ　はがき

●絵葉書、年賀葉書など。

あなたからきたるはがきのかきだしの「雨ですね」さう、けふもさみだれ　松平《まつだいら》修文《しゅうぶん》『水村』

漢字は「雨」だけである。「さう、けふもさみだれ」に、静かでロマンティックな、少しアンニュイな雰囲気が出ている。

反古・反故　ほご

●書き損なった紙。ほうご。

あかあかと炎中《ほなか》に反故の仰反《のけぞ》りて人麻呂などという字燃えゆく　橋本喜典《はしもとよしのり》『地上の問』

「仰反りて」は燃える紙が苦しんでいるようだ。歌聖と称えられた柿本《かきのもとの》人麻呂《ひとまろ》、その字も燃えて哀れを感じている。

トランプ

●ゲーム用のカードで、クラブ・ダイヤ・ハート・スペード・ジョーカーからなる。

死が生をうらがへしてゆくスペードのジャックはいづこの兵士なりしか　阪森郁代《さかもりいくよ》『パピルス』

トランプのスペードは剣、ジャックは兵士の姿を描いたもの。表と裏を哲学的に考え、死を暗示するものとして作者は見ている。

ボール

●球技や遊具のたま。まり。

的大き兄のミットに投げこみし健康印の軟球《ボール》はいずこ　小高《こだか》賢《けん》『耳の伝説』

兄弟でキャッチボールをした子供時代。ミットを構える兄への信頼感と挑戦があった。そしてもう戻らない健やかな時間。

花火　はなび

●火薬を燃焼破裂させ、音、光、炎色、煙などを鑑賞するもの。遊びや信号用のものがある。

音たかく夜空に花火うち開きわれは隈なく奪はれてゐる
中城《なかじょう》ふみ子《こ》『乳房喪失』

「うち開き」「隈《くま》なく奪はれ」が大胆な表現だが恋に陶酔しているだけではない客観的な視点がある。中城ふみ子は離婚後に乳癌《にゅうがん》となり、闘病のなかで歌を詠んだ。

縄跳び・縄飛び　なわとび　旧かな　なはとび

●縄を回転させ跳ぶ遊び。

縄とびの縄にあふるる波あまたおおなみこなみゆうやみふかし
玉《たま》井《い》清弘《きよひろ》『久露』

「あふるる波」にたとえて、遊び歌のイメージをさらに視覚化する。夕方暗くなるまで外で遊ぶ子供たちの姿に永続的なものを感受したようだ。

人形　にんぎょう　旧かな　にんぎやう

●紙、木、土などで人間の形に作ったもの。古くは穢《けが》れをそれにうつして流したり、神霊の依代《よりしろ》とした。でく。ひとがた。
●自分の意志では動けず他人の思うままに動かされる人のたとえ。

人形のくちびる少し切れている数えきれないくちづけを受け
入谷《いりたに》いずみ『海の人形』

救助訓練に用いられる人形の口が切れている痛々しさ。物体がなまなまと突きつける現実の中に、人間が行っていることの妖しさを見ているのだろう。

木馬　もくば

●木で作った馬。
●器械体操の用具。現在の跳馬の一種。

揺れながら前へ進まず子育てはおまえがくれた木馬の時間
俵《たわら》万智《まち》『プーさんの鼻』

一か所にとどまり、優しく揺れるものに子育ての時間を重ねている。子供を得たことで知った豊かさや平安がこめられている。

落書き　らくがき

●いたずら書きをすること。また書かれたもの。

落書きを一緒に消してくれたK　夜空の色したピアス揺らして
千葉《ちば》　聡《さとし》『飛び跳ねる教室』

作者が中学校の教師として生徒と向き合った日々。生徒「K」のやさしい心に触れたひとときが耳たぶの下に揺れるピアスの色に託されている。

刃　やいば・は

●刃物。

飛ぶ鳥に刃《やいば》なきこととさびしとも美《は》しともおもふ暮れぐれにして
水原《みずはら》紫苑《しおん》『びあんか』

鳥が本来持っていない「刃」、それを空想したことにより鳥の飛翔や命にあらたなものを感じている。生き物の懸命さを肯定する思いが根底にある。

五月切《せつ》に物の切《き》りたし刃研ぎたし胸の中まで青葉茂るを
馬場《ばば》あき子《こ》『世紀』

自然界と連動して初夏に生命感が増してくる。その時「物の切りたし刃《は》研ぎたし」と、台所仕事も気分が乗ってどんどん手が進む。

鋼・刃金　はがね

●鉄を主成分とする加工用金属材料。
●刀剣の刃にする鉄。
●堅固なもの。

沖しろき月夜となれり昼積みしはがねも船にかがやきをらむ
香川《かがわ》　進《すすむ》『湾』

資材の鋼を積んで出ていった船。月が煌々《こうこう》と照る沖を眺めて、それが船も照らしていることを想像する。二句切れの韻律に張りがある。

ブリキ

●錫《すず》をめっきした薄い鉄板。

特急券を落としたのです（お荷物は?）ブリキで焼いたカステイラです
東《ひがし》　直子《なおこ》『春原さんのリコーダー』

会話で構成され謎《なぞ》めいた童話風の歌である。特急券、ブリキ、カステイラの繋《つな》がりは不明だが、レトロな雰囲気を醸し出している。

棒　ぼう　旧かな　ばう

●細長い木、竹、金属など。
●引いた線。
●まっすぐなこと、まっすぐなもの。

杖すでに用なくかへす傘立にすとんと棒にかへりゆきたり
春日真木子《かすがまきこ》『野菜涅槃図《ねはんず》』

杖《つえ》が「用なく」なるとただの「棒」になる。認識によって用途や存在が変化することをするどく取り出している。

帆　ほ

●風を受けて進む力を得る布。船の柱に張る。

帆走を終へたる舟が春光を畳むごとくに帆をおろしをり
尾崎左永子《おざきさえこ》『春雪ふたたび』

ヨットが浮かぶ春の海の光景を描く。一連の動きを一首に集約し「春光を畳むごとく」という比喩が清新で美しい。

土器　どき

●粘土を焼成して作る素焼きの容器。日本では縄文土器・弥生土器・土師器《はじき》が多量に出土した。

せかせかと生きて育てし末の子の土器に心を寄せゆくあはれ
藤川弘子《ふじかわひろこ》『天衣』

末っ子が土器に傾倒してゆく感受性に対して、親としては何か責任を感じるところがあるのだろう。「あはれ」は感嘆詞で文末に置いて愛惜や悲しみなどを表す。

髯《ひげ》持てる遮光器土偶　ぽつぽつと頬にやさしき雨降るやうに
梶原《かじわら》さい子《こ》『リアス／椿』

遺跡から出土する土製人形。遮光器土偶は縄文時代のものでユニークな表情や体軀《たいく》をもつ。刻まれた髯《ひげ》に着目し、遠い時代の雨に思いを馳《は》せてやさしい抒情《じょじょう》がある。

甕　もたい　旧かな　もたひ

●口が大きく水などを入れる土器、陶器の容器。かめ。

背とわれと死にたる人と三人《みたり》して甕《もたひ》の中に封じつること
与謝野晶子《よさのあきこ》『佐保姫』

「背《せ》」は古語で夫のこと。夫婦と亡くなった人との間に秘められたものがあったという。山川登美子《やまかわとみこ》が亡くなった折の歌で三角関係の情念や葛藤を「甕」に閉じ込めたという挽歌としては異例の一首。

風呂敷　ふろしき

●物を包んで運ぶ布。

紫のふろしき今は畳まれて包み来しもの相手に渡す

池田《いけだ》はるみ『婚とふろしき』

大切なものを包んで運び、相手に渡す。風呂敷は日本人の儀式や礼節を象徴しているようなものだ。「今は畳まれて」に風呂敷の役目が終わったことが表れている。

包み　つつみ

●紙などで包んだもの。

無農薬新キャベツとて信長の首のような包みを提げ来

中野照子《なかのてるこ》『賀茂《かも》街道』

織田信長《おだのぶなが》は本能寺《ほんのうじ》の変のあと、その首の所在は明らかではない。「無農薬新キャベツ」を幻の首にたとえたところにブラックユーモアがある。

リュックサック

●荷物を入れて背に負う袋。リュック。

三匹のチビねずみよろしく入国す黄色きリュックあたふた負ひて

河野裕子《かわのゆうこ》『紅』

夫がアメリカの大学の研究所に入り、家族も後から向かった。自身と二人の幼子を「三匹のチビねずみ」と童画的に描く。「あたふた」に懸命さが表れている。

夜具　やぐ

●寝るときに使う布団や枕。

夜具深く首差し入れて眠るさまわが知る母にあらぬ寂しさ

永井正子《ながいまさこ》『白月抄』

母が眠る姿を見て、初めて見るように驚いたという。そこに母の老いが滲《にじ》み、作者が感じた寂しさが立ち上がってくる。

幕　まく

●仕切りなどの布。

●劇場の舞台前面に張る布。あいてからおりるまでの一段落。

生き行くは楽しと歌ひ去りながら幕下りたれば湧く涙かも
近藤芳美《こんどうよしみ》『埃《ほこり》吹く街』

劇のセリフが胸に響き、思わず涙がわいたという。「幕下りたれば」は劇のフィクションと現実を分かつものであることと暗示する。

秤　はかり

●物の重さをはかる器具。竿秤《さおばかり》、天秤《てんびん》など。

2瓦《グラム》の分銅のせし秤ありこの物体は考えている
岡部桂一郎《おかべけいいちろう》『一点鐘』

左右の重さが釣り合うまでの揺れを「考えている」と擬人化し、それによって計器に哲学的な表情が付加されている。

針　はり

●布などを縫うのに用いるごく細い鋼製の短い棒。一端をとがらせ、他端に糸を通す穴がある。
●細く鋭く先端のとがったもの。

指さきに細く冷く沁み渡る針ぞ恋しき秋となりにけり
今井邦子《いまいくにこ》『片々』

針の感触を「沁み渡る」と繊細な感性でうたう。落ち着いて心静かに針仕事に精を出す秋。

マッチ

●発火剤がついた軸木。

マッチより生《あ》れし炎《ほのほ》の次々に枝を伝ひて火の育ちゆく
来嶋靖生《きじまやすお》『肩』

マッチで焚火《たきび》の火つけをした。その様子を「生れ」「育ちゆく」と擬人化し、生き物をいつくしむように見る。

バケツ

●円筒形の容器。持ち運ぶための鉉《つる》がついている。

頭《づ》も腸《わた》も放りこまれてゐるバケツ運ばるる間の一降りの雪
百々登美子《どどとみこ》『大扇』

魚を捌《さば》いて使わない部位をバケツに放り込む。清めのような雪が生活の場に詩情を加えている。

ミシン

●布や皮を縫い合わせる機械。

とうに答はミシンカタカタほのあかく見えているけどミシンカタカタ　東《ひがし》　直子《なおこ》『青卵』

「ミシンカタカタ」が擬音語になり「とうに答は」、「見えているけど」の前後が省かれてその音のみになる。ドラマのワンシーンのような不思議な切り取り方である。

電話　でんわ

●電流・電波を媒介にして通話する器機。またその通話。

わが電話母が父へととりつぐ間柱時計の振り子が聞こゆ　上村典子《うえむらのりこ》『貝母《ばいも》』

実家の両親と電話で話している場面。声が途絶えた時に拾った音は古くなつかしい柱時計の振り子の音。郷愁を誘う音に聞き入ったにちがいない。

ラジオ

●電波によりニュースや音楽などを音声で放送する手法、受信機。

ラジオから「うんそんですよ、うんそん」と空気の音もしない夜更けに　川島結佳子《かわしまゆかこ》『感傷ストーブ』

ラジオの深夜放送を聞いている。「うんそん」はうん、そんで、の略語であろうか。夜の静寂に「うんそん」のすかすかした響きが微妙に絡む。

テレビ

●テレビジョンの略。電気信号を受像し画像として再現するもの。放送・通信・遠隔監視などに用いられる。

朝顔は事件現場を映したるテレビ画面の片隅に咲く　喜多昭夫《きたあきお》『銀桃』

ニュース画像の中にその話題とは関係のないものに目が行ってしまうことがある。事件と関わりのない朝顔の花の可憐《かれん》さが浮かび上がる。

ランタン

●小型の角灯。洋風のちょうちん。

俺もついに口惜しみの灯を燈しけり暗澹ランタンカンテラを提げ

福島泰樹《ふくしまやすき》『夕暮』

心情を灯にたとえ、行き場のない悔しさを解放しようとする。「アンタンランタン」と「ン」の繰り返しでリズムを作り、ランタンとカンテラで灯のイメージを描く。

ランプ

●照明具。電灯。

大きなるらんぷ取出《トウデ》てよろこべり。古き知識の如く　しづけき

釈《しゃく》 迢空《ちょうくう》『倭《やまと》をぐな』

戦時中は灯火管制があり室内の灯《あか》りを小さくしていた。戦争が終わり再びランプを出した時の喜び。大きくて頼もしい存在感を「古き知識の如《ごと》く」とたとえた。

冷蔵庫　れいぞうこ　旧かな　れいざうこ

●食品を低温で保存するための箱、倉庫。

ダブルベリーゼリーが深くしまわれて冷蔵庫だけが息をする部屋

岡崎裕美子《おかざきゆみこ》『わたくしが樹木であれば』

音がすることを「息をする」と擬人化し、主人公の存在の気配は消されている。冷蔵庫が肉体を持っているようだ。

蠟　ろう　旧かな　らふ

●動植物から採取する脂肪に似た物質。熱すると燃えやすく溶けやすい。蠟燭《ろうそく》。

ろうそくの炎初めて見せやれば「ほう」と原始の声をあげたり

俵《たわら》 万智《まち》『プーさんの鼻』

人生で初めての体験をする子が驚いて声をあげた。「ほう」の息づかいを「原始の声」という比喩で表す。子を通して純粋な感動を捉え直している。

礫・飛礫　つぶて

●投げつける小石。また投げつける小さなもの。

ひとりとは白雨をつきて走ること礫《つぶて》のやうなしづくをまとふ

篠《しの》 弘《ひろし》『緑の斜面』

白雨《はくう》は夏のにわか雨。ひととき激しく降る雨の中を走るような「ひとり」。孤独とはその雨粒の礫をまとって進むものだという覚悟をうたう。

町を詠む
――人が行き交う場所

町・街　まち

●人家、商家が並んでいるところ。市街。

さいはての駅に下《お》り立ち／雪あかり／さびしき町にあゆみ入りにき
石川啄木《いしかわたくぼく》『一握の砂』

啄木は新生活を開こうと北海道に渡る。函館《はこだて》、小樽《おたる》でもうまくゆかず、釧路《くしろ》新聞社に職を斡旋《あっせん》してもらったのが明治四十一（一九〇八）年一月。妻子と別れて「さいはて」の地にゆく。

街上にゆふぐれは凪のごとく来てわが恋ひゐたる海の太笛
藤井常世《ふじいとこよ》『九十九夜』

「街上《がいじょう》」と読む。夕暮れの街に海を感じた。「太笛」は神楽《かぐら》で奏する。「凪《なぎ》」「海」が縁語になり、作者の嗜好《しこう》する古典芸能を引き寄せている。

昏れ方の響《とよ》み岐《わか》るる街角に佇ちをりやうやく昭和もながし
成瀬《なるせ》 有《ゆう》『遊《あそ》べ、櫻《さくら》の園へ』

夕方の街は車が行き交う音が響いている。佇《たたず》んだ作者は繁栄し平和になった日本の戦後に感慨を深くし「昭和」の歳月を思っている。

都市　とし

●人口が集中する繁華な都会。機能や施設を集めたところ。

都市はもう混沌として人間はみそらーめんのやうなかなしみ
馬場《ばば》あき子《こ》『世紀』

林立するビルやターミナル駅の雑踏、店からもれる音や臭い。都市の混沌《こんとん》にいる人間を「みそらーめんのやうなかなしみ」と比喩で述べ現代の様相をひとつかみにする。

巷・岐　ちまた

●道の分かれる所。町の中の道路。または町中。世間。

山羊の眼が光つたやうな感じがす冬の巷を歩きゆくとき
花山多佳子《はなやまたかこ》『木香薔薇《もっこうばら》』

町にいるはずのない山羊《やぎ》の眼を感じる。山羊は幼いころの記憶だろうか。「冬の巷」の寒さが求めたものかもしれない。

園・苑　その

●庭。庭園。また、花や野菜や果樹を栽培する地。

永久に地に降ろすべからず春日さす園の鞦韆の幼児の足　山埜井喜美枝《やまのいきみえ》『呉藍《くれない》』

「鞦韆《しゅうせん》」はぶらんこの古い言い方。春の日の公園で遊ぶ幼児、楽しむ時間がずっと続くことを祈っている。地に足を降ろしたらこの世の悲しみに紛れてしまうのだ。足が空に浮遊している時こそ幸福なのである。

舗道（路）・鋪道　しきみち

●石・煉瓦・アスファルトなどを敷いた道路。ほどう（ほだう）。ペーブメント。

朝夕に往き還りする舗路《しきみち》を散る山茶花はしずかに汚す　島田幸典《しまたゆきのり》『no news』

いつも通る道の変化を山茶花《さざんか》の花が「しずかに汚す」と表す。日常も自身もいつのまにか汚れてゆく。

拡声器に広告ニュースくりかへす暑き舗道をわがよぎるべし　扇畑忠雄《おうぎはたただお》『北西風』

『北西風』は昭和二十五（一九五〇）年に刊行された。作者は旧制二高や東北大学で教鞭《きょうべん》をとり仙台に住んだ。街の騒々しさが孤独感をかき立てる。

路地　ろじ　旧かな　ろぢ

●家と家との間の狭い道。

〈金田医院〉はまだありました　夕風にゐのころ草のあそぶ路地裏　香山静子《かやましずこ》『春梢』

「路地裏」に「金田医院」が変わらず存在するのを見つけてなつかしく思った。エノコログサにも過去への郷愁が漂う。

辻　つじ

●二つの道路が十字形に交差している所。人通りの多い道筋。

阿弥陀籤のような街路を歩みきて最後の辻にて草餅買いぬ

本土美紀江《ほんどみきえ》『ファジーの界』

「阿弥陀籤《あみだくじ》のような」という直喩がユニークで草餅が上がりの気分につながる。

塀　へい

●土地や建物を取り巻く囲い。

昼顔の咲く塀沿ひに少年は自転車のリム光らせて過ぐ

志垣澄幸《しがきすみゆき》『夏の記憶』

塀をやさしく見せるヒルガオの花。リムはタイヤの内側の丸い金属部分のこと。少年が自転車を大事に磨いてリムが光っている、そのようなことも想像させる。

電飾　でんしょく

●たくさんの電灯をともした飾り。イルミネーション。

こずゑまで電飾されて街路樹あり人のいとなみは木を眠らせぬ

小池《こいけ》　光《ひかる》『日々の思い出』

電灯やコードが巻きつけられている過剰さに呆《あき》れ「木を眠らせぬ」と哀れんでいる。夜を華やかに明るくするイルミネーションは人間の欲望であり勝手であるのだと。

ネオン

●ネオン管を利用した広告、装飾、表示など。ネオンサイン。

くりかへし遠きネオンが綴る文字夜の涯にしてはかなくやさし

前田《まえだ》　透《とおる》『漂流の季節』

夜の街にまたたくネオン、届くあてのないような光の点滅をはかなく、優しいと感受している。

地下街　ちかがい

●都市の駅周辺や繁華街などの地下に設けられた通り。

地下街を廃神殿と思《も》ふまでにアポロの髪をけぶらせて来ぬ

黒瀬珂瀾《くろせからん》『黒耀宮《こくようきゅう》』

廃神殿という発想の転換にゴシックロマンの趣がある。繁栄している都会も地下街も一皮むけば廃墟《はいきょ》なのである。アポロという神の風貌《ふうぼう》をまとっているところも芸術的である。

吊り橋・吊橋　つりばし

●両岸から架け渡したケーブル・綱などで橋床を吊っている橋。

ひぐらしのかそかに鳴ける峡を来て空に吊せる吊橋渡る
都筑《つづき》省吾《しょうご》『入日』

峡《かい》は両側に山のせまった狭い谷間。「かそかに」はかすか、淡いこと。遠くにヒグラシの鳴き声、「空に吊せる」がダイナミックにひろがった。

鉄路　てつろ

●鉄道線路。レール。

北へはしる鉄路に立てば胸いづるトロイカもすぐわれを捨てゆく
寺山《てらやま》修司《しゅうじ》『空には本』

ロシアの歌トロイカを思わず口ずさんだ。北方の厳しい風土に精神性を重ねていた時代があったがロマンが自らを助けてくれないことに気づく。

ぎんいろのレールがゆるくたばねられて車庫から本線に流れ入りたり
真中《まなか》朋久《ともひさ》『エウラキロン』

本線に通じる限られたレールは「たばねられ」た形に見えると作者はその美しさに気づく。上の句はひらがな表記で硬質なレールを詩的に描いている。

列車　れっしゃ

●客車や貨物を何台も連結した車両。

食堂車に人ら明るし夜をとほし旅行《たびゆ》く列車今し過ぎゆく
柴生田《しぼうた》稔《みのる》『春山』

夜行列車のひときわ灯火の明るい食堂車。自分が行かない旅の華やぎを遠くから眺めている。

枕木　まくらぎ

●鉄道線路の下に横に敷く木。

連結器の間《あひだ》より見ゆ走りゆく枕木と砂利の混りたるいろ
島田《しまだ》修二《しゅうじ》『青夏』

列車をつなぐ連結部分に立ってその下の線路を見ている。流れ去るものは捉えがたいという人生観をその色に見出している。

プラットホーム

●駅で電車の乗り降りをする所。ホーム。

0番線プラットホームに雪を踏む「しばれるなはん」のこゑを聞きつつ

大西久美子《おおにしくみこ》『イーハトーブの数式』

「0番線」は駅の端にある。「しばれるなはん」は作者の故郷、岩手の言葉で「冷えますね」の意。やさしい音感に懐かしさを覚え、故郷に帰ってきたことを実感している。

鉄橋　てっきょう　旧かな　てつけう

●鉄を主材とする橋。鉄道橋のこと。

たえまなきまばたきのごと鉄橋は過ぎつつありて遠き夕映え

高安国世《たかやすくによ》『一瞬の夏』

鉄橋にはいくつもの支柱があり電車が通過する時に風景や光が何度もさえぎられる。「たえまなきまばたき」のような光と影を浴びるひととき。

トンネル

●鉄道・道路・水路などを通すために設けた穴。隧道《ずいどう》。

何か旅の秘密ありげに暗く小《ち》さく隧道《とんねる》の口が見えそめにけり

岩谷莫哀《いわやばくあい》『春の反逆』

旅という非日常の中に、さらに「秘密ありげに」現実から離れたように見えるという。ぽっかりと開いた暗い穴が不思議な何かの入り口のように。

博物館　はくぶつかん　旧かな　はくぶつくわん

●歴史・芸術・民俗・産業・自然科学などの資料を集め整理・展示し、調査・研究をする機関。

博物館の左右《さう》のライトに観音の千のみ手かげ壁に重なる

西川修子《にしかわみちこ》『花を散らさず』

寺院と博物館とでは仏像の見え方も変わることに気づく。「左右のライト」の具体物が効果的である。

美術館　びじゅつかん　旧かな　びじゆつくわん

●美術品を収蔵・展示する施設。

池のほとりの美術館は雨の夜に開き水鳥と魚の絵ばかり

松平　修文《まつだいらしゅうぶん》『夢死』

幻想的な雰囲気を持つ歌である。「池」「雨の夜」「水鳥」「魚」の語は水に関する語が交響し、湿りを帯びた暗さを届ける。作者は画家で美術館長を務めた経歴を持つ。

ロッカー

●鍵のかかる戸棚。

「ロッカーを蹴るなら人の顔蹴れ」と生徒にさとす「ロッカーは蹴るな」
奥村晃作《おくむらこうさく》『都市空間』

学校内に設置されたロッカー。教師である作者は戒めるときに「人の顔蹴れ」と極端な例を出す。衝撃度の強い言葉に生徒も考え直すのだろう。

プラネタリウム

●室内のドームに、太陽や惑星、星座の運行などを映し出す装置。

プラネタリウム出でて親しも暮れまどふ桔梗《きちかう》色の空のふところ
蒔田《まきた》さくら子《こ》『截断言』

暗い室内から外に出ると夕暮れの空が新鮮に見えたという。「桔梗色の空のふところ」は色彩や奥行きを繊細に表している。

ラボラトリー

●研究室、実験室。ラボ。

コンピュータ終《つひ》の徒労と言ふわれは異教徒ならむ研究室《ラボ》を出できつ
坂井《さかい》修一《しゅういち》『ラビュリントスの日々』

目標や理想から少し醒《さ》めている自身を「異教徒」であるだろうと客観視する。情報工学の研究者である作者が若き日にすでに抱いていた「終の徒労」。しかし諦めずにせめぎあう日々を送るのである。

宿　やど

●旅先で泊まる旅館。ホテル。

湯の宿に妻子らと並び寝ねむとす父母にかくすることもなかりき
平野宣紀《ひらののぶのり》『青女』

自分の両親にしてあげられなかったと後悔している。妻や子供と寝るあたたかさの中で思う寂しさ。

物の怪の居ると聞きたるホテルにてドアのノブ押し失礼します
緒方妙子《おがたたえこ》『迫の枯草』

「ホテル」を詠みこむ。怪談めいた噂《うわさ》を聞いておびえている。「失礼します」に恐る恐る入る様子が出ている。

ビル

●ビルディング。鉄筋コンクリート造りの高層建築物。

高層より隣のビルに働ける人見おろすは疢《やま》しきごとし

橋本喜典《はしもとよしのり》『去来』

「見おろす」ことは偶然であるが、「疢しきごとし」と考える。人は平等であるという人間主義に貫かれたやさしい感性に支えられている。

噴水　ふんすい

●吹き出る水。水が吹き出るようにした仕掛け。ふきあげ。

照らさるる噴水の虹かがよへば暗き戦後の何ぞ恋ほしき

篠《しの》　弘《ひろし》『濃密な都市』

しぶきに日が当たり虹が立つ明るさ、美しさに戦後の苦難と暗い記憶はもういい、振り返りたくないという強い気持ちを持つ。公園や広場の噴水に水が豊かに流れている光景も戦後復興をとげた象徴の一つ。

花舗　かほ　旧かな　くわほ

●花屋。花店。

手袋のしたに手のいろこごりゐたり雪夜の花舗《くわほ》に菜の花えらぶ

遠山光栄《とおやまみつえ》『褐色の実』

手袋をしていても手が凍える寒さ。だが花屋には明るい菜の花が出ているのを選ぶという希望を寄せた。

茶房　さぼう　旧かな　さばう

●喫茶店のこと。

秋ふかき地下の茶房にひつそりとパイプくゆらす永久《とは》の帰郷者

前《まえ》　登志夫《としお》『鳥獣蟲魚《ちょうじゅうちゅうぎょ》』

地下茶房でこもるように過ごし、憂愁の中にいる。帰郷者は永久の旅人でもある。

肆　し

●品物を並べて売る店。書肆など。

立つ瀬なき寄る辺なき日のお父さんは二丁目角の書肆にこそをれ

島田修三《しまだしゅうぞう》『東海憑曲《ひょうきょく》集』

「お父さんは」が漫画チックでおかしく、「書肆にこそをれ」の時代がかった係り結びの用法も味わいを出している。

床屋　とこや

●理髪店・理容店の俗称。頭髪のカットや顔剃《そ》りなどによって容姿を整えるところ。

函館《はこだて》の床屋の弟子を／おもひ出《い》でぬ／耳剃《そ》らせるがこころよかりし

石川啄木《いしかわたくぼく》『一握の砂』

啄木が若き日の一時期暮らした函館。「床屋の弟子」に親近感が表れている。具体的な場面に臨場感があり、剃刀《かみそり》のあたりがやさしい記憶を懐かしんでいる。

美容院・美容室　びよういん・びようしつ　旧かな　びようゐん

●パーマ、結髪・化粧などの美容術によって容姿を整えるところ。

美容院の床に毛髪散りてをりふと修《しゅ》羅《ら》場《ぢやう》と化すことなきか

真鍋美恵子《まなべみえこ》『羊歯《しだ》は萌《も》えゐん』

カットされた毛髪の黒いかたまりを見て「修羅場」を想起しているのが独特である。切られてもなお情念をもっているようなことを想像させる。

病院　びょういん　旧かな　びやうゐん

●診察、治療に当たる医療機関。医院。診療所。

焦燥もあきらめも浮世と少し違ひ病院といふ人生番外地

富小路禎子《とみのこうじよしこ》『不穏の華』

「病院」と「浮世」を対比しながら人生を考えている。「人生番外地」は辛らつな捉え方であり、自身の老いを客観視した視線がある。

子をつれ去る病舎は白き風のなか次第に小さく吾はなり行く

前田《まえだ》透《とおる》『煙樹』

「病舎」を詠みこむ。入院することになったわが子を憐《あわ》れに思う心が「子をつれ去る病舎」にこめられている。何もできない私は「次第に小さく」なる。

ランドリー

●クリーニング店。日本ではコインランドリーをさす。

前髪が視界の邪魔をするけれど深夜のランドリーにはちょうどいい
谷川《たにがわ》電話《でんわ》『恋人不死身説』

深夜にコインランドリーにいる青年。伸びた前髪は誰にも会わない気楽さに通じるのかもしれない。

デパート

●百貨店。

デパートにわれは迷ひぬ三匹の金魚のための沙《すな》を買はむとして
小池《こいけ》光《ひかる》『日々の思い出』

行き馴《な》れないデパートで迷った困惑を小さな生物のために大人が真面目になっていることを滑稽に、また切なく映し出す。

塔

とう　旧かな　たふ

●卒塔婆《そとうば》の略。寺院の多層の建造物。
●高くそびえ立つ細長い建物。鉄塔・タワー。

ゆく秋の大和の国の薬師寺の塔の上なる一ひらの雲
佐佐木《ささき》信綱《のぶつな》『新月』

奈良の薬師寺《やくしじ》の東塔を見ての作。大きなところから一片の雲へと視点が移ってゆく。助詞「の」を六つ重ねて調べがなめらかである。

建売りの家並みの上に案山子めく送電塔の縦列しずか
大島《おおしま》史洋《しよう》『幽明』

送電塔は送電線を通して発電所から変電所へ電力を送る。田んぼに立つ案山子《かかし》ならぬ、建売住宅を見守る送電塔。硬い響きが鉄骨の塔のイメージを支えている。

寺寺の塔沈めたる薄墨の空の一角京都タワー立つ
小澤《おざわ》花子《はなこ》『野守』

寺院の塔よりはるかに高い、白い京都タワーはロウソクの形を模したものである。液体のように暗む京都の町並。

プール

●水泳や水遊びなどをする水槽。
●たまり場。置き場。

湧くごとくプールサイドにあしあとは絶えねどやがて乾きゆくのみ
光森《みつもり》裕樹《ゆうき》『鈴を産むひばり』

濡《ぬ》れた足裏によってプールサイドにできた足跡。「湧くごとく」から「乾きゆくのみ」と現象の変化を捉える。にぎやかなプールの刹那を描く。

マンホール

●下水、地下道などに出入りするための穴。

マンホールの絵柄を見たりそうやってあのひとの町を歩くのでした
蒼井《あおい》　杏《あん》『瀬戸際レモン』

市や町のシンボルである木や動物を彫ったマンホールがある。「あのひと」は今は関係が遠くなった人であろうか。「歩くのでした」はなつかしむ気分がある。

灯台　とうだい

●塔状の建物で夜間に灯火を放ち、また警笛を鳴らすなどして陸上から船舶の安全を守る。

たくさんの空の遠さにかこまれし人さし指の秋の灯台
杉﨑《すぎざき》恒《つね》夫《お》『食卓の音楽』

灯台の塔の形を「人さし指」にたとえて一基の存在に孤独感を見ている。秋風が囲んでいるという捉え方に澄明なものがある。

渡し　わたし

●海、川などで人や物を船で対岸に渡すこと。渡し場。わたり。津。渡し船。

みちのくの北上川《きたかみがは》の渡し舟真下に見えて赤牛わたす
川田《かわだ》　順《じゅん》『山海経』

東北の岩手県に旅した折の歌で北上川の景色を描写する。赤牛が船に乗せられて渡るところに珍しさを覚え、遠くにきた旅情が託されている。

ボート

●西洋風の小型の船。

身の芯にボートの揺れは残りいて漂着するごと斜めに歩く
前田《まえだ》康子《やすこ》『色水』

いつまでも揺れているような身体感覚をボートと作者の体が同一化したような即物的な表現で描く。

霧笛　むてき

●霧が深いとき、灯台や船舶などで鳴らす汽笛。

灯台を裏にまはれば目の前の霧笛鳴り出でめんくらひたり

半田《はんだ》良平《りょうへい》『旦暮』

灯台の周囲をめぐっているとき。突然鳴った汽笛の音の迫力に驚く。「めんくらひたり」と素直に表したところに面白さがある。

舫　もやい　旧かな　もやひ

●船をつなぎ止めること。

舫《もやい》とけし一艘の船をみちびきてしずけき水は湖《うみ》につづけり

永田《ながた》和宏《かずひろ》『華氏』

水が船をみちびいているようだという見方に自然に身をまかせるやさしさが滲《にじ》んでいる。湖に水が続いている描写からスケールが広がる。

飛行船　ひこうせん　旧かな　ひかうせん

●ヘリウムガスなどの気体を気嚢《きのう》に詰めて垂直に浮上し、動力によって進む航空機。

飛行船カラーフィルムの広告をひからせやよひの空にあらはる

香川《かがわ》ヒサ『テクネー』

弥生《やよい》は三月。都市の春空に鮮やかに浮く飛行船。空にも広告を飛ばす消費社会のありさまを描く。

ポスター

●紙に絵画、文字、写真を書いたり刷ったりして広告や宣伝する。

剝がされしマフィア映画のポスターの画鋲の星座けふも動かぬ

荻原《おぎはら》裕幸《ひろゆき》『青年霊歌』

壁の画鋲《がびょう》を動かない星座に見立て「マフィア映画」にアイロニーがある。「剝《は》がされし」と「動かぬ」の対比も暗示的。

第八章

抽象

戦争と平和を詠む——平和を祈って

学術・文化を詠む——美と歴史を詠みこむ

イメージを詠む——状態に言葉を与える

戦争と平和を詠む
——平和を祈って

戦い・闘い　たたかい　旧かな　たたかひ

●いくさ、戦争。勝負。

たたかひは上海《しやんはい》に起り居たりけり鳳仙花紅《あか》く散りゐたりけり

斎藤茂吉《さいとうもきち》『赤光《しやっこう》』

辛亥《しんがい》革命の結果、生まれた中華民国での一九一三年の上海動乱を背景とする。政情とホウセンカの紅い花は無関係の事柄だが、イメージを補強し合う。「居たりけり」「ゐたりけり」のリフレインが不穏な様子を支えている。

たたかひを終りたる身を遊ばせて石群《いはむらが》れる谷川を越ゆ

宮《みや》　柊二《しゅうじ》『小紺珠』

中国大陸に出征した作者。帰ってきた祖国の山河に向きあい、安堵《あんど》感や虚無感などさまざまな思いが去来していただろう。物言わぬ石がつづく谷川をさまようように歩く。

武器　ぶき

●戦いに用いる道具。兵器や武具。

●何かをおこなうための有力な手段となるもの。

神に武器ありやはじめて夏の朝気体となりし鉄と樹と人

加藤治郎《かとうじろう》『サニー・サイド・アップ』

昭和二十（一九四五）年八月六日に広島に原爆が投下された日のこと。人類史上初の惨禍。「神に武器ありや」と問いながら人類が発明した怖《おそ》ろしさをあらためて突きつける。

祖国　そこく

●先祖から代々住み続け、自分もそこで生まれた国。

マッチ擦るつかのま海に霧ふかし身捨つるほどの祖国はありや

寺山修司《てらやましゅうじ》『空には本』

わが身をかけるほどの祖国はもうないのではないかという喪失感は、戦後の日本への問いかけであった。霧が深まり視界が閉ざされた世界に行き場のない焦燥がある。

【母国】ぼこく

●自分の生まれた国。祖国。

あをぞらのこのまつ青な時空こえ帰りゆくなり
母国の夜へ
河野裕子《かわのゆうこ》『紅』

作者はアメリカから日本に向かう飛行機に乗っていた。「まつ青な時空」は時間を忘れさせる不思議な空間だ。「母国の夜へ」帰るという表現に奥行きがある。

名を呼ばれ「はい」と答ふる学生のそれぞれの
母語の梢が匂ふ
大口玲子《おおぐちりょうこ》『海量《ハイリャン》』

「母語」は必ずしも母国語とは限らない。日本語教師として異国から来た生徒に教えている作者。皆が「はい」と返事をし、その声や発音に微妙な差を感じ取っている。「それぞれの母語の梢《こずえ》が匂ふ」には異なる背景を持つ声への共感がある。

【日の丸】ひのまる

●太陽をかたどった丸。古くから赤色や金色の図様で扇や船印などに用いられた。

●日の丸の旗。

「日の丸」の丸のつまりは落日と見てはしづまり
ゆく心あり
中根《なかね》　誠《まこと》『広州』

日本の国旗「日の丸」は戦争の記憶を背負い、思想として複雑なものを抱えてきた。作者はどのように考えたらよいか逡巡《しゅんじゅん》している。そして「落日」として見ることに思い至る。

【帝国】ていこく

●皇帝の支配する国家。大日本帝国の略。

父もまた遊戯人《ホモ・ルーデンス》　帝国の深夜を病みてもの狂ひ
たり
山中智恵子《やまなかちえこ》『黒翁』

ホモ・ルーデンスはオランダの歴史学者ホイジンガの用語で、遊戯が人間生活に意味を与えるものであるという。「帝国の深夜」は不穏な時代の足音の比喩。その中で心も消耗していった父。

【兵】へい

●武器をもって戦う軍人。兵士。

見捨てられ死にたる兵を忘れねば桜ひととき喪の色に散る

山本《やまもと》かね子《こ》『花遊行』

作者は大正十五（一九二六）年生まれ。太平洋戦争を体験した世代である。悲惨な戦争を忘れてはならないという意思がこもる。桜の落花の美しさ、はかなさに「喪の色」を見て戦死者を悼む。

冬の硝子砂に撃たれて震えおり　遠く兵士の行進する午後

三井《みつい》　修《おさむ》『軌跡』

作者は商社マンで中東に滞在した。窓ガラスが震えるほど砂が吹き付ける厳しい風土。ガラスの震えは兵士に重ねられているのだろう。

武士　もののふ

●武士、さむらい。

もののふの一生《ひとよ》を追ひて尋ね来《こ》し木曾に白雨《はくう》の糸引きて降る

小柳素子《こやなぎもとこ》『平家物語女人鈔《にょにんしょう》』

「もののふ」は源《みなもとの》義仲《よしなか》のこと。「白雨」は夕立やにわか雨。糸が引くように白く激しく降る雨に劇的な一生を重ねて偲《しの》ぶ。

ゲリラ

●少数部隊で奇襲し敵をかき乱す戦法。およびその戦闘部隊。

凜としてひとに向きえぬわたくしのゲリラのやうなたましひの質

浦河奈々《うらかわなな》『マトリョーシカ』

自分に確としたものがないように自信を持てない。しかし内にはたぎるようなものがあると自覚する。「ゲリラ」の比喩が鮮烈である。

爆弾　ばくだん

●ダイナマイトなどを充填《じゅうてん》した爆発物。人の殺傷や施設の破壊など使用される兵器。

身に沁みて秋と思へり世界中長崎型原子爆弾製造可能

小紋《こもん》　潤《じゅん》『蜜《みつ》の大地』

長崎で生まれ育った作者は原爆投下の悲惨と苦痛を見て育った。核爆弾は完全に廃絶されてはいない。世界中で「製造可能」というアイロニーに拒絶がこめられている。

焼け跡　やけあと

●火事で焼けた跡。

寺ありし今戸あたりの焼跡の墓石さむく夕照りにけり

筏《いかだ》井《い》嘉《か》一《いち》『籬《り》雨《う》荘《そう》雑《ぞう》歌《か》』

戦火で焼けた跡に、燃えなかった墓石だけが立っている。夕日が当たっても寒々と見える、荒涼とした景色に茫然《ぼうぜん》とする。

冬空のもとにひろごる焼野はら一すぢの路細りてうねる

窪《くぼ》田《た》空《うつ》穂《ぼ》『冬木原』

「焼野はら」の語を詠みこむ。作者は長野県松本に疎開し終戦後、東京に戻り焦土を見てうたった。記憶にあった道がうねっているように見えるほど、激変した風景。

疎開　そかい

●災害や空襲に備えて、都会の人や物資を他の地に移すこと。

このゆふべ遠く疎開をせむ童籠りて母と物いひつづく

窪《くぼ》田《た》空《うつ》穂《ぼ》『冬木原』

太平洋戦争時の昭和十九（一九四四）年、幼い孫を信州松本平の曽祖母のもとに預ける折の歌。母に話しつづける幼子からは不安や、いたいけな様子が立ちのぼる。

被爆　ひばく

●爆撃を受けること。

●特に原水爆やその放射能の被害を受けること。

被爆時刻告ぐるラジオの鐘の音よ癒えてことしはわが家に聞く

竹山《たけやま》　広《ひろし》『とこしへの川』

長崎で被爆した作者。原爆が投下された八月九日午前十一時二分に追悼の鐘が鳴る。ラジオ放送を通して聞き黙《もく》禱《とう》する。退院し我が家に帰ることができた夏。

被曝　ひばく

●放射線や有害な化学物質にさらされること。

低線量被曝に根拠《エビデンス》は薄けれどできれば浴びたくないわたくしたち

田中《たなか》　濯《あろう》『氷』

東日本大震災で起きた原発事故で放射性物質の数値や専門用語が飛び交う中で、科学者である作者は客観的に状況を見極めようとしつつ不安を吐露する。

敗戦　はいせん

●戦争や試合に敗れること。

敗戦忌のプールサイドに原色の水着は群れてとほき死者たち
影山《かげやま》一男《かずお》『空には鳥語』

「敗戦忌」は八月十五日の終戦の日のこと。戦争の犠牲になった人々が「とほき死者たち」になっていく。戦争を知らない世代を表す「原色の水着」。

鎮魂　ちんこん

●死者の魂をなぐさめ、しずめること。たましずめ。

鎮魂碑すぎゆく風は父の声生くる方位をわれに問うなり
田村広志《たむらひろし》『旅の方位図』

作者の父は兵として沖縄で戦死し遺骨は戻らなかった。沖縄に赴き鎮魂碑に向かう時、父の魂を風の行方に追う。

英霊　えいれい

●兵士の霊。

英霊は寒がりゐるかナイターの濃すみれ色の夜空の果に
高野《たかの》公彦《きみひこ》『淡青』

「濃《こ》すみれ色」の夜空には戦争で命を落とした英霊がいると見上げる。戦後日本の繁栄を象徴するものとしてナイターが選ばれている。

黙禱　もくとう　旧かな　もくたう

●声を出さないで祈ること。

甲子園にサイレン鳴りて野球中断戦争知らぬ子らの黙禱
坪井《つぼい》清《きよし》『曙』

夏の高校野球で八月十五日終戦の日の正午に黙禱をおこなう。サイレンのもと「戦争を知らぬ子ら」に引き継がれる平和の思い。

平和　へいわ

●戦いがなくおだやかなこと。

平和ぼけと平和を蔑《なみ》するごとくいひぐづぐづに崩れゆかむ平和は
蒔田《まきた》さくら子《こ》『サイネリア考』

作者は昭和四（一九二九）年生まれ。「平和ぼけ」と発する人に首をかしげる。「平和」の語を三度用いてもくどくならず、今の日本を憂う気持ちと厳しい思いがまとめられている。

旗　はた

●布、紙などで作り、棹の先に掲げてしるしとするもの。古来、儀式や祭礼の具、軍陣では標識として用いる。国や組織などの象徴やさまざまな標識、信号として用いる。国旗。社旗。
●旗じるし。

つねの日もかかぐる國旗か旅びとにさやけし永世中立の意志
窪《くぼ》田《た》章《しょう》一《いち》郎《ろう》『硝子戸の外』

永世中立国であるスイスを訪れた時の感慨。国旗にその国の主義・意志を見る。「さやけし」は清澄で目にあざやかの意が含まれている。

日本　にほん・にっぽん

●国号。「やまと」「ひのもと」などと読まれていたが、奈良・平安時代になると「にほん」「にっぽん」の両様の発音がされた。

かならず日本に死なずともよし絵葉書のランプに今宵わが火を入れぬ
小《こ》島《じま》ゆかり『ヘブライ暦』

作者がアメリカに在住した時に詠まれた。信仰や文化の違いから学ぶこともあり意識が変化した。「わが火」に意思がある。

膝の上に拳そろへて撮影れゐるわれら個性のなき日本人
原《はら》田《だ》禹《のぶ》雄《お》『篁《たかむら》』

集合写真の姿は日本人の真面目さを如実に映し出している。「われら個性のなき」に醒《さ》めた認識と苦い心境がこもっている。

サポーター席にゐたならわれも叫びしや　ニッポン・ニッポンかなしきニッポン
馬《ば》場《ば》あき子《こ》『九花』

サッカーの国際試合をテレビで見て若者たちの声援から考え始める。戦争体験者である作者の心には「ニッポン」のために死んでいった人たちがある。「われも叫びしや」は抵抗感のある自問である。

学術・文化を詠む
——美と歴史を詠みこむ

言　こと

●ことば。言の葉。音信。伝言。

こもごもに語りあひつつ言の葉はあるいは異《こと》の刃《は》
切り口が違ふ
香川《かがわ》ヒサ『テクネー』

「言の葉」は異なる刃であるかもしれない、と同音から違う意味の漢字を導きだす。また「刃」から切り口が導きだされ、言葉や音の連想が知的に表現されて現代的な歌である。

母音　ぼいん

●日本語ではアイウエオの五音。

鼻母音の酸っぱく糸ひくシャンソンに紛らせてま
なざしを忘れたし
大口《おおぐち》玲《りょう》子《こ》『海量《ハイリャン》』

フランス語の発音「鼻母音」をシャンソンに聞き取る作者。「酸っぱく糸ひく」という比喩が独特で、思いを寄せる人の眼差《まなざ》しを忘れたいと、シャンソンの歌詞に重ねるようにうたう。

文字　もじ

●書かれた字。

ひとすぢの水零すごと日本の文字縦書きす異国
の冬に
渡辺《わたなべ》幸一《こういち》『日の丸』

作者は家族とともにイギリスに移住した。「ひとすぢの水零《こぼ》すごと」の比喩に祖国を離れた寂しさが託されている。

「我」という文字そっと見よ　滅裂に線が飛び
交うその滅裂を
大井《おおい》学《まなぶ》『サンクチュアリ』

自我に縛られている人は少なくない。この歌は自問であり誰かへの呼びかけでもある。漢字の線に「滅裂」を見て「我」を振り返る。

事触れ・言触れ　ことぶれ

●ふれあるくこと。

●新春に家々を訪れて回る祝言職、またその祝福の言葉。

稚児述ぶる寿詞《よごと》たどたど声澄みて黒川村の春のことぶれ

田村広志《たむらひろし》『島山』

山形県黒川の王祇祭《おうぎさい》で稚児が祝詞《のりと》を述べ大地踏《ふみ》をする。幼い子のいたいけな声に無垢《むく》なるものを感じ春を告げる晴れやかさと受けとめる。

哲学　てつがく

●世界や人間についての知恵、原理を探求する学問。
●自分自身の経験などから得られた基本的な考え。

哲学はハイデルベルク朝まだき道に踏みたるどんぐりさわに

香川《かがわ》進《すすむ》『山麓にて』

ハイデルベルクはドイツ・ライン川支流に臨む古都で、ドイツ最古の大学や中世の教会などがある。哲学というとその歴史ある地が故郷のように思われるという。「まだき」は早い時点を表す副詞。「さわに」はたくさんの意。

東洋　とうよう　旧かな　とうやう

●ユーラシア大陸の東部の地域。アジア地方。

東洋の朝の果たてのひだまりにポオクルックポオ鳩の九重奏《ノネット》

富田睦子《とみたむつこ》『さやの響き』

自分が住む日本を「東洋」と呼んでみると何かエキゾチックな感じがしてくる。ハトの鳴き声がやわらかで「ノネット」とも響き合っている。

読書　どくしょ

●本を読むこと。

夜の卓に読書しをれば灯《ひ》を分かつごとく蠅ひとつ紙面を歩む

片山新一郎《かたやましんいちろう》『緑地』

読書する私と一匹の蠅《はえ》、共に灯火を頼りにしている。払わずに見守っている共生のやさしさ。

素描　そびょう　旧かな　そべう

●鉛筆や木炭などで物の形を表した絵。下絵、デッサン。

幾筋も素描の線は奔りたり線は歌うと思うことあり

加藤治郎《かとうじろう》『昏睡のパラダイス』

幾筋も奔《はし》る線は描く人の生命を通じて現れたものである。

そして描く人から離れて素描の線が歌うのかもしれない。

トルソ

●頭部、手足を欠いた、あるいは省略した胴体だけの彫像。トルソー。

なににとおくへだてられつつある午後か陽だまりに据えられしトルソー

三枝浩樹《さいぐさひろき》『朝の歌』

欠けた美を象徴するトルソーが穏やかな陽だまりに置かれている。置きざりにされたもの、届かないものとはもしかしたらこういう形なのかもしれない、と見ている。

版画　はんが　旧かな　はんぐわ

●凸版、凹版、平版などの版を用いて刷った絵。木版画、銅版画など。

デューラーの版画の騎士よりその馬の不屈の顔に惹かれゆくなり

中川佐和子《なかがわさわこ》『霧笛橋』

デューラーは十六世紀初頭のドイツ・ルネサンス期の画家。版画にも傑作を残した。騎士がまたがる馬に着目し「不屈の顔」にメッセージを感じている。

漫画　まんが　旧かな　まんぐわ

●マンガ。こっけいな絵。絵でストーリーを表現するもの。劇画。

落書き（超傑作マンガの冒頭であったかもしれないけれど）消した

千葉《ちば》 聡《さとし》『そこにある光と傷と忘れもの』

作者は教師。生徒の落書きを消す時に思い浮かんだことをカッコ内に表した。心やさしい先生である。

螺鈿　らでん

●貝殻の真珠色の部分を細かく切り、漆器などの表面にはめこんで細工したもの。

物思へばものみな慵《もの》うたた寝に玉の螺鈿《らでん》の枕をするも

与謝野晶子《よさのあきこ》『舞姫』

枕が「玉の螺鈿」というのは富家のようで豪華。だが現実のものではなく晶子の美意識が引き寄せた理想の枕である。

舞台　ぶたい

●舞踊、演劇、音楽などを行うために設けられた場所。そこで行われる芸能。

●技量などを発揮する場。

泣きてゐし若者は舞台よりすでに消ゆわれにもかかる暗転なきや

後藤《ごとう》左《そ》右《う》吉《きち》『峡の風雪』

「暗転」は舞台を暗くして場面を変えること。自分の人生にも舞台のようにさっと変わる時があればいい、しかしそうはいかないという思い。

俳優　わざおぎ　旧かな　わざをぎ

●舞や歌で神や人を楽しませるわざをする人。わざおき。はいゆう、役者。

わざをぎのごとき自由と書きしのち生《あ》れつぐあきつ告ぐることなし

山中《やまなか》智《ち》恵《え》子《こ》『虚空日月』

歌人としての自身の生き方は「わざをぎ」のように自由に漂うものだと文に書いた。「あきつ」はトンボ、寂しさがあふれることだろうか。

バレエ

●ヨーロッパで発達した舞踊劇。

フロアーをtoe《トー》にて押して立つことの一本の錐ひえびえとせり

中川《なかがわ》佐《さ》和《わ》子《こ》『海に向く椅子《いす》』

「toe」はつま先、バレエの立ち方でもある。「一本の錐《きり》」と物にたとえ身体の緊張感を独特に表現した。

音符　おんぷ

●音楽で音の長短や高さを示す記号。

ミスをせし音符に○が付いたままの十年前の楽譜弾き継ぐ

川口《かわぐち》慈《やす》子《こ》『世界はこの体一つ分』

ピアノの楽譜に付けた丸印が残っていた。十年前の自分のミスを思いながら弾く。「弾き継ぐ」に自分の歴史がある。

ブルース

●もともとはアメリカの黒人が始めた歌曲。悲しい感じの曲調が特徴的。日本では歌謡曲の題名にもよく使われている。

壁越しのブルースは訛りつよけれど洗面器に湯をそそぎつつ和す

寺山《てらやま》修《しゅう》司《じ》『血と麦』

壁が薄いアパートの部屋。隣人が歌うブルースに「訛《なま》り」

を聞きとる。「和《わ》す」には苦笑いしながら聞いている様子が出ている。青年の生活の場が華やぐ。

能　のう

●わざ。技能。
●猿楽能《さるがくのう》。日本の中世芸能で、謡と舞からなる劇。

能装束自ら背負ひかへりゆく野守《のもり》のシテの後かげ一つ
馬場《ばば》あき子《こ》『早笛』

能の唐織《からおり》や縫箔《ぬいはく》などを装束《しょうぞく》と呼ぶ。「シテ」は能の主役。「野守」を演じた能楽師が自ら装束の荷を背負って帰途につく。この歌は昭和二十四（一九四九）年に書かれた。優美勇壮な舞台から現実へ、戦後のちまたを行く後姿に余情を感じている。

寄席　よせ

●落語、講談、漫才などの演芸を興行するところ。

盲目《まうもく》の紫朝《してう》の声もかなしかり寄席《よせ》の木戸吹く秋の風かも
吉井《よしい》　勇《いさむ》『昨日まで』

明治六（一八七三）年生まれの柳家紫朝《やなぎやしちょう》は新内語り、粋曲の名人だった。幼少期に失明。寄席で紫朝の三味線語りを聞きながら物寂しくなる作者。秋風が揺らす木戸の音も聞こえてくる。

落語　らくご

●こっけいな話。寄席演芸。

自らの額《ひたい》をぽいと落語家は打ちて高座を下りてゆきたり
石田比呂志《いしだひろし》『怨歌集』

落語家（噺家《はなし》）の所作が的確に描写されている。臨場感があり、作者の親近感がこめられている。高座を下りる姿に人生的な思いを抱く。

イメージを詠む
状態に言葉を与える

初　はつ

●最初。はじめて。うい（うひ）とも。
●名詞の上に付け接頭語的に用いて、はじめての、新しいの意を表す。またその年はじめてのという意を表す。

一生にただ一度する思ひならむ初《うひ》の子といふは初恋に似て
五島《ごとう》美代子《みよこ》『いのちありけり』

初めての子を授かった母の敬虔《けいけん》な思いを「初恋」に近いものだという。「初」が二度用いられ母となる人生上の体験が特別なものであることが伝わってくる。

初詣ここのみ賽銭のあふれゐて銀行倒産　政党分裂
藤岡武雄《ふじおかたけお》『一本の樹』

初詣の人たちでにぎわう神社。賽銭《さいせん》箱には次々とお金が投げ入れられる。「ここのみ」「あふれゐて」はシニカルな眼で、不況や政治を背景とする。

百　もも

●数の多いこと。名詞の上に付けて用いる。百千鳥《ももちどり》など。

大西良慶み声はふとく百年《ももとせ》を見据ゑし眼ふかくしづけし
原田《はらだ》　清《きよし》『鳥と木葉』

大西良慶《おおにしりょうけい》は清水寺《きよみずでら》貫主を務め、百七歳まで生きた。声の太さ、目線の確かさなどに敬意をもつ作者。人名を具体的に入れたことで実在感と迫力がともなった。

茫洋・芒洋　ぼうよう　旧かな　ばうやう

●ひろびろとして目の届かないさま。

近くみればはげしく鋭く遠くみれば茫洋として長江の水
石川一成《いしかわかずしげ》『長江無限』

中国の長江《ちょうこう》を旅した折の歌。近く、遠くと視点を変えながら雄大な河に接した感動を描く。「はげしく鋭く」と「茫洋」の対比に水流の大きさが伝わる。

目茶・滅茶　めちゃ

●筋道の立たないこと。

●度を外れていること。「めちゃくちゃ」ともいう。

めちゃくちゃを止せば老人になりさうでときに食ふ夜半のとんこつラーメン
大松達知《おおまつたつはる》『スクールナイト』

「老人になりさうで」が大仰で、それが歌をユーモラスにしている。無茶なこと、体に良くないことと知りつつ好物や楽しみは止められない。

籠り・隠り　こもり

●かくれて外から見えないこと。複合語を作り、籠居《こもりい》は、家に引きこもり続けること。隠沼《こもりぬ》は、草などが茂って隠れて見えない沼。

雨しとどひとり籠りの午後果てて黒泥《こくでい》の夜にそのままもぐる
松平《まつだいら》盟子《めいこ》『オピウム』

副詞「しとど」は雨がよく降ってものが濡《ぬ》れているさまを表す。外は雨。夜の暗さから「黒泥」を想像する。自身は濡れていないが、泥にもぐるという感覚になっている。

かがよい　旧かな　かがよひ

●きらきらと光かがやくこと。きらめきゆれること。かがやき。

花びらの匂ひ映りあひくれなゐの牡丹の奥のかがよひの濃さ
木下利玄《きのしたりげん》『一路』

牡丹《ぼたん》の花びらの匂いも紅の花の色と一緒になって光りかがやいているようだと讃えている。牡丹の花を賞でる思いが繊細な把握となった。

隠れ　かくれ

●隠れること。物陰、葉がくれなど。

隠れ切支丹の紋服姿つつましきオラショを聞けば痛し心は
馬場《ばば》あき子《こ》『青い夜のことば』

江戸時代の禁教のもとでもキリスト教の信仰をひそかに持ち続けた信者。馬場作品は生月島《いきつき》の隠れキリシタンの末《まっ》裔《えい》の習俗を見たときのもの。オラショは祈りのこと。

量・嵩　かさ

●はかって得られる物の量や重さ。
●多いか少ないかという点からおしはかった物事の程度。

ひと一人ひと生に使ふ水の量　せきれいは小さく水を飲みそむ

池谷《いけたに》しげみ『蜩林《ちょうりん》』

一人の人間が一生の間に消費する水の量はどれくらいなのだろう。可憐《かれん》な鳥が飲む少量の水が、命を養う水の尊さをあらためて思わせる。

さやぎ

●動詞「さやぐ」の名詞化。さやさやと音を立てること。そよぐこと。

風ふけばさやぎの音の絶えまなき山笹《やまざさ》のうへに雪ぞつもれる

斎藤茂吉《さいとうもきち》『白桃』

山笹の葉に雪が積もり、風が吹くたびにさらさらと音をたてている。その絶え間ない音を捉える聴覚から冬の寒さや侘《わび》しさが募る。

ざわめき

●ざわめくこと。ざわざわとする声や音。

ビールでいい、いやビールがいい　この街の沸点近きざわめきの中

田中《たなか》　槐《えんじゅ》『ギャザー』

夜の街に人々が集まってきて盛んになる頃。そのざわめきのなかでビールを注文するとき声が高く大きくなる。

凍み　しみ

●動詞「凍む」の名詞形。寒さで凍ること。

凍《し》みつよき峡に育ちし母の血が冬に入る日の吾を引緊《ひきし》む

富小路禎子《とみのこうじよしこ》『未明のしらべ』

寒さ厳しい山峡に育った母の風土の感覚も血に入っているという発想には、母恋の思いだけでなく、身体への厳粛な思いがあるのだろう。

直中・只中　ただなか

●まんなか。真っ最中。

饗宴《きやうえん》のただなかにして君おもひこころ遽《にはか》にさびしくなりぬ

吉井《よしい》　勇《いさむ》『酒ほがひ』

勇が明治四十二（一九〇九）年二十三歳のとき雑誌「スバル」に発表した作で、甘美な恋をうたう。にぎやかな場にいてもよぎる寂しさを捉え、若き日の恋に憂愁が見える。

たゆたい　旧かな　たゆたひ

●物がゆらゆら動いて定まらないこと。心が動揺すること。

大船の泊《は》つる泊《とま》りのたゆたひに物思《も》ひ痩せぬ人の児《こ》ゆゑに
弓削皇子《ゆげのみこ》『万葉集』

弓削皇子が紀皇女《きのひめみこ》を恋しく思ってうたった。二句までが序詞《じょことば》で「たゆたひ」を導き出す。大船が港につながれて揺れている、そのように思い悩んで、痩せてしまったことだ、人間だから。

仮初め　かりそめ

●その場限りであること。いっとき。ふとしたこと。

をさなさははたかりそめの老いに似て春雪かづきゐたるわが髪
大塚寅彦《おおつかとらひこ》『刺青天使』

春の雪を被って白くなった髪に「かりそめの老い」を感じ、幼さと老いが似ていることに気づく。

際　きわ　旧かな　きは

●他との境界となるところ。物のふち。●はじまる寸前。

山ぎはをとろとろ月はのぼり果て蒟蒻村まで四里さらに四里
永井陽子《ながいようこ》『ふしぎな楽器』

山の稜線のあたりの空にのぼる月をのどかに描く。蒟《こん》蒻村《にゃくむら》という名と、結句のリフレインの響きが面白い。

寝ね際にベッドの木枠を叩くときこのメロディーは俺だけが知る
大島史洋《おおしましよう》『四隣』

寝ようとする間際、「俺だけが知る」秘密に満足しているというのがほほえましい。木枠に鳴らすメロディーはさて何の曲だろうか。

極み・窮み　きわみ　旧かな　きはみ

●物事のきわまるところ。至り。限り。

真《ま》命《いのち》の極《きは》みに堪《た》へてししむらを敢《あへ》てゆだねしわぎも子あはれ
吉野秀雄《よしのひでお》『寒蟬集《かんせんしゅう》』

「わぎも子」は吾妹子と書き、『万葉集』で用いられた語で男性にとって恋人、愛しい人。この歌の背景は妻が病で死が迫ったときに、愛と哀しみをふりしぼって抱擁を求めてきた。妻の心の哀れさを慟哭《どうこく》のなかにうたう。

くぐもり

●動詞「くぐもる」の連用形から名詞化したもの。声などがこもる。

山茶花に雪ふりつもり閑《しづ》かなり七面鳥のくぐもりのこゑ

北原白秋《きたはらはくしゅう》『海阪《うなさか》』

くぐもっているように聞こえる七面鳥《しちめんちょう》の声。雪が山茶《さざん》花《か》に積もってあたりが閑寂になった日に印象深く捉えられた鳥の声である。

盛り　さかり

●動詞「さかる」の連用形から名詞化したもの。物事がいちばん勢いのよい状態、時期。
●人が肉体的・精神的に最も充実している時期。
●動物の発情期。

あひともに盛りを過ぎむねぎらへる賛辞は訣《わか》れのことばと思ふ

篠《しの》　弘《ひろし》『軟着陸　ソフトランディング』

一緒に仕事をした仲間やライバルも充実し活躍する年齢を過ぎた。ねぎらう言葉を掛けたあとでそれは別れに通じるものと直感している。しみじみとして重い下の句である。

細れ・細石　さざれ

●名詞に付いて接頭語的に用いる。こまかい、わずかな、小さいの意。さざれ石など。

たにがは の そこ の さざれ に わがうま の ひづめ も あをく さす ひかげ かな

会津八一《あいづやいち》『鹿鳴集』

漢字に直すと「谷川の底のさざれにわが馬の蹄も青く差す日影かな」となる。日の影が青いという把握に清涼感がある。

定め　さだめ

●動詞「さだむ」の連用形から名詞化したもの。きまり、規則。運命、宿命。判定。

うつそみの深きさだめと思ひつつわが下心つねに怒れり

三ケ島葭子《みかじまよしこ》『三ケ島葭子歌集』

「下心」は心の奥のこと。現身の悲苦が絶えないことをさだめと思いながら「怒る」心があることも認めている。

様　さま

●物事の様子や状態。ありさま。すがた。かたち。やり方。方法。

整然と並ぶいちごの種子のさま畏れそののち食いてしまえり　沖《おき》ななも『ふたりごころ』

イチゴの表面に整然と並ぶ小さな種子。「畏れ」は自然がなす形状に対するつつしみである。食べてしまったという結末がさらりとしている。

しじま

●物音一つせず、静まりかえっていること。無言でいること。

深渓《ふかたに》の川の瀬の音たそがれのしじまに圧《お》され細くさやけし　川田《かわだ》順《じゅん》『山海経』

渓流の奥まったところを流れる瀬の音よりも、夕暮れのしじまが圧倒的にまさっているという。渓谷の空気の捉え方が繊細である。

静けさ・閑けさ　しずけさ　旧かな　しづけさ

●形容詞「静けし」の語幹に接尾語「さ」の付いた語。静かであること。

しろき石　子はポケットに秘めており幾転生ののちのしずけさ　糸川《いとかわ》雅子《まさこ》『天の深緑』

子供が転生を繰り返していまこの世に存在していると見ている。ポケットに入れているものは何でもよいだろうが、「しろき石」が暗示的である。

印・徴・験・標　しるし

●動詞「しるす」の連用形の名詞化。目印。記号。証拠。象徴。きざし。

浄められし子のなきがらににんげんの男《を》のしるしあり声なく見たり　高野《たかの》公彦《きみひこ》『水木』

死児のわが子をみつめる悲しい歌。声も出ないまま男児である特徴を見つめる。生ある者が死を見つめるときの厳粛な雰囲気がただよう。

導　しるべ

●道案内。手引き。手がかり。

雪にまみれ真白となれる道標《みちしるべ》幽《かそ》かなる世を指し示すらし
来《き》嶋《じま》靖《やす》生《お》『島』

道標を雪が覆っている。その用をなさない真っ白な表面に、「幽かなる世」への道標を思った。現実との境目がはっきりとしない場面に見える。

類い・比い　たぐい　旧かな　たぐひ

●性質の似たもの。同じ種類のもの。匹敵するもの。

不眠のわれに夜が用意してくるもの蟇、黒犬、水死人のたぐひ
中城《なかじょう》ふみ子《こ》『花の原型』

死が迫りつつある状況で詠まれた。寝つかれない意識に浮かび上がるものたちは、どれも暗く、死の影をまとっている。結句の体言（名詞）止めが不安と怖《おそ》れの余韻を引く。

酣・闌　たけなわ　旧かな　たけなは

●物事のいちばん盛んな時。

たけなはのこの世を抜けるなら今日と雪すんすんと降り始めたり
青井《あおい》史《ふみ》『天鵞絨《ビロード》の椿《つばき》』

闘病しながら文筆活動に励んだ作者の晩年。自身のめぐりは「たけなは」に目に映る。「抜けるなら今日と」に、いさぎよい性格が滲《にじ》み出ている。

直立　ちょくりつ

●まっすぐに立つこと。高くそびえること。垂直。

直立せよ一行の詩　陽炎に揺れつつまさに大地さわげる
佐《さ》佐《さ》木《き》幸綱《ゆきつな》『直立せよ一行の詩』

「直立せよ」という呼び掛けは詩が響くことと、自身の歌がそうあってほしいという願いがこめられている。奈良の飛鳥《あすか》を訪れて『万葉集』の歌人たちを思いながらこの歌を作ったという。力強く、大地のパワーを受けて人間が立っているようだ。

毒　どく

●人体に有害な物質。

●ためにならないもの。人の心を傷つけるもの。

にこやかに微量の毒を仰ぐのを平成の世の日常とする
岡井《おかい》隆《たかし》『宮殿』

昭和三（一九二八）年生まれの作者は戦後の日本を知るゆえに平成の世の空気に違和を感じている。上の句のニヒルな表現に苦い思いやあきらめを託している。

熱　ねつ

●あついこと。
●病気などで普段より高くなった体温。
●一つのことに夢中になってたかぶった気持ち。

熱のぼりうるむ夫《つま》の眼夕ぐれは吾の立居《たちゐ》を追ふがに思ふ
河野愛子《こうのあいこ》『木の間の道』

夫が発熱しその看病をしながら表情を繊細に捉えている。妻の振舞いを目で追うような夫の目、その心細さを汲《く》み取っている。

熱のあるこころさびしも夢にさへ息切々と船漕奴隷《ガレリアン》われ
滝沢《たきざわ》　亘《わたる》『断腸歌集』

つねに何かを渇望してやまない心を熱と表し、不如意が夢にも反映してガレリアンのように喘《あえ》いでいるという。小刻みなリズムと語の響きから激しい内面が伝わってくる。

斑　ふ

●ぶち。まだら。

枝打ちし杉檜《すぎひ》の幹にいくとせか消えざりし斑《ふ》をせみと呼ぶなり
前《まえ》　登志夫《としお》『縄文紀《じょうもんき》』

作者は日々山に入り枝打ちなどをして木々を守っている。幹に現れた斑点を消えないセミと呼んで見上げるという。森の生物とその命が絡み合っているという考えから来ているのだろう。

未完　みかん　旧かな　みくわん

●完了していないこと。

指間より零れる砂の粒すべて未完で終わるすべてのために
森本《もりもと》　平《たいら》『町田コーリング』

人生もこの世で起きていることもすべて未完のままなのではないか、という思いに至った。零《こぼ》れ落ちる砂粒にそれを投影している。

無援　むえん　旧かな　むゑん

●助けがないこと。

血と雨にワイシャツ濡れている無援ひとりへの愛うつくしくする

岸上《きしがみ》大作《だいさく》『意志表示』

作者は大学生の時に六〇年安保闘争に参加した。特に六月十五日の国会議事堂前のデモは死者が出たほどの激しいものであった。無援と孤独を感じ、自身の恋を重ねた瞬間をヒロイックにうたっている。

無垢　むく

●心身が汚れていない、純粋なこと。

無垢の眼に見抜かれてをり仕事だからつきあつてゐるだけのわたしを

大崎《おおさき》瀬都《せつ》『海に向かへば』

大人がしていることを子供が敏感に感じ取っているのを感じ「無垢の眼《め》」を意識し始める。下の句のひらがな表記は子供の内面を表現している。

乱反射　らんはんしゃ

●なめらかでない物体の面にあたった光が不規則な方向に反射すること。

噴水に乱反射する光あり性愛をまだ知らないわたし

小島《こじま》なお『乱反射』

噴水のしぶきに反射する光。つぎつぎに飛び散る光はつかめない未来を思わせる。「性愛をまだ知らないわたし」は少女期の不安を表している。

変身　へんしん

●自身ではないものに身を変えること。

グレゴール・ザムザのごとき変身の朝来ずぬるきミルク珈琲

藤原《ふじわら》龍一郎《りゅういちろう》『19XX』

カフカの小説『変身』の主人公ザムザはある朝大きな毒虫になっていた。文学の世界は日常には微塵《みじん》も現れない。「ぬるきミルク珈琲《コーヒー》」に現実の温《ぬる》さを託している。

飛翔　ひしょう　旧かな　ひしやう

●空中を飛ぶこと。

望まざる地上の戦禍みおろして飛翔する鳥また は魂

尾崎《おざき》左永子《さえこ》『青孔雀《あおくじゃく》』

戦争の悲惨さを身をもって知っている作者の世代。他国の戦争のニュース映像を見ながら「望まざる」に苦い思いがある。犠牲になった死者の「魂」が飛翔するという悲しみを思い描く。

悠久　ゆうきゅう　旧かな　いうきう

●長く続くこと、そのさま。

満月がニルギリの腹を蒼くせり悠久のものの対話 見つむる

森川《もりかわ》多佳子《たかこ》『スタバの雨』

ネパールの旅でニルギリ山を仰ぎ見た時の感動を身体感のある比喩で表す。月と山が抱く長い時間と存在はまさに言葉なき対話だ。

第九章 ひろがる言葉

代名詞で詠む――人や事物・場所を示す言葉

動詞で詠む――動きの言葉

形容詞で詠む――様子の言葉

形容動詞で詠む――性質・状態の言葉

副詞で詠む――飾る言葉

感動詞・連体詞・接続詞で詠む――飾る言葉

接頭語・接尾語で詠む――意味を添える言葉

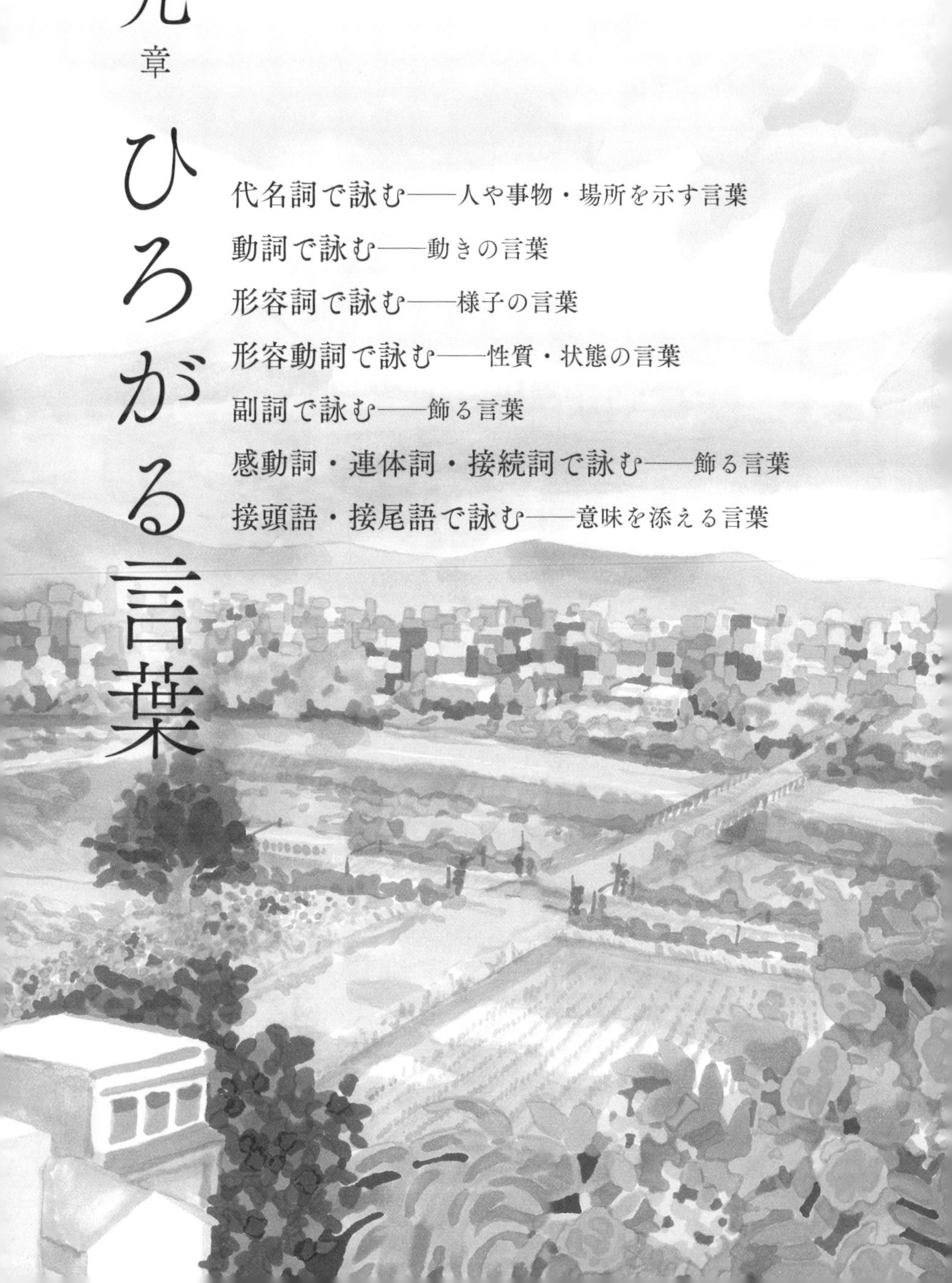

代名詞で詠む

――人や事物・場所を示す言葉

代名詞には人称代名詞と指示代名詞があります。人称代名詞は人を指し示すときに用いる語です。主体が話し手、聞き手、それ以外の第三者の区別があり、一人称（自称）、二人称（対称）、三人称、はっきり特定できない人を指す不定称があります。

指示代名詞は、事物・場所・方向などを指し示すときに用いる語です。

我・吾　あ・あれ

●一人称のわれ。わたし。「あ・あれ」は上代語に用いられた。

吾《あ》と同じ目線の高さ柵ごしに駝鳥は夏の憂ひ運ばず

大塚寅彦《おおつかとらひこ》『声』

柵の中にいる駝鳥《だちょう》の目線の高さを発見する。自身は夏の日の憂いのなかにいるが、柵から出られない駝鳥は何を見ているのだろうか。

我・吾　わ・われ

●一人称のわれ。わたし。その人自身。

群鳥よ「我《わ》」よりも「我《あ》」とぞ歌ひたき心に渚歩いてゐるよ

伊藤一彦《いとうかずひこ》『微笑の空』

「わ」と「あ」、二通りの読み方がある。『万葉集』に多い「あ」の音のほうに作者は惹かれるようだ。原初に帰るような音の響きで素朴に短歌をうたいたいのだ。呼びかける群鳥の中にも個の「我」がいるだろう。

秋のみづ素甕《すがめ》にあふれさいはひは孤《ひと》りのわれにきざすかなしも

坪野哲久《つぼのてっきゅう》『桜』

素焼きの甕に満たした秋の水の清涼に触れて、ふとした幸の思いを一人味わっている。静かな佇《たたず》まいと精神を浮かび上がらせる。

我等　われら

●われの複数。われわれ。

スパゲティをパスタと呼ぶやうになつた頃われらは本音を言はなくなつた

江國《えくに》　梓《あずさ》『まだ空にゐる』

高度経済成長期からバブル景気へ、時代の移り変わりに託して他者との距離感をうたう。上辺《うわべ》だけの付き合いになったわれら。

己　おの・おのれ

●一人称で自身について卑下の意をこめて用いる。自分、その人自身。

ねむれない冬の畳にしみじみとおのれの影を動かしてみる

山崎方代《やまざきほうだい》『右左口《うばぐち》』

冬の夜の眠れない畳にかすかに届く光、そこに映る自身の影それだけと向き合う寂しさ。

私　わたし・わたくし

●一人称のわたし。自身。

わたしなんだか簡単な人野分の夜「トイレの神様」聞きながら泣く

古谷《ふるや》　円《まどか》『百の手』

感傷的になった自分を振り返って「簡単な人」と自己批評を下すのが面白い。野分《のわき》の語と話題になった曲名が同列にあるのも現代的。

わたくしの心乱れてありしとき海のようなる犬の目に会う

道浦母都子《みちうらもとこ》『ゆうすげ』

「わたくし」は「わたし」より丁寧な言い方。心が乱れ、悲しんでいるときに犬の無垢《むく》な目に気づく。「海のようなる」という比喩に、小さい目だが深いものを感受し、癒されたのだろう。

其方　そなた

●二人称。あなた。おまえ。

夏を掌に持ちゐる如しぢきに来る時節のやうなそなたの手紙

紀野《きの》　恵《めぐみ》『架空荘園』

「そなた」は古風な呼び方。あなたから届いた手紙の中身には夏という行動的な季節の予感があふれている。

君　きみ

●二人称。相手を親しんで呼ぶ。詩歌では男女ともに用いられている。目上の人や貴人を敬っていう場合にも使う。

ああ君が遠いよ月夜　下敷きを挟んだままのノート硬くて
永田《ながた》紅《こう》『日輪』

下敷きやノートといった文具が登場し学生の場を伝える。思う人との距離をまだ埋められない寂しさが「ああ」と月夜に投げかけられる。

ぼくも非正規きみも非正規秋がきて牛丼屋にて牛丼食べる
萩原《はぎわら》慎一郎《しんいちろう》『滑走路』

「きみ」は仕事仲間か、あるいは同時代の同じ境遇の人に向けたものか。「非正規」の繰り返しに現状が変わらないことの悔しさと諦めがこもる。牛丼を食べながら心の中で呟《つぶや》いているのだろう。

汝　な・なれ・なんじ　旧かな　なんぢ

●二人称。対等あるいはそれ以下の者に対して用いる。おまえ。

サキサキとセロリ噛みいてあどけなき汝《なれ》を愛する理由はいらず
佐佐木幸綱《ささきゆきつな》　合同歌集『男魂歌』

年下の恋人がセロリを噛《か》む音がサ行の音のなかに描かれる。「あどけなき」以降はア音が続き、音とリズムが印象的な作品。

汝がコート借りて羽織りぬ男とはこんなに広い胸郭なるか
蒔田《まきた》さくら子《こ》『淋《さび》しき麒麟《きりん》』

「な」と読む。異性のコートの思わぬ奥行き、「こんなに広い胸郭なるか」からは身体感が立体的に伝わってくる。

なんぢ、もし禁裏の前で湯放《ゆま》るとも　わが灰皿にゴミを捨てるな
高野公彦《たかのきみひこ》『渾円球《こんえんきゅう》』

禁裏は皇居、御所のこと。自分の灰皿を汚すことが不敬をはたらくことを上回る。仰々しい言い方による強烈なアイロニーがあるとともに笑いを誘う。

誰　た・たれ・だれ

●名を知らない人や不定の人をさしていう不定称の代名詞。

硝子屑の上に来て青き夕あかりたれか酷薄のことばきかせよ
中城《なかじょう》ふみ子《こ》『乳房喪失』

失恋の歌。もっと激しい「酷薄のことば」を言ってほしいという。上の句のきらきらとして青い反照が美しく残酷だ。

いざさらば炎のごとく生きんかな誰がためにあらずひとりわがため

尾崎左永子《おざきさえこ》『炎環』

「た」と読む。これからは自分のために生きようという言挙げの背後には失意や断念があるだろう。「いざさらば」に別れの決意が表れている。

だれもだれも鞄を持ちて行くなかの手ぶらの一人やがて翔ぶべし

小島《こじま》ゆかり『獅子座《ししざ》流星群』

通勤、通学、その他の歩行者の「鞄《かばん》」を世間とつながっているものと見る。手ぶらの人が抜け出して飛んでゆくだろう、という空想は痛快である。

彼　あれ

●話し手にとって遠い事物・人・事柄・時・場所などをさし示す言葉。

あれがそのあれがなんだなと言ふ声す一人酒宴のわが声ならむ

内藤《ないとう》　明《あきら》『斧《おの》と勾玉《まがたま》』

酔った口からもれる科白《せりふ》がなんとなくおかしい。それは一人で酒宴をするという孤独で静かな夜である。誰にともなくつぶやいている壮年の男性のさびしさをうかびあがらせる。

彼　か

●話し手や聞き手からともに離れた事物や人をさし示す。かれ。

かの国のマスゲーム思ふ菜の花が風に靡きて翻る時

春日《かすが》いづみ『問答雲』

「マスゲーム」を行う国をメディアで知り、その何か物狂おしい感じが忘れがたいのだろう。菜の花の黄色い花が風に激しく揺れる姿に重ねている。

其・夫　そ・それ

●聞き手の側の事物・場所・方角などをさし示す。

ふるさとの訛《なまり》なつかし／停車場の人ごみの中に／そを聴きにゆく

石川啄木《いしかわたくぼく》『一握の砂』

望郷の思いを詠んだ有名な一首。停車場は鉄道の駅のことで、上野駅だろうか。「そを」はそれを、の意で、訛ことばが行き交うその声をという意。

此方　こなた

●他に比べて話し手に近い場所・方向・位置。こちら。この所。

とほ山の峰《を》越《ごし》の雲のかがやくや峰のこなたの山ざくら花

若山牧水《わかやまぼくすい》『山桜の歌』

峰のこちらに咲く山桜の花が空に映っているかのような雲。自然の遠近を光のなかに描いて美しい。

彼処　かしこ

●話し手から遠い場所を指す。あそこ。あの所。

向う山の大きな斜面彼処《かしこ》には百合《ゆり》咲いてをりはるかなるかも

木下利玄《きのしたりげん》『紅玉』

大正四（一九一五）年の夏、箱根の仙石原《せんごくばら》に遊んだ折のこと。「大きな斜面」というざっくりとした把握、そこにユリの花を見つけた喜び。「はるかなるかも」には大きな自然に対峙《たいじ》している解放感が表れている。

何処　いずく　旧かな　いづく

●不定の場所を表す語。どこ。どちら。「いずこ」の古い言い方。

はろばろと空ゆく鶴の細き首あはれいづくに降りむとすらむ

岡野弘彦《おかのひろひこ》『天の鶴群』

詞書《ことばがき》があり「ポーランドのをとめアグネシカ、留学を終へて今宵故国へ発つを、思ひいでつ」。異国のうら若き女性に鶴の飛翔が重ねられている。やさしい気持ちと見送る心の寂しさがしみじみと奥行き深く詠まれている。

彼方　あなた・かなた

●遠い方向・場所・時を示す。あちらのほう。むこう。むかし。

春哀《かな》し君に棄てられはるばると行かばや海のあなたの国へ

若山牧水《わかやまぼくすい》『海の声』

二十代前半の牧水は恋愛のなかで苦しんでいた。恋人とうまくゆかず、短い期間で別れが訪れる。激しい傷みに海の向こうにある遠い国へ行ってしまおうかとうたう。

冬の樹のかなたに虹の折れる音ききわけている頰をかたむけて

加藤治郎《かとうじろう》『マイ・ロマンサー』

実際には聞こえない幻の音、心の中に聞こえる音。「頰《ほお》をかたむけて」いる人を美しく描いた。

何方　いずち・いずかた　旧かな　いづち・いづかた

●どちらの方角、場所。どこ。

夏衣たたみて行李《こり》にをさめたりまた来む年はいづちにあらむ

土田耕平《つちだこうへい》『斑雪《はだれ》』

病気のため療養をして各地をまわっていた生活のなかで詠まれたもので、自身の命と未来の時間に不安をもっていたことがにじむ歌である。

いづ方に鳴きて行くらむ郭公《ほととぎす》よどのわたりのまだ夜ふかきに

壬生忠見《みぶのただみ》『拾遺和歌集』

淀川《よどがわ》のあたりが夜深く暗いのに、聞こえてきたホトトギスの声から、鳥はこれからどちらに飛んで行くのだろうかとさびしむ。

何辺　いずへ・いずべ　旧かな　いづへ・いづべ

●どの辺。どのあたり。「いつへ」とも。

いづべより差せるともなき明るさに馬酔木は影の如くおもほゆ

山口茂吉《やまぐちもきち》『高清水』

どのあたりから日が差してきたのか、馬酔木《あしび》の花が「影の如く」にひっそりとした佇まいにあることに心を寄せている。

いづへよりくるしく空の垂れ来しや麒麟ひつそり立ちあがりたり

阪森郁代《さかもりいくよ》『ランボオ連れて風の中』

キリンが立ち上がるときに「空の垂れ来」たようだと捉える。どこから苦しく垂れてきたのかという見方に作者の行き場のない重苦しさを託す。

もの

●形式名詞。連体形「ある」「なる」を受けて名詞的に用いる。

朝食にりんごを剝いて親子とはなりたくてなるものではなくて

生田亜々子《いくたああこ》『戻れない旅』

親子になった縁は偶然か必然か。関係性について揺れている主人公の心。世間一般の道理への疑いを「なるものではなくて」が表している。

動詞で詠む

——動きの言葉

動詞は動き・動作・状態・作用などを表す語で活用があります。目的語をとるものは「他動詞」、目的語をとらないものは「自動詞」といいます。

生る　ある

●うまれる。生じる。

我を生みしはこの鳥骸のごときものかさればよ生《あ》れしことに黙す
齋《さい》藤《とう》 史《ふみ》『渉りかゆかむ』

母のなきがらに向かい痩せた身を悲しむが「鳥骸のごとき」が醒《さ》めていて強烈な比喩である。自分がこの世に生まれ出たことに厳粛な気持ちになる。

落つ　おつ

●落ちる。離れる。
●程度が下がる。

燃えおつるせつなの紙の態《すがた》して百合咲きてあり燃えおちざりき
吉《よし》田《だ》隼《はや》人《と》『忘却のための試論』

燃え落ちそうな紙に似ているがユリは燃え落ちない。ユリの花の美しさにぎりぎりで耐える緊張を見ている。「おつる」「おちざりき」も錯覚を見せるようで巧みである。

離る・放る　さかる

●離れる。遠ざかる。かる。

眠る子は確かな錘　母となりし友はしずかに岸を離りて
後《ご》藤《とう》由《ゆ》紀《き》恵《え》『冷えゆく耳』

母とはこういうものなのだなあと友人の変化を感受し、錘《おもり》や岸という暗喩で美しく描く。

睦む　むつむ

●仲良くする。むつぶ。形容詞は「睦まじい」。

睦まじき夫婦なりしが盲従の母にをみなのあはれ見て来し
田《た》野《の》 陽《よう》『凍蕾《とうらい》』

母の「盲従」。家父長制のなかで、そして家族の関係を良好に保とうとした「をみな」、女の哀れに子供は気づいていた。

熱く・火めく　ほめく

●熱をもつこと。

大川尻潮涸《そこり》の泥のくろぐろと熱《ほめ》きにほひて昼たけにけり
古泉千樫《こいずみちかし》『屋上の土』

「大川」は東京の隅田《すみだ》川のこと。さらって上げた川の泥が温まり「熱き」臭う現象を色彩とともに五感を鋭敏にして描いている。

瞑る・目瞑る　めつむる

●目を閉じること。

陽光のとらはれとなれシースルーエレベーターの瞑《めつむ》れる女《ひと》
大塚寅彦《おおつかとらひこ》『ガウディの月』

光が差しこむ「シースルーエレベーター」。目をつむっている女性が囚《とら》われているようだという。絵画的でロマンティックな歌である。

生す　むす

●生じる。はえる。

河上《かはのへ》のゆつ岩群《いはむら》に草生《む》さず常にもがもな常処女《とこをとめ》にて
吹芡刀自《ふふきのとじ》『万葉集』

作者は額田王《ぬかたのおおきみ》の娘である十市皇女《とおちのひめみこ》に仕えた。伊勢《いせ》神宮に参詣の際に供をして、十市がいつまでも変わらぬ「常処女」であってほしい（もがもな）と願ってうたった。「ゆつ」は神聖なものに冠し、神域の岩に草がはえないように清らかであること。

舐る　ねぶる

●なめる。しゃぶる。

みどり子も薄着になりて窓ぎはの風に吹かれつつ指ねぶり居り
五島美代子《ごとうみよこ》『暖流』

赤ん坊が薄着の季節になって風を気持ちよく受けている。指をしゃぶる幼い仕草を見ながら、母と子が共に過ごす時間とその充足をいとおしんでいる。

えずく

旧かな　ゑづく

●吐き気をもよおす。吐く。名詞は「えずき」。

ゑづくとき雨を思へりはるかなるケンタウロスの背を湿す雨
川野芽生《かわのめぐみ》『Lilith《リリス》』

ギリシャ神話に出てくるケンタウロスは上半身が人間で下半身が馬の怪物。自分が何者かわからない引き裂かれるような苦悩が雨と「ゑづく」を連れて来る。

見ゆ

みゆ

●見える。自然に目に入る。

君の死後、われの死後にも青々とねこじゃらし見ゆ　まだ揺れている
大森静佳《おおもりしずか》『てのひらを燃やす』

見えないはずの「死後」を想像している。君も私もはかないゆえに大事なのだ。「見ゆ」と言い切った響きも印象的である。

転ぶ

まろぶ

●ころがる。倒れる。

釘しかとわが棺に打て焼かるる前怨念情念まろび出ぬやう
岩田《いわた》　正《ただし》『鴨鳴けり』

自らの死を思い描いている。「怨念情念」という暗い部分から目をそむけずに、それを持っている自覚をうたう。

蔑す

なみす

●軽蔑する。ないがしろにする。あなどる。蔑《なみ》する。

蔑《なみ》されてわれ鮮しき　捨てにゆくパインの缶の口のギザギザ
小島《こじま》ゆかり『ヘブライ暦』

他人に侮られたショックとあらためて認識する思いがあったのだろう。「鮮《あたら》しき」と自己を見つめる。廃棄する缶の縁の鋭さが刺さるように光るという。

黙す

もだす

●だまりこむ。名詞は「黙《もだ》」。

何事も君おもへるやかたはらに黙して我は虫の音をきく
岡本《おかもと》かの子《こ》『愛のなやみ』

恋人のそばで沈黙しながら、ひときわ響く虫の音を聞く。

君は何を考えているのだろうと思いながら、沈黙に身を任せているのだ。

回る・廻る・徘徊る　もとおる　旧かな　もとほる

●めぐる。まわる。徘徊《はいかい》する。

人恋ふはかなしきものと平城山にもとほりきつつ堪へがたがりき
北見志保子《きたみしほこ》『花のかげ』

恋する気持ちは悲しく、日に日にわが身が耐えがたいほど。作者は平城山《ならやま》をめぐりながら思いを一人で抱えていた。「もとほりきつつ」は歩きまわりながらの意味。

紛う　まがう　旧かな　まがふ

●入りまじる。
●よく似ている。

わたの原こぎ出でてみれば久方の雲居にまがふ沖つしら波
藤原忠通《ふじわらのただみち》『詞花和歌集』

「わたの原」は海のこと。「久方の」は雲にかかる枕詞《まくらことば》。空の雲と見紛うまでに白い波。ダイナミックな景色と白の色彩が印象に残るように描かれている。

葬る　はふる・はぶる

●死者をほうむること。埋葬。葬儀。名詞は「葬り」。

白き位牌持てと言われて泣きわめきし父葬る日の吾は一年生
岸上大作《きしがみだいさく》『岸上大作歌集』拾遺歌篇

作者の父は太平洋戦争で出征し亡くなった。小学一年生の幼い日に位牌を持たされ泣いた記憶。戦争の被害者であるという意識をもって学生時代に作歌し、安保反対運動に参加した。

屠る　ほふる

●鳥獣を殺す。

保定城陥落のしらせがひろまりて陣中に今宵は豚を屠りぬ
渡辺直己《わたなべなおき》『渡辺直己歌集』

作者は昭和十二（一九三七）年、日中戦争で応召し、十四年に中国で戦死した。「陥落」の報に喜ぶ陣中の夜の祝いの食事の様子が描かれている。戦いの果ての死と、食のための死が交叉《こうさ》する。

形容詞で詠む
——様子の言葉

　形容詞は事物の性質・様相・状態、人の感情を表し、口語では語尾が「良い」などの「い」で終わるもの、「正しい」などの「しい」で終わるものです。文語では「多し」「かなし」など「し」で終わるものです。文語の活用では「ク活用」「シク活用」の二種があります。

　口語では「良かろ（う）・良かっ（た）、良く・良い・良い（こと）・良けれ（ば）」、「正しかろ（う）・正しかっ（た）、正しく・正しい・正しい（こと）・正しけれ（ば）」と活用します。

　文語の「ク活用」は「多く、多から（ず）・多く（なる）、多かり（けり）・多し、多かり・多き（もの）、多かる（べし）・多けれ（ども）・多かれ」と活用します。

「シク活用」は「かなしく、かなしから（ず）・かなしく（なる）、かなしかり（けり）・かなし・かなしき（もの）、かなしかる（べし）・かなしけれ（ども）・かなしかれ」と活用します。

【安けし】やすけし

●安らかな気持ち。名詞は「安けさ」。

あたたかにしてある時はわがめぐり忘るるごとき安けさのあり
佐藤佐太郎《さとうさたろう》『星宿』

自分の周囲を忘れるような、というたとえに実感がある。心身の緊張をといている様子が浮かび上がる。

【いぶせし】

●気がふさぐ。不快である。名詞は「いぶせさ」。
●気にかかる。

精神といふいぶせきものを持てばなほ雨後の山河の澄むまでを見つ
馬場《ばば》あき子《こ》『南島』

精神に重たいものを感じている。身の内にあって離れないものは作者と一体なのである。時に換気をするかのように自然に向かいまた養っていくのだろう。

【悲し・哀し・愛し】かなし

●つらく泣きたくなる気持ち。かわいそうに思う。

●「愛し」は心からいとしい。名詞は「かなしさ」。

まがなしく同じ器官をわけあへばますますます遠いあなたと思ふ

小佐野《おさの》　彈《だん》『メタリック』

愛し合っても遠いと感じる恋人。性愛ののちもさびしく思う心を「まがなしく」「ますます」の音が鮮明に立ち上げる。

【柔し】やわし　旧かな　やはし

●柔い。やわらかい。もろい。名詞は「やわさ」。

好みたる道明寺餅の香に立てる柔き葉ごとをつまみて喰ぶる

大滝貞一《おおたきていいち》『渾元《こんげん》』

道明寺《どうみょうじ》粉によるの桜餅。塩漬けにした桜の葉の柔らかさも旨《うま》さに含まれていると賞する。好物を味わう時を香りや葉の柔さで念入りに表現している。

【恥し・羞し】やさし

●恥ずかしい。気がひける。名詞は「やさしさ」。

盲目の子を率《い》てバスを待つひとありなにに恥《やさ》しくわれは過ぎ行く

三枝浩樹《さいぐさひろき》『みどりの揺籃《ようらん》』

自分は恵まれていると思うことさえ恥ずかしく罪を感じる作者。「なにに恥しく」に複雑な思いを抱く自身を見ている。

若きゆえ庇われている羞《やさ》しさの鶏冠《とさか》のように腫れゆく思い

梅内美華子《うめないみかこ》『横断歩道（ゼブラ・ゾーン）』

若いということで庇《かば》われたり、優遇されたことに戸惑う。「鶏冠のように」の比喩にひりひりとした感覚が表現されている。

【揺るぎ無し】ゆるぎなし

●ゆるぐことがない。ゆるぎない。

ゆるぎなき太き柱が地より生え碧天をたかくかかげて聳ゆ

永井陽子《ながいようこ》『ふしぎな楽器』

太く頑丈な柱が生えたようだと見ている。青い空を掲げて聳《そび》えると、意志を持つようにダイナミックに柱が描かれている。

疾し　とし

●いち早く。速やかに。素早い。

何よりも疾《と》く色づかな秋風に新しきリップスティックを購《か》ひぬ
松本典子《まつもとのりこ》『いびつな果実』

「疾く」は連用形。「な」は希望の意を表す助詞。葉が色づく秋に自身も華やごうとする気分を二句切れの鮮やかな響きでうたう。

物々し　ものものし

●ものものしい。いかめしい。おおげさである。「ものものしさ」。

秋草のしどろが端《はし》にものものしく生《いき》を栄《さか》ゆるつはぶきの花
伊藤左千夫《いとうさちお》『左千夫歌集』

「しどろ」は乱れている様子。秋草が枯れ乱れている中に生気をもって咲くツワブキの花がひときわ目立つことを「ものものしく」と表した。

全し　またし・まったし

●全い。完全であるさま。

完《まつた》きは一つとてなき阿羅漢のわらわらと起《た》ちあがる夜無きや
大西民子《おおにしたみこ》『不文の掟《おきて》』

「完」の漢字を当てている。古びて欠けた羅漢像が怒りなどで立ち上がったらと作者は思い描く。傷ついた心がさらに怖《こわ》いものを幻想する。

恥ずかし・羞ずかし　はずかし　旧かな　はづかし

●はずかしい。名詞は「はずかしさ」。
●欠点や失敗などを意識して他人に顔向けできない気持ち。
●人前で照れくさい気持ち。

生きかたが洟かむように恥ずかしく花の影にも背を向けている
虫武一俊《むしたけかずとし》『羽虫群』

「洟《はな》かむように」が独特の比喩で、生きることの居心地の悪さを表現している。「花の影」は桜花の光で、そこに自分は不似合いだと感じている。洟、花の同音語が明暗となっている巧みさ。

ひもじ

●ひもじい。腹がへっている。名詞は「ひもじさ」。

まざまざと時に切なくよみがえるひもじき夏の芋の葉の汁

水野《みずの》昌雄《まさお》『夏の朝』

作者は昭和五（一九三〇）年生まれ。「ひもじき夏」は戦争時の食料が乏しい少年時代である。「芋の葉の汁」のつつましい食事に耐えた日々が時に記憶に蘇るという。

遣る瀬無し　やるせなし

●やるせない。気持ちが晴れないでつらい。名詞は「やるせなさ」。

やるせなくよりかかりたる森の樹に亡き子の髪のまとひし日あらむ

五島美代子《ごとうみよこ》『新輯母の歌集』

若くして突然に逝った娘を偲《しの》んでいる。なびいた髪がその樹にまとわりついたであろうという想像に娘の若さが彷《ほう》彿《ふつ》とする。

ゆくりなし

●思いがけない。にわかに。ゆくりもなし。名詞は「ゆくりなさ」。

父の帽子並べて干せばゆくりなく煙草の香《か》せりどの帽子からも

渡《わたり》英子《ひでこ》『みづを搬ぶ』

父が過ごした時間を知っているかのようにいくつかの帽子からにわかに煙草《たばこ》のにおいがたつ。戦後を生きた男性の影も浮かぶ。

由々し　ゆゆし

●ゆゆしい。不吉である。重大である。名詞は「ゆゆしさ」。

ゆゆしきまでけふ那須岳に立つけぶり靡き靡きて雪を暗くす

五味保義《ごみやすよし》『小さき岬』

栃木県の那須岳《なすだけ》は活火山。煙が山腹の雪を隠すまでに靡《なび》く。描写によって不安が表出されている。

理無し　わりなし

●理（ことわり）無しから。わりない。分別がない。理性でどうにもならない。名詞は「わりなさ」。

何を見ても夫と来し旅の偲ばるる理無し詮《せん》無《な》し見じ思ふまじ

宮《みや》英子《ひでこ》『花まゐらせむ』

「理無し詮無し」をさらに「見じ思ふまじ」と畳み掛けている。自らに禁じなければならないほどの悲しみ。夫宮柊《しゅう》二《じ》の亡き後、共に旅をした地で嚙《か》みしめている。

形容動詞で詠む
——性質・状態の言葉

形容動詞は事物の性質・状態を表し、口語では語尾が「静かだ」など「だ」で終わるもの、文語では「なり」「たり」で終わるものです。文語の活用では「ナリ活用」と「タリ活用」の二種があります。

口語では「静かだろう・静かだっ（た）、静かで、静かに・静かだ・静かな・静かなら」と活用します。

文語のナリ活用は「静かなら（ず）・静かなり（けり）、静かに（なる）・静かなり・静かなる（もの）・静かなれ（ども）・静かなれ」と活用します。

タリ活用は「泰然たら（ず）・泰然たり（けり）、泰然と（なる）・泰然たり・泰然たる（もの）・泰然たれ（ども）・泰然たれ」と活用します。

あえか

●（ナリ）美しく、かよわく、なよなよとしたさま。くずれそうなさま。

髪羞《やさ》し汝が挿しくれしひるがほもひかりあえかにゆふべは萎えぬ

河野裕子《かわのゆうこ》『ひるがほ』

年下のあなたが私の髪に挿してくださった昼顔の花も夕方になって萎えてしまった、という。天武《てんむ》天皇の娘、大伯《おおくの》皇女《ひめみこ》と弟の大津皇子《おおつのみこ》の姉弟を越える情を連作にした一首。「ひかりあえかに」の表現に悲しい運命がにじんでいる。

貴　あて

●（ナリ）身分が高く貴いさま。上品、優美である。

わが母はあてに清明《さやけ》し山の井の塵ひとつだにとどめたまはず

北原白秋《きたはらはくしゅう》『白南風』

母の優美さ、憧憬を「あてに清明し」と表し、下の句の塵《ちり》ひとつない景に託して賛美した。

煌らか　きららか

●（ナリ）輝いて美しいさま。

大白波くだけるたびに水の傷きららかに散り平らぎてゆく

春日井《かすがい》　建《けん》『友の書』

海にひるがえる波に「水の傷」を見ているのが感傷的で若々しい。それは人を思う心の動きのようでもあり、見ている主人公にはげしく反照する。

皓皓・皎皎　こうこう　旧かな　かうかう

●（タリ）白く、清らかなさま。月や雪、電灯が明るく光っているさま。むなしく広いさま。

逢はざれば心なほさら充ちてあれ皓々といま闇に降る雪　小島《こじま》ゆかり『水陽炎《みずかげろう》』

恋する人に逢《あ》えない時間は、深く思うことによって思いが充実してゆく。降る雪も夜闇に紛れるのではなく、そこに白々と清らかに降っているように。

耿耿　こうこう　旧かな　かうかう

●（タリ）明るく、ひかり輝くさま。

昼さむく生者のなかにゐるわれや耿耿《かうかう》として椿いちりん　雨宮雅子《あめみやまさこ》『悲神』

生きている者たちの中にいて居心地のよくない寂しさを抱えている。その目には言葉を持たない一輪の椿《つばき》が明るく咲いているのが映る。主人公の悲しみを知らないゆえに美しい。

円ら　つぶら

●（ナリ）まるいさま。まるまるとしてかわいらしいさま。「つぶらか」ともいう。

円《つぶら》なる瞳《ひとみ》を据ゑてつくづくと我れ見る子かな其母に似て　窪田空穂《くぼたうつぼ》『土を眺めて』

母を亡くした幼子の丸い目にその母（妻の藤野）の面影を見て悲しむ歌。「据ゑて」の描写にあどけない愛しさがこもる。

円か　まどか

●（ナリ）形が丸いこと。おだやかな様子。

ゆくりなく今宵枕に護謨の輪が円かなる輪を作りておれり　石田比呂志《いしだひろし》『孑孑《ぼうふら》』

「ゆくりなく」は「思いがけず、不意に」の意。枕に今宵は輪ゴムが丸く落ちている、静かで孤独な夜の思いにアクセントを与えている。

滑やか　すべやか

●（ナリ）すべすべして、なめらかなさま。「すべらか」ともいう。

引き寄せて心にしみる手ざわりのすべやかに春を宿す碁の石
馬場《ばば》あき子《こ》『桜花伝承』

碁石の冷たくすべすべとした触感を「春を宿す」と捉えた。上の句の「引き寄せて心にしみる手ざわりの」が序詞《じょことば》的な働きをしている。碁石の手ざわりをこまやかに詠んで季節感を加えたところに、艶《えん》な雰囲気がある。

靉靆　あいたい

●（タリ）雲のたなびくさま。また陰気なさま。ほの暗いさま。

子の嘘を爆竹のやうに怒るとも靉靆《あいたい》として闇が来てゐる
川野里子《かわのさとこ》『青鯨《せいげい》の日』

息子は知恵を帯びた嘘《うそ》をつきはじめたらしい。「爆竹のやうに」激しく怒る作者。夜にかけて陰鬱に暗闇が迫ってくるのを、母は忸怩《じくじ》として身に感じている。「靉靆として」に疲労の重さが表れている。

事も無げ　こともなげ

●（ナリ）何事もないかのように平然としているさま。

屋上の縁《へり》に現れし男一人こともなげにふと地上を覗く
田谷《たや》　鋭《えい》『乳鏡』

縁に立つあやうさを知らないかのように高い所から下を覗く男。屋上と地上の対比にふかぶかとした空間が現れ、見上げる視点から覗いている姿を引き出した点も空間性を出している。

しどろもどろ

●（ナリ）話の調子や論理が整わないさま。

こんなにも湯呑茶碗はあたたかくしどろもどろに吾はおるなり
山崎方代《やまざきほうだい》『右左口《うばぐち》』

湯呑茶碗《ゆのみぢゃわん》の温かさが手を通して全身に行き渡り、心にも到達したとき、何も言えない喜びと悲しみが「しどろもどろに」させるという。「こんなにも」の出だしにも詠嘆がこもり、命の根源を卑近な素材から平易に描いた。

漫ろ　すずろ・そぞろ

●（ナリ）心のおもむくままにするさま。根拠や理由がないさま。

●そわそわして落ち着かないさま。何かに気をとられて集中できないさま。

すずろなるこころさばしる秋風に人を思はば人愁へしむ

山中智恵子《やまなかちえこ》『虚空日月』

秋風が身に沁みるとき、心の底に秘めていた思いや存在の寂しさを引き出すようなところがある。さらに愁えさせるのと触れ得ない人への思いが茫洋《ぼうよう》としたなかに激しくうずまくようだ。

桜ちる音と胸うつ血の脈と似けれそぞろに涙のわく日

山川登美子《やまかわとみこ》『恋衣』以後

結核を患い命の終わりを予感して、聞きとれないほどの桜の花びらが散る音と、脈の音を重ねている。身の苦しさと悲しさが「そぞろに涙」をわかせて、かすかな音を引き寄せたのだろう。

詳ら　つばら

●（ナリ）詳しいさま。「つばらか」「つまびらか」ともいう。

待つ人もあらねば　この世自が老もつばらかに眺めつつまゐらう

齋藤《さいとう》　史《ふみ》『秋天瑠璃《るり》』

老年に到った作者の心境はこの世の中も自分の老いもさらにはっきりと見ていこうという果敢なものであった。上二句にロマンチックな気分がある。

深深・沈沈　しんしん

●（タリ）静まりかえったさま。奥深いさま。

死に近き母に添寝《そひね》のしんしんと遠田《とほだ》のかはづ天《てん》に聞《きこ》ゆる

斎藤茂吉《さいとうもきち》『赤光《しゃっこう》』

「死にたまふ母」の一首。家から離れた田んぼで鳴いている蛙の声が、天から降るように奥深く聞こえてくる。母を失う悲しみと故郷の懐かしい景色が一体化して、聖性を帯びるようだ。

霏霏　ひひ

●（タリ）雪や雨などの降りしきるさま。また細かなものが飛び散るさまをいう。

なにすとかここの道べに歩みとむる霏霏と降りくる雪のいざなひ

遠山光栄《とおやまみつえ》『褐色の実』

降りしきる雪が何かを誘うようだと感じて、道の辺に立ち止まって空を見上げる。「なにすとか」は何をしようとしてかの意。

僅か　はつか

●（ナリ）かすかに。少しの間。

まだ堅き果実のやうにはつかなる音を立たせて動くくるぶし

高木《たかぎ》佳子《よしこ》『青雨記』

くるぶしの丸みのある骨を果実にたとえ身体への意識が明るむ。関節が鳴るかすかな音も果実のイメージにニュアンスを付け加えている。

密やか　ひそやか

●（ナリ）ひそか。しのびやか。

豆煎《い》れば豆ひそやかにつぶやけり未来《さき》の世も同じこほろぎの声

齋藤《さいとう》　史《ふみ》『うたのゆくへ』

秋の夜、豆の音がつぶやいたように聞こえたのは、心を持たないものが何かを教えてくれたように感じたからだろう。来世も同じコオロギであるよというように。

縦・恣　ほしいまま

●（ナリ）思うまま。心のまま。「ほしきまま」の音便化。

一《ひと》むらの絮毛《わたげ》のすすき冬岡のひかりを吸ひてほしいままなる

吉野《よしの》秀雄《ひでお》『寒蟬《かんせん》集』

ススキの絮毛が冬の日差しを存分に吸っているように輝く。こまかな視点で冬の光と植物の静かで濃密な様子を描きとる。

茫茫　ぼうぼう　旧かな　ばうばう

●（タリ）果てしないさま。ぼんやりしてはっきりしないさま。

野火止は雨にけぶりて茫々たり小暗きに聞く水のゆく音

蒔田《まきた》さくら子《こ》『截断言』

「野火止《のびどめ》」は東京都小平《こだいら》市から埼玉県新座《にいざ》市野火止を流れる用水路。雨に景色がぼんやりとして見える。「小暗《おぐら》し」はうす暗いこと。水の音だけが響いているのを聞いて、

「茫々たり」の気分はさらに深まってゆく。

仄か　ほのか

●（ナリ）はっきりしないさま。かすかな。ぼんやりしたさま。

頬に指手《た》触るるまへの弥勒像おもへば仄かに乱れ給へり

稲葉《いなば》京子《きょうこ》『柊《ひいらぎ》の門』

半跏《はんか》思惟《しい》の形をとっている弥勒《みろく》菩薩《ぼさつ》像。その細い指を「手触るるまへ」と繊細に捉えた。仏の修行の内面にまで思いを馳《は》せて信仰を超えて美や内面に迫った。

頓　ひたぶる

●（ナリ）もっぱらそのことに集中するさま。いちず。ひたすら。
●向こう見ずなさま。

ひたぶるに人を恋ほしみし日の夕べ萩ひとむらに火を放ちゆく

岡野《おかの》弘彦《ひろひこ》『冬の家族』

会えない女性をいちずに思い続けている。それが「火を放ちゆく」に仮託される。火は恋の火である。

斑　ほどろ

●（ナリ）雪が降ってまだらに積もること。はだら。
●夜が明けるころ。

沫雪《あわゆき》のほどろほどろに降り敷けば平城《なら》の京《みやこ》し思ほゆるかも

大伴《おおともの》旅人《たびと》『万葉集』

「ほどろほどろ」は「ほどろ」を重ねた語。泡のように消えやすい雪がはらはらと降って薄く積もる。大伴旅人が任地の太宰《だざい》府《ふ》から故郷の奈良を思って詠んだ歌。

凛凛　りんりん

●（タリ）寒さがきびしく身にしみるさま。
●きりっと引き締まるさま。
●勇ましく、りりしいさま。

悔しくも過ぎし一つぞ凛凛と雪かげろうは眼《まなこ》にしみる

武川《むかわ》忠一《ちゅういち》『窓冷』

「雪かげろう」は信州に生まれて雪の風土を知る作者による造語であろうか。雪が風に吹かれてカゲロウのように飛びかう。雪が目に沁みて悔しさを抱えた作者を責める。

累累　るいるい

●（タリ）物が重なり合うさま。

累累と廃墟つらなるわがぬちに悲しみの村ありて花満つ
岩井謙一《いわいけんいち》『光弾』

「わがぬち」は我が内のこと。内面に廃墟《はいきょ》がいくつも連なっているのは取り戻せない過去、諦めたものの比喩である。花が咲きさかる村は帰りたくても帰ることができない地だろうか。

冷冷　れいれい

●（タリ）冷たく涼しいさま。
●よそよそしい。
●音、響きがすきとおっているさま。

一尺の雷魚を裂きて冷冷と夜のくりやに水流すなり
馬場《ばば》あき子《こ》『早笛』

雷魚《らいぎょ》は淡水魚。川の釣果をさばいた後、清めの水を流す。昭和二十年代の作で戦後の食糧不足の日々をやりくりした背景を持つ。「冷冷と」は水の冷たさと流す響きが重ねられている。

玲瓏　れいろう

●（タリ・ナリ）美しく耀くさま。
●澄んだ音で鳴るさま。

玲瓏の秋なりければ落鮎も力つくして落ちつつあらむ
三井《みつい》ゆき『鷺芝《さぎしば》』

落鮎《おちあゆ》は秋に産卵のため川を下るもの。空気が澄み玲瓏と呼びたくなる秋、本能に従い産卵場所を探して泳ぐ鮎のその身の力を健気《けなげ》であると思うのだ。

邂逅　わくらば

●（ナリ）たまたま。まれに。「わくらはに（わくらわに）」とも。

わくらばに問ふ人あらば須磨《すま》の浦に藻塩《もしお》たれつつわぶと答へよ
在原行平《ありわらのゆきひら》『古今和歌集』

平安時代、ある事件に関わって須磨（兵庫県）に退去した行平が宮中に仕える人に送った歌。藻塩草に海水をかけて垂らす意味に、涙を流すことを掛けている。流離の身の侘《わび》しさを詠んでいる。

副詞で詠む

——飾る言葉

副詞は活用がなく、用言（動詞等）・体言（名詞）・別の副詞を修飾するものです。

●動詞を修飾して状態を説明したり示したりするもの。「うつらうつら」「ふと」「かたみに」など。

●ほかの副詞や体言を修飾し物事の程度を示すもの。「いささか」「いと」「はなはだ」「なお（なほ）」「なべて」など。

●副詞の下にくる述語、受ける語が決まっている「呼応の副詞」があります。打消「え〜ず」（とても〜できない）、「たえて〜ず」（少しも〜ない）。疑問「なにゆえ（なにゆゑ）〜か」（どうして〜か）。希望「願わくは（願はくは）〜む」（望むことは〜したい）。禁止「な〜そ」（〜するな）。他に反語「いずれか〜る」、仮定「もしも」、推量「おそらく」、比況「あたかも」「まるで」、当然「まさに」を表すものがあります。

数多　あまた

●たくさん、数多く。

美しき球の透視をゆめむべくあぢさゐの花あまた咲きたり
葛原《くずはら》妙《たえ》子《こ》『原牛』

たくさんのアジサイが咲いた。球の幻を夢みるように。アジサイに透明感と物の形を与えた不思議な歌である。

いと

●たいそう。まったく。ほんとうに。

いとつよき日ざしに照らふ丹《に》の頬を草の深みにあひ見つるかな
島木《しまき》赤彦《あきひこ》『馬鈴薯の花』

とても強い日差しの下で目を見交わす恋人同士。「いとつよき」が青春と恋の熱さを象徴する。

いよよ

●ますます。今までよりもいっそう。「いよいよ」の語の略した形。

年々にわが悲みは深くしていよよ華やぐ命なりけり
岡本《おかもと》かの子《こ》『歌日記』

悲しみが深まるほどに命の力を感じ華やいでゆくようだと、逆説的に命を愛しみうたう歌。

うたた

●とめようもなく。

春うらら陽はかぎろふに、部屋ごもり憂ひをもちてうたたかなしき。

石原《いしはら》　純《じゅん》『靉日《あいじつ》』

ゆらゆらと立ちのぼるような暖かい春の日に部屋に籠もっていると、止めようもなくわく憂い。

幾許　ここだ

●たくさんに。たいへんに。ここだく。

多摩川にさらす手作りさらさらになにそこの児《こ》のここだ愛《かな》しき

東歌『万葉集』

多摩《たま》川にさらす手織りの布のように、さらにさらに、この子がこんなに愛しいのだろう。多摩川の調布《ちょうふ》のあたりは官に納める手織りの布を生産した地であった。

幾許　いくばく

●どれほど。どのくらい。

焼けあとの運河のほとり歩むときいくばくの理想われを虐《さいな》む

前田《まえだ》　透《とおる》『漂流の季節』

敗戦後の焼け跡を歩くとき、どのくらい理想をもてるか、と虚しくなり自らを責める心を見つめる。

おおに　旧かな　おほに

●おおよそ。大体。

胎動のおほにしづけきあしたかな吾子の思ひもやすけかるらし

五島美代子《ごとうみよこ》『暖流』

胎動が今朝はおおよそ静まっておとなしい、わが子も安らかにいるのだろう。身籠りをたおやかに神聖にうたう。

甚く　いたく

●ひどく。はなはだしく。

やがて吾は二十となるか二十とはいたく娘らしきアクセントかな

河野愛子《こうのあいこ》『ほのかなる孤独』

「はたち」の音感にとても娘らしい清らかさを感じた自愛の歌。「二十」の繰り返しとハの音が響く。

あまつさえ

旧かな　あまつさへ

●その上に。さらに。

あまつさへキャベツかがやく畑遠く郵便脚夫疲れくる見ゆ

北原白秋《きたはらはくしゅう》『桐の花』

太陽の下、キャベツ畑がきらきらと輝き、向こうから郵便配達の男がふらふらと疲れてやってくるのが見える。「あまつさへ」は風景にさらに何かが加わったという感じで使われている。

何時しか

いつしか

●知らぬ間に。いつの間にか。いつしらに。

父の部屋に笑ひごゑする妻がけはひにいつしか我は心とめゐつ

柴生田《しぼうた》稔《みのる》『春山』

妻が自分の父に打ちとけてゆくことを笑い声や気配に感じ取る青年。ほっとした思いと妻への思いやりがにじむ。

互みに

かたみに

●たがいに。

継母とうことば互みに懼れたる母とわれとの若き日あわれ

永田和宏《ながたかずひろ》『華氏』

血がつながらない親子の間の気づかいや緊張が「懼《おそ》れ」にある。互いにそうであったと回想し悲しむ。

悉く

ことごとく

●すべて残らず。

●非常に。

約束の日はことごとく雨降りできみに母なきことを思えり

大森静佳《おおもりしずか》『てのひらを燃やす』

「きみ」の悲しみを雨にたとえて理解しようとしている。何かある日はほとんどすべて雨、が強調のように効いている。

さえ

旧かな　さへ

●……までも。

●せめて……だけでも。

「先生が頼りです」なんて言はれをりどうかな
あ吾は吾さへ裏切る

桜《さくら》川《がわ》冴《さえ》子《こ》『キットカットの声援』

教師であった作者が生徒の言葉によって自身に問いかける。自分を抑え自分の意とは反することをしてきた日々があるのだ。

暫し　しばし

●少しの間。しまし。
●しばらく

半分にわられゐたるを買ひにけり夕陽しばしを
煮込む白菜

高《たか》崎《さき》淳《あつ》子《こ》『ト音記号の水』

半分の白菜が多くは作らないことを暗示している。「夕陽」を煮込むイメージが温かさと寂しさを含み「しばし」の時間であることと相乗する。

唯・只　ただ

●ひたすらに。ほかのこともなく。
●単一さ、少なさを強調する。わずかに。たった。

ねむらないただ一本の樹となってあなたのワンピー
スに実を落とす

笹《ささ》井《い》宏《ひろ》之《ゆき》『ひとさらい』

「ただ」によって一本の樹にたとえた「私」の愛が強調され紛れもないことを伝える。下の句も美しく寂しい。

とにかくに・とにかく

●とにもかくにも。あれこれ。
●要するに。

一年で一番山があやかしいときですとにかくめちゃ
彼岸花

なみの亜《あ》子《こ》『ばんどり』

赤く咲いたヒガンバナがあちこちにあり山の景色が揺らぐようだとうたう。「とにかくめちゃ」に驚きがありユニークな表現。

ほとほと

●困った場合に、まったくもうと思うこと。ほとんど、すんでのところで、の意。

あはれなる女《をみな》の瞼《まぶた》恋ひ撫でてその夜ほとほとわれは死にけり

斎藤《さいとう》茂吉《もきち》『赤光《しゃっこう》』

連作「おひろ」の一首。愛《いと》しい女性と過ごした夜の情感を「ほとほと」「死にけり」に集約した。身に触れるエロスと愛しさが表れている。

向き向き　むきむき

●それぞれ方面、傾向が違うこと。

向きむきに苞《はう》ひるがへり斉唱のごとく白噴く水芭蕉園

三川《みかわ》　博《ひろし》『白嶺』

ミズバショウの白い苞がそれぞれの方向に向いている。「斉唱のごとく」「白噴《しろふ》く」の表現が植物の生命力、花の美しさを称える。

ゆたゆた

●ゆらゆらと揺れるさま。

ゆたゆたと日《ひ》蔭《かげ》かづらの長かづら柱に掛けて年ほぐわれは

伊藤《いとう》左千夫《さちお》『左千夫歌集』

「日蔭かづらの長かづら」は言葉を重ねることによって正月に飾るヒカゲノカズラを褒《ほ》めている。「年ほぐ」は寿《ことほ》ぐことで、新年の祝いと室礼《しつらい》を表す。

ぽつねんと

●さびしそうにある様子。

ぽつねんと此諏《す》訪《は》のくにの屋根石ともだしはつべき我身なりしを

今井《いまい》邦子《くにこ》『片々』

「黙し果つべき」と人生に展望を見出せず消極的な思いで過ごしていた。信州諏訪で育ち、そこから出ることが叶《かな》わないと思い、「ぽつねんと」ある屋根石に自己を投影した。

ゆるり

●くつろいでいるさま。ゆっくりしたさま。

柚子知らぬ小さき子らと柚子風呂に浸かればゆるり夜が大きい

中畑《なかはた》智江《ともえ》『同じ白さで雪は降りくる』

子供たちは柚子《ゆず》湯を初めて体験し、色や香りを楽しみながら浸かる。ゆったりとした夜に包まれているような感覚。

感動詞・連体詞・接続詞で詠む

——飾る言葉

感動詞は、活用しない自立語で感動のほか、応答・呼びかけなどを表す言葉です。感動を表す「あわれ（あはれ）」「あな」、呼びかけを表す「いざ」、応答を表す「いな」「さても」などがあります。

連体詞も、活用がなく体言（名詞）だけを修飾する品詞で、「ある」「さる」「あらゆる」「いわゆる（いはゆる）」などがあります。

接続詞は活用がなく文節や文をつなぐ品詞。順接は「そして」「さらば」。逆接は「されど」「しかれども」など。

嗚呼　ああ

●物事に感応して出す声。驚き・悲しみ・喜び・嘆きなどを表す。

ああ母でなくともよしと樹は立ちて天に吊らるる濃《こ》緑《みどり》の躰《たい》

米《よね》川《かわ》千《ち》嘉《か》子《こ》『一《いち》夏《げ》』

母となった日々に「母なる存在」の概念や規定するものから自由にあることを見出す。緑の濃い木々を逆に見ることから母性の在り方を模索する。

あな・あなや

●感嘆の声。ああ。あら。「あなや」は感動詞「あな」＋間投助詞「や」の形。

霜の夜のねざめの額《ひたひ》あなさびし一念深きをんなの額

馬場《ばば》あき子《こ》『飛種』

冷えこんだ夜に額もつめたくなっていた。その額に女の一念が集まったように思え「あなさびし」と詠嘆する。女の情念のありかをシンボリックにうたう。

むらさきの仔牛の舌のながながし見てゐてあなや顔舐められつ

石川《いしかわ》不《ふ》二《じ》子《こ》『牧歌』

酪農に携わる若き日の歌。仔牛《こうし》の紫の舌の長さをほれぼれと見ていたのだろう。突然その舌に舐《な》められた驚きを表している。

哀れ・憐れ　あわれ　旧かな　あはれ

●感嘆・嘆美・悲哀・同情・愛着・驚嘆などの感動を表す。ああ。ほんとうに。まことに。

フォルマリンに蝮が黒く沈みおりあわれ毒持つ哺乳類なし

吉川宏志《よしかわひろし》『青蝉《あおせみ》』

漬けられた蝮《まむし》からその毒を思い、体内に毒をもたない生物・哺乳類《ほにゅうるい》に思いが及ぶ。「あわれ」と思う、その哺乳類に属する人間はどうか、とまで考えさせる。異種の毛で作られた筆は人間の力を越えたものをもっているようだ。「われの背」に、壮大に描くのは誰か。現実の枠を超えた広がりがあり、爽やかかつユニークなエロスが漂う。

或る　ある

●体言（名詞）に付いて、人や物、所を漠然とさす語。

或る星をみつむる思ひ足病みて童仲間に紛らひゆかぬ子

島田修二《しまだしゅうじ》『花火の星』

病気で足が不自由な子供の悲しみを、遊び仲間に入れないいじけた心に見る。大空の「或る星」のようにわが子を見つめる。

あらゆる

●すべての、あるかぎりの、ありとあらゆるの意。

獣毛のほそき筆もてわれの背にありとあらゆるもの描きうる

大滝和子《おおたきかずこ》『人類のヴァイオリン』

所謂　いわゆる　旧かな　いはゆる

●よく言う。世に言われているの意。

俺はいわゆる木ではないぞと言い張れる一本があり森がざわめく

渡辺松男《わたなべまつお》『寒気氾濫《はんらん》』

一本の木が集合体である森のなかで何かを訴えようとしている。擬人法で描かれる木を、人間に置き換えて考えてみると、群衆の中に違和を抱いて頑固に存在するものとも見える。

かかる

●体言（名詞）に付いて、このような、こういうの意を表す。

かかる世に酒に酔はずて何よけむあはれ空《むな》しき恒河沙《ごうがしゃ》びとよ

吉井《よしい》　勇《いさお》『酒ほがひ』

「かかる世」は無常の憂き現世である。恒河は仏典でいうガンジス川、恒河沙は転じて無限の数量のたとえ。酒に酔い痴れて放逸に言葉を放っている。

然らば　さらば

●接続詞。さあらば。それならば。

行きて負ふかなしみぞここ鳥髪《とりかみ》に雪降るさらば明日も降りなむ

山中智恵子《やまなかちえこ》『みずかありなむ』

鳥髪は出雲《いずも》・簸川《ひのかわ》の地名で、神話のスサノオが高天原《たかまがはら》から追放されて降り立ったという地。スサノオに人間の罪や悲しみを重ねる。降りつづく雪の暗さは罪や生きがたさを覆うようだ。

然れば　されば

●接続詞。さあれば。そうであるから。さて。

スペインは眞夜も陽おもてさればわが夢に數千の黒き櫻桃

塚本邦雄《つかもとくにお》『天變《てんぺん》の書』

スペインの昼と、日本の夜。明暗二つを内包してみる夢におびただしい数の黒い桜桃が現れるという不吉さ。

然れど・然れども　されど・されども・しかれども

●接続詞。そうではあるけれど。しかし。しかしながら。

〽されどわれらが鯡《ひび》より出でしゴキブリは妻に打たれて死ににけるかも

小池《こいけ》　光《ひかる》『日々の思い出』

「されどわれらが鯡」は、柴田翔《しばたしょう》の小説『されどわれらが日々』をもじったもの。ゴキブリを介し夫婦の乾いた日常へとアイロニカルに転換し、自嘲《じちょう》的に描く。

鉢植の梅はいやしもしかれども病の床に見らく飽かなく

正岡子規《まさおかしき》『竹乃里歌』

盆栽鉢の梅は小さいが、病床の限りある視界で飽きないで見ている。逆接によって心の動きや生の力が表れている。

接頭語・接尾語で詠む

——意味を添える言葉

二つ以上の単語が結び付いて一つの単語となったものを複合語といいます。同じ言葉が重なったもの、名詞と形容詞からなるもの、助詞「の」によってつながったものなどいろいろな形があります。

接頭語は、名詞、動詞、形容詞、形容動詞の上に付いて、語調を整えたり、意味を強めたりする働きをします。

接尾語は他の語、名詞、形容詞などのあとに付いて用いられます。「さま」「たち」「めく」などがあります。

「か細し」は接頭語「か」に形容詞「細し」が付いたもの、「春めく」は名詞「春」に接尾語「めく」が付いたものです。

相

あい　旧かな　あひ

●名詞に付いて、同じ、対という意を表す。「相部屋」「相方」など。

●動詞に付いて、いっしょに、ともに、の意を表す。「相語らう」など。

髪さげしむかしの君よ十とせへて相見るゑにし浅しと思ふな

与謝野鉄幹《よさのてっかん》『紫』

「あき子と大坂にて相見し秋」と添えられている。妻となった晶子《あきこ》と出会った日を回想し、十年の時を経て二人の縁が深いものであることを詠嘆した。

幾

いく

●主に名詞に付く。不定の数・量を表す。どれほどかの。「幾年月」「幾人」「幾日」など。

●非常に多い数量を示す。「幾万」「幾重」など。形容詞に付いて「幾久しく」などがある。

幾山河《いくやまかは》越えさり行かば寂しさの終《は》てなむ国ぞ今《け》日《ふ》も旅ゆく

若山牧水《わかやまぼくすい》『海の声』

人が根源的にもつ悲しさ、寂寥《せきりょう》感が、多くの旅をしても消えることがないという。旅によって心を養い見つめた人の感慨と決意が「今日も旅ゆく」にこめられている。

細

いささ

●名詞に付き、ごく小さい、少しの、わずかな、ささやかなの意を表す。

我がやどのいささ群竹吹く風の音のかそけきこの夕《ゆふべ》かも

大伴家持《おおとものやかもち》『万葉集』

「我がやど」は我が家、「いささ群竹」は小さな竹やぶのこと。葉ずれのかすかな音に聞き入っている繊細で静かな時間を過ごしている。「春愁」の二首目。

弥　いや

●動詞や形容詞に付く。いよいよ。ますます。非常に。「弥ましに」など。

植草ののこぎり草の茂り葉のいやこまやかに渡る
秋かも　長塚《ながつか》　節《たかし》『長塚節歌集』

上の句の「の」の繰り返しが葉の茂りに焦点をあてるものとなっている。初秋になってますます、生え渡っている瑞々《みずみず》しさ。

押し　おし

●動詞の上に付く。しいて…する、という意味となる。「押し付ける」「押し切る」「押し流す」「押し黙る」など。

かすがの に おしてる つき の ほがらかに あき
の ゆふべ と なり に ける かも　会津八一《あいづやいち》『鹿鳴集』

「おしてる」（押し照る）は、月が「くまなく照る」という意味。奈良の春日野《かすがの》に明るい月が照って、いい秋の月夜になったことをよろこぶ。

仄　ほの

●動詞、形容詞などに付いて、かすかに、わずかになどの意を表す。「ほの暗い」「ほの見える」など。

ゆふやみに芙蓉の花はほの白く浮かびて淋し待
つ人をもつ　関口《せきぐち》ひろみ『ゆふさり』

夏の夕べ、かすかに白く見える花は薄闇に紛れそうだ。結婚し夫を待つようになってから抱いたさびしさと重ね合わせて見ている。

薄　うす

●名詞、形容詞、動詞の上に付く。うすいの意を添え、また少し、かすか、どことなくの意を添える。「薄氷」「うすべに」「薄曇り」「薄気味悪い」など。

霧雨にぬれてたどりつく健康診断　会場に薄紙
のやうな衣服脱ぎたり　辰巳泰子《たつみやすこ》『仙川心中』

健診で脱衣の際に「薄紙のやうな」と捉えている。霧雨に濡《ぬ》れて湿った身体と衣類に羞《はずか》しさを覚えたのだろう。

薄ら　うすら

●名詞、形容詞の上に付く。光や色合いが弱々しい、かすかであるという意を表す。「薄ら明かり」「薄ら日」など。

夏うすらさむき教育委員會幼兒虐殺の案すすま
ねば

塚本邦雄《つかもとくにお》『魔王』

初句から二句にかけて句またがり、また初句のなかで「夏」と「うすら」の間に切れがありリズムがこまやか。大胆に皮肉ることで人間の残虐性を鋭くつき、あってはならないことを幻視させる。

打ち　うち

●動詞の上に付いて、調べを整え意味を強める。「打ちしおれる」「打ち寄せる」「打ち捨てる」など。

もの忘れまたうちわすれかくしつゝ生命《いのち》をさへや
明日は忘れむ

太田水穂《おおたみずほ》『老蘇の森』

自身の物忘れを嘆きつつ、命さえも明日は忘れるのではないかという怖《おそ》れを述べるが、真剣で大仰な思いのなかに諧謔《かいぎゃく》もただよう。

心　うら

●形容詞、動詞の上に付いて、心から、心の中でなんとなく、の意を表す。「うらがなしい」「うらすがし」など。

わが心うらさびしもよ五十とせのよき友、君を
うしなひにける

佐佐木信綱《ささきのぶつな》『山と水と』

五十年も交流があり、門下であった石榑千亦《いしくれちまた》の死を悼む歌。千亦は「心の花」の編集責任者でもあった。

直　ひた

●名詞またはそれに準ずる語、まれに動詞に付く。

●何かに徹しているさまを表す。もっぱら、一途になどの意。「ひたかくし」「ひたあやまり」など。

●じかに、あらわになどの意。「直面《ひためん》」など。

●ある物の全面にわたっている意。「ひた紅」「ひた白」など。

ひた走るわが道暗ししんしんと堪《こら》へかねたるわが
道くらし

斎藤茂吉《さいとうもきち》『赤光《しゃっこう》』

信濃《しなの》の上諏訪《かみすわ》に滞在していたとき、伊藤左千夫《いとうさちお》の死の電

報を受け取って、とりもなおさず下諏訪の高木に住む島木《しまき》赤彦《あかひこ》の家に走ったという。動転した心が「ひた走」らせ、「わが道暗し」の繰り返しによってさらに強められている。

もの

●名詞・動詞・形容詞の上に添えて、なんとなくの意を表す。

たへがたく物なつかしき夕ぐれよわが櫛《くし》をさへ手にとりて見る
三ヶ島葭子《みかじまよしこ》『三ヶ島葭子歌集』

「物なつかし」は何となく心がひかれる様子を表す。夕ぐれの薄暗くなる時間にいつも使っている櫛でさえ慕わしく思われて手にとるという。情緒がやわらかく出ている歌である。

ものしづかに暮れてゆく春ふたたびをいくさはあるな　地平は緑
伝田幸子《でんださちこ》『蔵草子』

ひっそりとした春の夕暮れ。「いくさ」が再び起きないようにと願う。傷つかない「地平は緑」であるべきだと静かに訴える。

あまり・まり

●数量を表す語に付いて、それよりちょっと多いことを表す。「十人あまり」「五日あまり」など。

●数詞と数詞の間に入れて用いて、余分に加わることを表す。「師走《しわす》の二十日あまり一日の…」など。

この藤は早く咲きたり亀井戸の藤咲かまくは十《とを》日《か》まり後《のち》
正岡子規《まさおかしき》『竹の里歌』

明治三十四（一九〇一）年春に病床から藤の花を見て詠んだ一連の一首。根岸《ねぎし》の自宅の庭の藤は亀戸《かめいど》の有名な藤よりも早く咲いた。こまかな時間の把握があり、藤の花をとおして春への惜愛がのぞく。

処《か》

●名詞または動詞の連用形に付いて、場所を表す。「棲《す》み処」など。

ゆふぐれの森の奥処《おくか》に夜の母胎ありてそこより闇流れ出づ
武下奈々子《たけしたななこ》『不惑の鷗《かもめ》』

森がいちはやく闇を抱くのを「夜の母胎」と肉体化して怖《こわ》いような存在感をもたせている。液体のように夕暮れの闇が流れてくるというのも迫りくる何かを鋭敏に感受している。

さびる

●文語「さぶ」。名詞に付いて、そのものらしくなる、そのものらしく振る舞う意を表す。「翁さぶ」など。

上の子の少女《をとめ》さびつつ雨のなか鞄の金具ぬれて帰り来
高野《たかの》公彦《きみひこ》『雨月』

姉妹の上の子が少女らしくなってゆく様子を見守る。学校から帰ってきた雨の日の事物の描写が成長を表している。

たて

●動詞の連用形に付いて、その動作が終わったばかり、…したばかりの意を表す。「焼きたて」「もぎたて」など。

できたての名詞のようなあやうさで静かにこわれはじめる空よ
東《ひがし》直子《なおこ》『春原さんのリコーダー』

空に不安と悲しみが投影されたのだろう。「できたての名詞のようなあやうさ」はフレッシュな喜びではなく、新しく傷つきやすいものを表す。

み

●形容詞・形容動詞の語幹に付いて名詞を作る。
●ほかのものに比べて一層すすんだ性質、状態を表す。「厚み」「赤み」など。
●そういう状態を持つ部分、場所を表す。「弱み」「深み」など。
●動詞または助動詞「ず」の連用形に重ねて付けて、動作・状態が交互に現れることを表す。…たり、…たり。「降りみ降らずみ」など。

昼深み庭は光りつ吾子《あこ》ひとり真裸体《まはだか》にして鶏《とり》追ひ遊ぶ
若山牧水《わかやまぼくすい》『砂丘』

光があふれる庭でわが子が一人裸になって、ニワトリを追って遊んでいる。子供が遊ぶ情景のすこやかで無邪気な、何気ないひとこま。

北時雨ふりみふらずみ時かけてしづかにわれは君を盗みき
大口《おおぐち》玲子《りょうこ》『東北』

時雨《しぐれ》に「北」を冠して、北国を表す。冷たい異郷の時雨が降ったりやんだりする、そのように途切れ途切れだが時間をかけて恋する人をわがものにした、という恋の過程を振り返っている。

うたの印象アップ

1〜12月のうたことば

1月のうたことば

【元旦】

がんたん　旧かな　ぐわんたん

正月元日の朝。昨日の続きであるのに、年があらたまると新鮮な心持ちになります。正月一日はどこか特別な感覚をもつ日。

元旦の鍋蓋取れば黒豆のひとつひとつに佳き光あり
宮原望子《みやはらもちこ》『哀蚊』

お節料理の一つである黒豆。「まめまめしく動けるように」という言い伝えもあります。歳末から時間をかけて煮て、黒豆のつやを「佳《よ》き光」としたところに正月のめでたさがあります。

元旦の光のなかに物を干し一年という時間へ踏み出す
前田康子《まえだやすこ》『色水』

正月なのでちょっとした洗濯物かもしれませんが、家事にも新年の心が宿っています。連続した時間の中にありながら節目を覚える「元旦の光」。「時間へ踏み出す」にあらたな気分があります。

人々を初詣に行かせる力　テレビの向こうにうずまいている
永井《ながい》　祐《ゆう》『日本の中でたのしく暮らす』

「初詣」を詠んでいます。「行かせる力」「うずまいている」は人々が一斉に動くこと、日本人の習慣などを距離をもって考えているのです。

【年賀状】

ねんがじょう　旧かな　ねんがじやう

新年を迎えたことを祝う年始のあいさつ状。年始状。電子メールが日常的になった現在もはがきで送る習慣が続いています。

晴着家族四人写れる年賀状全員はつか白き歯を出して
佐佐木幸綱《ささきゆきつな》『アニマ』

写真つきで家族の現在を伝える年賀状。作者も楽しみながら手に取っています。「はつか」はわずかの意。「晴着」と「白き歯」が生き生きとした家族像を映し出しています。

なす茄子《なすび》なさねば茄子《なす》の濃むらさき春あらたまの見立初夢
青木昭子《あおきあきこ》『さくらむすび』

「初夢」を詠んでいます。宝船の絵を枕の下に置いて寝るとめでたい夢をみるという言い伝えがあり、「いち富士二鷹《たか》三なすび」は夢にみると縁起がいいとされるもの。この歌はなす、なすび、なすを繰り返し「為《な》す」を掛け、初夢への期待が楽しく表れています。

【初】

はつ

物事のはじまり、その年はじめての意で名詞の上に付けて使います。

2月のうたことば

【スキー】

細長い板に乗り雪上を歩いたり滑走するスポーツ。雪山、雪の高原で行われます。

喜寿のスキーに欠かせぬものはホッカイロ、薄型襁褓《むつき》縫込みブリーフ

楠井《くすい》孝一《こういち》『アーベントロート』

三本のロープウェイとリフト群が山上に画く網目の模様

同

喜寿七十七歳になってもスキーを楽しむ元気な作者。大人用のおむつなど老いの身に必要なものが増えてきたことを並べ、自虐的なところがありますがたくましくユーモアが漂います。スキー場の景色を概観した二首目は「網目の模様」がその特徴を言い表しています。大がかりでたくさんの人を運ぶ装置がダイナミック。山上の白い雪面が人工物で変容した景色です。

それぞれの鼻梁をもちて平昌《ピョンチャン》の強風に立つジャンプの選手

小島《こじま》ゆかり『六六魚』

二〇一八年ピョンチャン冬季オリンピックでのスキージャンプ競技をテレビ観戦しています。ヘルメットとゴーグルを装着した半顔。鼻梁《びりょう》（鼻筋）が雪山の寒風にさらされていることに着目。個々の選手への応援、リスペクトが滲《にじ》み出ています。

【スケート】

金属の板をつけた靴で氷上を滑走、スピードスケート、フィギュアスケート、アイスホッケーの競技があります。

スケートのエッジを研げば散る火花サラリーマンの熱さもこうか

小野田《おのだ》光《ひかる》『蝶《ちょう》は地下鉄をぬけて』

アイスホッケーをする作者の連作の一首。エッジは刃が氷面に接するふちの部分。スポーツとは対極にあるサラリーマンのがんばりを思い、鋭さや熱さによって通じるものがあると内面化しています。

【スノーボード】

幅の広い板に横向きに乗り足を固定して雪上を滑ります。

スノボーのガガガガガのガガ滑り危うくわれは接触を避《よ》く

奥村晃作《おくむらこうさく》『スキーは板に乗ってるだけで』

スキーヤーとスノーボードの人が入り混じって滑っているのでしょう。「ガガガガガ」の音に危機感とまだなじめない世代の感覚が表れています。危険と隣り合わせのレジャーであることも書いています。

3月のうたことば

【会社】

かいしゃ　旧かな　くわいしや

企業に勤めると勤務先を「会社」と呼ぶようになります。会社に行くという言い方や出社、退社、社内、社外オフィスなどがあります。

分からないけどメモは取る社外秘
と関係者外秘の違いのことを
川島結佳子《かわしまゆかこ》『感傷ストーブ』

作者は派遣先の会社で重要な通達を聞いています。派遣社員が抱く組織への隔たりの感覚と少しのアイロニーが「社外秘」と「関係者外秘」の語に出ています。

伝票を見て電話する間違えて社
内の子機のすべてを鳴らす
岡本真帆《おかもとまほ》『水上バス浅草行き』

失敗した場面が魔法のように、あるいはコントのように思えるのは「社内の子機のすべて」によるのでしょう。

将棋ならまだまだ歩である深々と
役員室でお辞儀をすれば
岡崎裕美子《おかざきゆみこ》『わたくしが樹木であれば』

「役員室」、将棋の駒「歩」、「お辞儀」がヒエラルキーを表しています。働きながら自分の立場を演じているようでもあります。

永田さんのデータは信用できない
と言われいるとき静まるオフィス
永田《ながた》　愛《あい》『アイのオト』

仕事場にひとり残ればコピー機は
浅瀬の鷺のごとく鳴きだす
飯田彩乃《いいだあやの》『リヴァーサイド』

四首目は失敗を指摘されるきびしい場面。五首目は取り残されたような感覚が機器の音を捉えます。

【病院・店・工場】

びょういん　旧かな　びよういん　・みせ・こうじょう　旧かな　こうぢやう

病棟の窓が知らせる夜勤明け　光
に染まった防護服脱ぐ
犬養《いぬかい》　楓《かえで》『救命』

救急科専門医である作者はコロナ禍で奮闘しました。窓にあふれる自然光が人間らしく戻れといざなっているようです。

人間の顔を見ないで人間の手ばか
りを見てお釣りを渡す
熊谷《くまがい》　純《じゅん》『真夏のシアン』

コンビニで働く作者。忙しい時や仕事に殺伐としたものを感じている時、機械のように働く姿を描いています。

昼休み防塵マスクのゴムの跡くっき
りさせて社食へ向かう
奥村知世《おくむらともよ》『工場』

工場で働く作者は、マスクの跡がついた顔に自負をもってうたっています。社員食堂に向かう時、笑う人もいないし恥ずかしがることもない職場なのです。

4月のうたことば

【桜雨】さくらあめ

桜の花が咲くころに降る雨。花を散らす雨で、俳句の季語では「花の雨」がこれにあたります。雨に打たれて花が散るのを惜しむ気持ちが含まれています。

入園の子らに降りゐるさくらあめ
傘に花びら載せて子ら行く

斉藤《さいとう》　梢《こずえ》『桜雨』

幼稚園、保育園に入る幼い子供たちが傘の重さに負けないようにしっかりと柄を握って歩いて行く。雨に散った花びらが小さな傘に着地したという場面もやさしい童画のようです。花びらは子供たちを祝福し守っているのかも。「花の雨」ではなく「さくらあめ」にしたことで読者にイメージがぱっと伝わり、音の韻《ひび》きもどこか明るくやわらかくなっていますね。桜を散らす雨のしっとりとした風情や湿りが、幼子の傘と組み合わされたことで新しい情緒が生まれています。

【佐保神】さおがみ（さほがみ）
【佐保姫】さおひめ（さほひめ）

五行説では東の方角を春とみなしました。奈良市にある佐保山は平城京の東方にあたるので神格化して春をつかさどる女神、佐保神、佐保姫と呼んできました。西の竜田《たつた》山は秋の女神で竜田姫。

佐保神の別れかなしも来《こ》ん春にふたたび逢はんわれならなくに

正岡子規《まさおかしき》『竹乃里歌』

肺結核と脊椎カリエスで床に臥《ふ》した子規。自分の命がそう長くないことを予感している冷静さと、春の女神「佐保神」という雅《みやび》な情緒が同居している歌です。死を意識した寂しさと悲しさを古雅な言葉に託したところに子規の多彩な表現の一端がうかがえます。死の前年、明治三十四（一九〇一）年に詠まれました。

【スーツ】

同一の布で仕立てた背広とズボン。リクルートスーツ、フォーマルスーツなど。着用するだけで正式な印象になりますね。スーツは大人、社会人の仲間入りという意味合いもあります。

つかれたらとても座っているだけの
スーツの人になっていました

阿波野巧也《あわのたくや》『ビギナーズラック』

社会人になったことを「スーツの人」に象徴させて、人格や表情を抜き取った表現になっている点が印象的です。仕事や人間関係に疲れた自画像が描かれています。自身もスーツも時間を経て変わってゆくのでしょう。

5月のうたことば

【初夏】はつなつ

五月五日ごろが立夏。日射しが強くなり新緑が美しい季節、梅雨入り前まで皮膚感覚もすがすがしいですね。「初夏」と書いて「しょか」と読ませるか、「はつなつ」と読ませるか、作者の好みが表れるだけでなく言葉の響きによって歌が伝えるイメージも違ってきます。

曽祖母とともに嫁ぎてきたりしと田の面を撫でてはつなつの風

森《もり》田《た》アヤ子《こ》『かたへら』

昔の農村の嫁入り。婚姻の際に田という財産を持ってきた曽祖母は嫁ぎ先の生活を支えたのです。作者はそれを大切に受け継いで毎年米作りに勤《いそ》しみます。「田の面《も》を撫《な》でて」からは田んぼの水面が浮かび上がります。田植えを終えた後の「はつなつの風」に託されているのは、先祖伝来の田を守る充足感と、再び巡ってきた季節への喜びなのでしょう。

【田螺】たにし

タニシは淡水で生きる巻貝。俳句では春の季語ですが、水田や池の泥の中に棲息《せいそく》するので晩春から初夏にかけて見つけることができます。

とほき世のかりようびんがのわたくし児田螺《たにし》はぬるきみづ恋ひにけり

斎藤《さいとう》茂吉《もきち》『赤光《しゃっこう》』

地味なタニシを詩歌で輝かせた名歌といえます。「かりようびんが」は漢字で迦陵頻伽と書き、極楽浄土で美声を発する女面鳥身の想像上の鳥。その私生児としてタニシが生まれたという発想に驚くとともに、幻想小説の一篇が開かれた趣があります。塚本邦雄《つかもとくにお》は「奇抜面妖な作」「天才」と絶賛しました（『詩歌博物誌　其之壱』）。かけ離れた二つのものを組み合わせて常識を超える、詩の飛び技的な魅力を教えてくれます。

【ソーダ水】

炭酸水にシロップを加えた清涼飲料。「SO・O・DA」のひびきも涼しい雰囲気を誘発して魅力的な名詞です。

風通ふ藤棚の下に飲んでゐるソーダ水なりぱちぱちとする

中津《なかつ》昌子《まさこ》『芝の雨』

藤棚のすき間感とソーダ水が口中を刺激する感覚。この二つが初夏の実感として描かれています。炭酸の刺激を「ぱちぱち」というのも「あるある感」があり親しみを覚えます。

気の抜けた青いソーダの薄闇に時間失くして眠っていたか

川本《かわもと》千栄《ちえ》『森へ行った日』

「眠っていたか」と作者が眺めるのは眠っても眠り足りない青年。「気の抜けた青いソーダ」は「薄闇」の喩えであると同時に、時間をむさぼる青春期とそのだるさを象徴するものとなっています。

6月のうたことば

【傘】かさ

傘は身近な小道具で、雨の日の気分、人がいる光景を映し出してきました。

雨の降り始めた街にひらきだす傘の数だけあるスピンオフ
近江《おうみ》　瞬《しゅん》『飛び散れ、水たち』

傘の数は人の数を表しそれぞれが事情や心情を抱えて歩いています。付随的に発生するもの、物語の派生作品をさす「スピンオフ」という語が傘の光景に新しいものを付け加えています。

サークルになじめずぼくは傘立ての横にねかした折り畳み傘
楠《くすのき》　誓英《せいえい》『禽眼圖《きんがんず》』

傘立てに差しにくい折り畳み傘に、集団に馴染《なじ》めない孤独感を重ねています。「横にねかした」の具体性が範疇《はんちゅう》外の寂しさを象徴しています。

【コンタクトレンズ】

角膜の上にのせる視力矯正レンズ。分身のような感覚で生の実感がうたわれています。

海亀が重たきまぶた閉じるごと二つ雫のコンタクトはずす
小島《こじま》なお『乱反射』

外す時わずかにこめる力の感覚を海亀のまぶたに思いうかべたことで広がりが出ました。「二つ雫《しずく》」は薄くはかないレンズと透明感にぴったり。

君の嘘が夜景のようでコンタクトレンズを外してもっと綺麗だ
鈴木《すずき》晴香《はるか》『夜にあやまってくれ』

裸眼でぼんやりするならば嘘《うそ》が綺麗《きれい》だという主人公の強がりが、恋を切なく映し出しています。

【茅の輪】ちのわ

六月三十日に行われる夏越《なごし》の祓《はら》えは白い紙で作った人形《ひとがた》に息を吹きかけ、それに神官が祓えを行って麻の葉と川に流したり、神社や橋のたもとに設置された茅の輪をくぐって災厄をとりのぞくお祓い。茅の輪は茅《かや》や藁《わら》で作られます。昔は梅雨《つゆ》から夏にかけて疫病が流行し、大雨洪水など水に関する災難が多かったので、このようにして神に祈りながら心身を清めたのだそうです。

もろびとに祈りはありて雨のなか茅の輪くぐりの賑はへりとぞ
大西《おおにし》民子《たみこ》『風の曼陀羅《まんだら》』

「賑《にぎ》はへりとぞ」は作者自身がその行事に参加していなくて聞いて知ったことを暗示します。「もろびと」は諸人で多くの人。関わらなかったことの寂しさが漂う歌です。

7月のうたことば

わた・わたつみ

七月第三月曜日は「海の日」。古代に海は「わた」と呼ばれていました。「わたつみ」は「海つ霊《み》」で海の神のこと。転じて海や海原のこともさすようになりました。他にわたづみ、わだつみという言い方もあります。『きけわだつみのこえ』は太平洋戦争時に学徒出陣した学生たちの日記や書簡を収めた本ですが、私はそれによって「わたつみ」の意味を知りました。

洋中《ワタナカ》に　七日夜《ナヌカヨ》いねて来しと言ふ
波照間舟《ブネ》に、処女居にけり

釈《しゃく》　迢空《ちょうくう》『遠やまひこ』

作者は民俗学の取材で沖縄の那覇《なは》に来ていました。昭和十（一九三五）年、三回目の沖縄採訪旅行でした。那覇の港で、素朴で小さな舟でたどり着いた若い女性に出会ったときの歌です。舟に乗ってきたおとめは、七日の夜を海の上で過ごし、波照間《はてるま》島から来たというのです。八重山《やえやま》諸島の島で那覇からはかなり遠く「七日夜」がそれを物語ります。「ワタナカ」「ナヌカヨ」「ハテルマブネ」「オトメ（処女）」の音のやわらかな響きとともに茫洋《ぼうよう》とした海原がひろがるようです。舟で往来した南の島々の営みに思いを馳《は》せることができます。

サン

太陽の意の英語のSUNは、他の語と組み合わされて使われる場合があります。「サン」が付いた言葉を挙げてみます。

ぼくのサングラスの上で樹や雲が
動いているって　うん、いい夏だ

加藤治郎《かとうじろう》『サニー・サイド・アップ』

主人公「ぼく」のサングラスに映るものを恋人が楽しそうに語ります。それを聞いて「うん、いい夏だ」と満足する気分が伝わってくる映像の一コマのような歌です。サングラスを掛けている人の目の表情は隠れて見えませんが、暗いグラスには景色が映ります。その面白さを増幅しているのが「樹や雲が動いているって」。他者の視線と親しげな会話によってドラマチックになりました。

サンドレスの娘《むすめ》ら海へ行くバスに乗
り込みて来ぬ　綺麗な背中

高野《たかの》　岬《みさき》『海に鳴る骨』

海行きのバスに〈夏〉が乗り込んできました。「サンドレス」を着た娘さんたちの華やかさ、にぎやかさに圧倒されながら作者の気分も明るみます。「サンドレス」は肩だけでなく背中もあいているようです。若い人の健康的な背中は、夏の解放感を語っています。

8月のうたことば

【同僚】どうりょう　旧かな　どうれう

職場で地位が同じであること。同じ職場の人。企業など組織に入るとこのように呼びます。

同僚がうつつの境こえし夜われは火酒なめさざめきいたり

小高《こだか》　賢《けん》『怪鳥の尾』

闘病していた同僚が世を去ったという報を受けた。「火酒」はアルコール度数の高い強い酒。同志でありライバルであった一人が欠けた寂しさ、若くして逝ってしまった悔しさ、これからも企業に留まる自分など複雑な思いが渦巻いているのでしょう。

二十二歳、三十七歳ならびつつ氷柱《つらら》のように同僚である

北山《きたやま》あさひ『崖にて』

途中入社では年齢差がある人と同僚になり、お互いがそれを意識し合っているようです。「氷柱」の比喩から硬直し触れ合わない冷たさが浮かび上がります。

【上司】じょうし　旧かな　じやうし

組織で役職が自分よりも上で指示・管理をする側の人。うわやく。頼りになる上司、煙たい上司、いろいろありますね。

上司への報告のいらぬ営みに深夜一首の推敲をなす

田村《たむら》　元《はじめ》『昼の月』

会社の仕事や決まりとは関係ないことをしながらも、つい関連づけて考えてしまう癖がついたようです。しかし短歌の推敲《すいこう》をするという豊かな時間を作者は持っているのです。

【部下】ぶか

組織で下に属し指示命令を受けて行動する人。

駆け出しの頃の激務を思いつつ部下のメンタルヘルスケア学ぶ

松村《まつむら》由利子《ゆりこ》『鳥女』

平成に入ってから詠まれた歌。「メンタルヘルス」は昭和のころの企業にはなかったことで、企業の取り組み方の変化を表しています。若かったころの自分を思い起こすところに作者の誠実さと過去の働き方がしのばれています。

部下という名の後輩に誉められて一日を立つ笑顔は自動

山川《やまかわ》　藍《あい》『いらっしゃい』

部下ができたくすぐったさをうたいます。自然に笑顔があふれることを「自動」の語が面白くしています。日常的な言葉が活かされ、現代の働く場が表出されました。

9月のうたことば

【こおろぎ】 旧かな こほろぎ

蟋蟀。バッタ目コオロギ科。古くはきりぎりす、ちちろむしと呼びました。鳴くのはオスです。

こほろぎは一夜を低く鳴き継ぎぬ
月様まゐる、こがるるこほろぎより
高野公彦《たかのきみひこ》『天平《てんぴょう》の水煙』

コオロギと月が恋人であるという設定がおとぎ噺《ばなし》的で、「月様まゐる」は江戸時代の恋物語のような艶《えん》なる趣。一晩鳴き続け、しだいに声もかれて低くなってゆく音に、会いたいと恋こがれている思いを作り上げた歌です。

【鈴虫】 すずむし

バッタ目スズムシ科。オスの羽は幅広く、触角が糸状で長いという特徴があり、オスの澄んだ鳴き声はリーンリーンと聞こえます。

登園の子らの途切れるひとときに
廊下の隅で鈴虫が鳴く
山本夏子《やまもとなつこ》『空を鳴らして』

透明なケースに飼われ、朝のにぎわいが去った幼稚園の廊下に鳴き始めるスズムシ。母は送ったあとのほっとした心に気づいたのでしょう。廊下の隅という場に臨場感があります。

【松虫】 まつむし

バッタ目マツムシ科。オスはチンチロリンと鳴く。昔はスズムシをまつむしと呼び、籠に入れて飼われる虫でした。

りゅうりゅうとあをまつむしの哭
く夜か笞で女を殺しし魚玄機
日高堯子《ひたかたかこ》『振りむく人』

アオマツムシはマツムシに似ていて体は緑色。魚玄機《ぎょげんき》は中国唐代の女性詩人。森鷗外《もりおうがい》の小説で有名になりました。嫉妬のあまり侍女を鞭《むち》で打ち殺したという情念を、アオマツムシの鳴き声に思い出した凄《すご》みのある歌です。

【きりぎりす】

バッタ目キリギリス科。ぎっちょ、はたおり、はたおり虫とも呼ばれます。オスはチョン、ギースと鳴くといわれます。

きりはたりきりはたりちやう、
と呟けば夢よりも濃く歌織られ
ゆく
藤井常世《ふじいとこよ》『夜半楽』

謡曲「松虫」で「面白や、千草《ちぐさ》にすだく虫の音《ね》の、機《はた》織る音は、きり、はたり、ちょう、きり、はたり、ちょう」と謡《うた》われました。作者は古くから口ずさまれてきた言葉に親しみ「夢よりも濃く」と味わっています。

10月のうたことば

【喫茶店】きっさてん

コーヒーや紅茶の香り、サンドイッチやケーキ。喫茶店で過ごす時間は休憩でもあり、ちょっとしたご褒美《ほうび》でもあります。

月のない大阪の夜を嘆きつつ
漫画喫茶《まんきつ》にひそむマチェクわれは
橘《たちばな》　夏生《なつお》『セルロイドの夜』

漫画喫茶を略した呼び方の「まんきつ」がドライな音を響かせています。「月のない」は雨夜か、ツキ（運）がないことか。『灰とダイヤモンド』の主人公マチェクは反政府運動の暗殺者。彼に仮託して寄る辺ない気分を重ねています。

【ハンバーガーショップ】

ハンバーガーを提供する店。

ジーパンの女性は兵士かゲートよ
り出できてバーガー店へ入りぬ
秋山周子《あきやまちかこ》『二十三階の窓』

作者は沖縄の辺野古《へのこ》崎や漁港を訪ねて基地建設の現状を見学しました。物々しい基地のゲートと、ラフな格好の女性、バーガー店などに基地の町の日常を垣間《かいま》見《み》ています。

【豆腐屋】とうふや

豆腐店とも。製造して店頭で販売する昔ながらの店も残っています。

ガラス戸を閉めたるままの豆腐屋
は日なか小暗し水音のして
水上比呂美《みなかみひろみ》『青曼珠沙華《あおまんじゅしゃげ》』

昼間の店は外から見ると小暗《おぐら》くひっそりとしています。水の音が聞こえてくるのも静けさを際立たせており、店のたたずまいを見事に切り取った一首です。

【魚屋】さかなや

うおだな、さかなだな、鮮魚店とも。

デッキブラシ手に手に持ちて駅前
の魚屋けふの店じまひなり
高野《たかの》　岬《みさき》『海に鳴る骨』

閉店前の掃除のてきぱきとした様子。デッキブラシで、コンクリートの床を磨く音が聞こえてきそうな歌です。

【百円ショップ】

百円均一の値段で販売している店。一九九〇年代以降に増え、手軽さとともに不況の一面を物語りました。百均とも。

百均で買ひ来しハロウィンの帽子か
ら児はにんまりと黒マント出す
尾崎知子《おざきともこ》『三ツ石の沖』

季節商品のハロウィンのグッズを百均で買って揃《そろ》えた子供。魔法使いの帽子と黒マントが仮装の定番を見せています。

11月のうたことば

【笛】ふえ

和楽器、洋楽器にあります。竹、木、角、石、金属などで作られ、息を吹き入れて音を鳴らします。

身のぬくみ移せば甦《かえ》る音のありて堪えがたきとき笛は手慣らす
馬場《ばば》あき子《こ》『桜花伝承』

作者は能楽の笛である能管を稽古していました。息を吹き込むことを「身のぬくみ移せば」とし、笛に対する愛に似た真摯《しんし》な思いがあります。よみがえるのは音だけでなく、内部に隠していた思いでもあるのでしょう。

小指ふれこゆびに応えるサックスはわれの指癖あまきを知れり
大井《おおい》　学《まなぶ》『サンクチュアリ』

サキソホン、サックスは木管楽器で、孔《あな》に蓋のような押さえの鍵があります。指でそれを押さえるのですが、この歌ではうまく奏せないことを小指、指癖に託してうたっています。いい音が出せないからこそ楽器への執着や愛が深まってゆくのかもしれません。

フリュートのやはらかに溶く光と風と　断念はなほ愛のごとしも
井辻朱美《いつじあけみ》『地球追放』

フリュートはフルートのこと。木管楽器の横笛で現在は金属製ですが、古くは木製のものがありました。抒情《じょじょう》的な上の句、それを受けた下の句は断念と愛という強い語で人生に重ねています。甘美と冷静さが入り混じった歌です。

【ピアノ】

洋楽器を代表する鍵盤楽器。

鍵盤に指をあつめておりてゆくピアノとふ年月の深井戸を
河野美砂子《こうのみさこ》『無言歌』

作者はピアニスト。まだ音を奏でる前をうたっています。静かに指を下ろすときの感覚が古く深い井戸の底に下りてゆくことに喩えられています。比喩でありながら作者の音楽観を表していると思いました。

【オルガン】

校庭にゆるく鳴りたるオルガンのファの狂いしを生きて来しかも
佐伯裕子《さえきゆうこ》『みずうみ』

オルガンは風を送りこんで鳴らす鍵盤楽器。教会や学校などに箱型のリードオルガンがあります。教室から校庭に音が漏れ、作者は音程が外れていることに気づき、可笑《おか》しく思ったのと同時に切ない感情がこみあげてきたのでしょう。「ファの狂いしを」を半生に重ねています。

12月のうたことば

【トラック】

大きな荷台を備えた貨物自動車。

龍と玉の神話を纏ふトラックの神
通力がありさうな夜
高山邦男《たかやまくにお》『インソムニア』

社名や広告のほかに「龍と玉の神話」の絵などのようにペインティングしているトラックもあります。運転手のこだわりでしょうか。お祭りのような派手さがあります。作者の驚きが「神通力」にこめられています。

【フォークリフト】

荷受け用の腕（フォーク）を備えた四輪車。

油圧式フォークリフトはカクカクと
冬の寝起きのオイルはかたい
奥村知世《おくむらともよ》『工場』

油圧でフォークが上下したり傾斜できるようになっています。冬の冷えこんだ作業現場の実感が「カクカク」のオノマトペや、「オイルはかたい」によって捉えられています。

【パトカー】

警官が乗るパトロールカー。

事件性あるらし野菜販売所の野
菜を赤く照らすパトカー
佐佐木定綱《ささきさだつな》『月を食う』

パトカーの赤いランプに照らされた途端、無関係である野菜も「事件性」を帯びて不穏に見えてしまうという。「野菜販売所」ののどかな場所がパトカーとの落差の大きさを表しています。

【広報車】

こうほうしゃ　旧かな　くわうほうしゃ

自治体などが住民に重要なことを知らせてまわる車。

風にのり広報車のこゑこだませり
おれおれ詐欺の手口告げつつ
春日《かすが》いづみ『塩の行進』

親族を装って高齢者から金を騙《だま》しとるオレオレ詐欺。役所の車が注意喚起しているというものです。「風にのり」の爽快な出だしとは不似合いな下の句で、不安や事件が身近に迫っている現代の日常を表しています。

【トゥクトゥク】

タイのオート三輪タクシー。

桃色のトゥクトゥクがゆくネオン街
髪を梳かすはバンコクの風
知花《ちばな》くらら『はじまりは、恋』

「トゥクトゥク」に異国を旅するはずんだ気分が出ています。派手なネオンのバンコクの喧騒《けんそう》を縫って走る「桃色」。このように新しく出会った言葉を取り入れてみるのもいいでしょう。

コラム　覚えておきたい古語　形容詞

明し（あかし）　あきらかである

明らけし（あきらけし）　はっきりしている

浅まし（あさまし）　嘆かわしい。ひどい。驚き、あきれる

鮮らけし（あざらけし）　あざやか。（魚や肉が）新鮮でいきいきしている

あどけなし　無心でかわいい

妖し・怪し（あやし）　異様だ

危ふし（あやふし）　あぶない

厳めし（いかめし）　いかつい

潔し（いさぎよし）　すがすがしい。未練がない

著し（いちじるし）　はっきりとわかる

いとけなし　幼い

厭はし（いとはし）　好ましくない

稚なし（いはけなし）　あどけない

いぶせし　うっとうしい

うそ寒し（うそさむし）　うすら寒い

現無し（うつつなし）　無心に

美し（うまし）　すばらしい。美しい

おぎろなし　広大である。奥深い

穏し（おだし）　穏やかである

おほけなし　身のほど知らずである

姦し（かしまし）　さわがしい

定め無し（さだめなし）　一定しない。無常だ

著し（しるし）　はっきりしている

すさまじ　興ざめだ。もの寂しい。荒涼としている

術無し（すべなし）　手段がなく困る

そこはかとなし　はっきりしない

丈高し・長高し（たけたかし）　格調が高い。身長が高い

たづたづし　おぼつかない。「たどたどし」とも

たどき無し（たどきなし）　頼る所、寄る辺がない

恙無し（つつがなし）　無事、息災である

止め処無し（とめどなし）　きりがない

艶かし（なまめかし）　あでやかで美しい

賑はし（にぎはし）　にぎやかだ

儚し（はかなし）　もろい。淡くて消えやすい

遥けし（はるけし）　遠い。久しい

紛れ無し（まぎれなし）　明白である

全し（またし）　完全である。「まつたし」とも

みだりがはし　乱れてしまりがない

安けし（やすけし）　安らか、穏やかである

ゆくりなし（ゆくりなし）　思いがけない

豊けし（ゆたけし）　満ち足りている

侘びし（わびし）　寂しく物悲しい

理無し（わりなし）　どうしようもない

コラム　覚えておきたい古語　形容動詞

（例：「明らかなり」は連用形「明らかに」、「深深たり」は連用形「深深と」の形で表記してあります）

あえかに　かよわく、はかなげな
あからさまに　あらわ、明白な
明らかに（あきらかに）　はっきりしているさま
貴に（あてに）　高貴な。優雅な様子
あながちに　むやみやたらに
あはれに　しみじみと心に深く感じるさま
荒らかに（あららかに）　はげしく
有り無しに（ありなしに）　あるかないかわからないほどに
いたづらに　役に立たない。むなしく
一途に（いちづに）　ひたすらに
うつろに　空虚な。からっぽな
うららかに　明るくほがらかな
おほどかに　おおらかな
おぼろに　かすんで、ほんのりと
おろかに　いい加減に。ばかげている
かりそめに　一時的に
切れ切れに（きれぎれに）　細かく切れる様子
煌煌と・晃晃と（くわうくわうと）　白白と光り輝くさま
恍惚と（くわうこつと）　うっとりとする、ぼんやりするさま
事も無げに（こともなげに）　平然と
混沌と（こんとんと）　判然としない状態
燦燦と（さんさんと）　輝くさま
健かに・強かに（したたかに）　とても強い。いかめしい
しどろに　しまりなく乱れているさま
深深と（しんしんと）　夜が更けゆくさま。静まりかえる、寒さが身にしみるさま
すずろに　自然に心がひかれる状態。思いがけないさま
滑やかに（すべやかに）　すべすべした、なめらかなさま
平らかに（たひらかに）　穏やかに安定したさま
嫋やかに（たをやかに）　しなやかで美しい様子
千々に（ちぢに）　さまざまに
つばらに　ことこまかに。十分に
円に（つぶらに）　丸くふっくらとしていること
詳らかに（つまびらかに）　詳しく、事細かに
徒然に（つれづれに）　手持ち無沙汰に
とことはに　永久に
懇ろに（ねんごろに）　ていねいに
ひそやかに　ひっそりと
ひたぶるに　ひたすらに
霏霏と（ひひと）　雪や雨などが降りしきる様子
ふくらかに　ふっくらとしているさま
朗らかに（ほがらかに）　明るいさま
ほしいままに　思うままに。縦横無尽に
ほどろに　まばらに
ほのかに　かすかに
ゆたに　豊かに。ゆったりとして
凛凛と（りんりんと）　引き締まって勇ましいさま。鋭く身にしむ様子
累累と（るいるいと）　連なり、重なり合うさま

コラム

覚えておきたい古語　副詞

用言（動詞・形容詞・形容動詞）、他の副詞、まれに体言（名詞・代名詞）を修飾する。

赤々と（あかあかと）　とても赤く見える
明々と（あかあかと）　明るく輝く様子
あたかも　ちょうど。まるで
あまた　たくさん
あまつさへ　その上に。おまけに
遍く（あまねく）　すみずみまで。すべてにわたって
奇に（あやに）　不思議なまでに
荒々と（あらあらと）　いきおいはげしく
ありありと　はっきりと
如何に（いかに）　どのように
幾そ度（いくそたび）　何回も
いくばく　どのくらい
いささか　少しばかり
いそいそ　心が浮きたつさま
いたく　たいそう。とても
いち早く（いちはやく）　まっ先に
いつしか　いつのまにか

いと　とても
いとど　ますます
今更（いまさら）　今になって新しく
未だ（いまだ）　まだ
いやましに　ますます
いよよ　ますます。「いよいよ」とも
うすうすと　うっすらと
うたた　止めようもなく
うらうらと　うららか、のんびりと
おしなべて　すべて
おのがじし　各自それぞれに。思い思いに
自づから（おのづから）　自然に。みずから。「おのづと」とも
おもむろに　ゆっくりと
斯く（かく）　このように
互みに（かたみに）　たがいに
且つ（かつ）　同時に。その上に
かにかくに　あれこれと
辛うじて（からうじて）　ようやく
辛くも（からくも）　やっと。かろうじて
けだし　あるいは。もしかしたら
げに　まことに
悉く（ことごとく）　すべて残らず

殊更（ことさら）　故意に。とりわけ
こもごも　かわるがわる
冴え冴えと（さえざえと）　澄み切っているさま
さしも　あのように
さながら　そのまま。まるで
さばかり　それくらい
さはさは　すっきりと。さわやかに
多に（さはに）　たくさん
清に（さやに）　あざやか。きよらか
しかすがに　しかしながら
確と（しかと）　たしかに
頻りに（しきりに）　たびたび
しくしく　しきりに
しじに　数多く。しげく
しとど　ひどく濡《ぬ》れるさま
暫し（しばし）　少しの間。「しまし」とも
しみみに　よく茂って。またはしきりに
しみらに　一日中。ひっきりなしに
白白と（しらしらと・しらじらと）　白く見える。夜が明けてゆくさま
しをしをと　元気がない。しょんぼりと
既に（すでに）　以前にもう。
そこらくに　十分にたくさん。

そぞろ　とりとめのなく

絶え絶え（たえだえ）　ほとんど絶えようとして。とぎれとぎれ

直（ただ）　まっすぐに。じかに

忽ち（たちまち）　すぐに

たとひ　もし〜ならば。仮に〜ても。「たとへ」とも

たまゆら　かすかに。ほんの少しの間

たをたをと　しなやかなさま

つくづくと　よくよく。しみじみと

つと　じっと。さっと。急に

夙に（つとに）　早くから

終に・遂に（つひに）　とうとう

つゆ　（打消の語を伴って）　少しも〜しない

つらつら　つくづく、念を入れて

時に（ときに）　ときどき

頓に（とみに）　急に

なかんづく　中でも。とりわけ

なにゆゑ　どういうわけで

なべて　すべて。総じて

尚・猶（なほ）　やはり。それでも

願はくは（ねがはくは）　願うところは。「願はくば」とも

はつはつに　かすかに。わずかに

はなはだ　非常に

早（はや）　早くも。すぐに

はろばろ　はるか遠くから来るさま。「はるばる」とも

ひねもす　一日中

深深と（ふかぶかと）　とても深いさま

ふと　不意に

太太と（ふとぶとと）　とても太いさま

細細と（ほそぼそと）　とても細いさま。やっと続ける様子

ほつほつと　点々と

ほとほと　すっかり。まったく

仄仄と（ほのぼのと）　ほんのりと。心あたたまるさま

真に・誠に（まことに）　本当に。じつに

まざまざと　ありありと

まして　なおさら

まにまに　成り行きにまかせて

見る見る（みるみる）　見ているうちに様子が変わる

むざむざと　簡単に

むらむら　群がっている。急に怒りなどがわくさま

最も（もっとも）　何よりも一番に

もとな　わけもなく

元より（もとより）　はじめから

最早（もはや）　すでにもう

漸く（やうやく）　しだいに。やっと

柔柔と（やはやはと）　やわらかなさま

やや　少し。しだいに。「ややに」とも

やをら　おもむろに

ゆさゆさと　物が動くさま

ゆめ（禁止の語句を伴って）　決して〜するな。「ゆめゆめ」とも

わらわらと　ばらばらと散り乱れるさま

折節に（をりふしに）　ときどき。折りしも

コラム

覚えておきたい言い換え一覧

あ

遊び（あそび）　すさび
浴びる（あびる）　浴む（あむ）
荒れる（あれる）　荒ぶる（あらぶる）、荒ぶ（すさぶ）
遺体（いたい）　亡骸（なきがら）
一日中（いちにちじゅう）　ひねもす
祝う（いわう）　寿ぐ（ことほぐ）
飲食（いんしょく）　おんじき
生まれる（うまれる）　生る（ある、なる）、生う（おう）
上枝（うわえだ）　秀つ枝（ほつえ）
永遠（えいえん）　永久（とわ）、とことわ、とこしえ、とこしなえ
縁（えん）　えにし、ゆかり
多い（おおい）　あまた、さわに
大晦日（おおみそか）　おおつごもり、大年（おおとし）
幼い（おさない）　いとけなし
面影・俤（おもかげ）　おもざし

か

階段（かいだん）　きざはし、きだはし、はし
買う（かう）　購う（あがなう）
過去（かこ）　来し方（きしかた、こしかた）、過ぎ行き（すぎゆき）
銀（ぎん）　白銀（しろがね）
空虚（くうきょ）　うつろ
空洞（くうどう）　うろ、あな
詳しく（くわしく）　つぶさに
化粧（けしょう）　けわい、メイク
故郷（こきょう）　ふるさと、郷里（きょうり）、産土（うぶすな）
梢（こずえ）　はずえ、うれ、こぬれ
言葉（ことば）　言の葉（ことのは）、言（こと）
この世（このよ）　現し世（うつしよ）
ご飯（ごはん）　飯（いい）、めし
転ぶ（ころぶ）　まろぶ

さ

雑草（ざっそう）　あらくさ
山峡（さんきょう）　峡（かい）、やまかい、やまあい
下枝（したえだ）　したえ、しずえ
実に（じつに）　まことに、げに
疾風（しっぷう）　はやて、はやち
死ぬ（しぬ）　身罷る（みまかる）、命終（みょうじゅう）、去ぬ（いぬ）
若干（じゃっかん）　そこばく
住居（じゅうきょ）　住まい（すまい）、家居（いえい）、棲家・栖（すみか）
瞬間（しゅんかん）　刹那（せつな）、束の間（つかのま）
炊事（すいじ）　炊ぎ（かしぎ）
水脈（すいみゃく）　澪（みお）
砂（すな）　砂子（すなご）、いさご、まさご
石碑（せきひ）　いしぶみ
葬儀（そうぎ）　葬（はぶり、ほうむり）、とむらい
底（そこ）　そこい

た

台所（だいどころ）　厨（くりや）、厨房（ちゅうぼう）、キッチン
互いに（たがいに）　かたみに
食べる（たべる）　食す（しょくす、おす）、食む（はむ）
竹林（ちくりん）　竹藪（たけやぶ）、篁（たかむら）

頂上(ちょうじょう)　いただき
沈黙(ちんもく)　黙(もだ)
何処(どこ)　いずく、いずこ、どちら
友達(ともだち)　ともがら

な

何回(なんかい)　何遍(なんべん)、幾十度(いくそたび)
入浴(にゅうよく)　湯浴み(ゆあみ)
にわか雨(にわかあめ)　驟雨(しゅうう)
熱気(ねっき)　ほてり、ほとぼり
眠り(ねむり)　熟睡(うまい)
年齢(ねんれい)　とし、よわい

は

墓(はか)　墓所(ぼしょ)、奥津城(おくつき)
薄氷(はくひょう)　うすらい、うすごおり
果て(はて)　はたて
雛人形(ひなにんぎょう)　雛(ひな、ひいな)、ひな
響く(ひびく)　とよもす
暇(ひま)　いとま
病気(びょうき)　やまい、いたつき、いたづき
噴出する(ふんしゅつする)　迸る(ほとばしる)、たばしる

炎・焔(ほのお)　ほむら、火炎(かえん)

ま

水際(みずぎわ)　汀(みぎわ)
見渡す(みわたす)　見はらす、見はるかす
昔(むかし)　いにしえ
芽ぐむ(めぐむ)　萌える(もえる)、萌す(きざす)、角ぐむ(つのぐむ)

や

安らか(やすらか)　安けく(やすけく)
雪解け(ゆきどけ)　ゆきげ
揺らめく(ゆらめく)　たゆたう
夜明け(よあけ)　暁(あかつき、あかとき)、薄明(はくめい)
幼児(ようじ)　おさなご、おさな

ら

落日(らくじつ)　入日(いりひ)、夕日(ゆうひ)、落暉(らっき)
陸(りく)　くが

わ

我が子(わがこ)　吾子(あこ)
笑う(わらう)　笑む(えむ)、笑まう(えまう)

コラム　知っていると便利な数の数え方

顆(カ)　果物、宝石
巻(カン)　書物、映画
基(キ)　石碑、鳥居、機械
献(コン)　酒のひとさし
棹(さお)　たんす、長持、羊羹(ようかん)
畳(ジョウ)　たたみ
筋(すじ)　帯、てぬぐい
膳(ゼン)　食事、箸(はし)
玉(たま)　めん類(材料)、キャベツ、毛糸
丁(チョウ)　豆腐、はさみ、鎌、鍬(くわ)
頭(トウ)　牛、馬、蝶(ちょう)
杯・盃(ハイ)　器に入れた飲料、烏賊(いか)、船
尾(ビ)　魚類、海老(えび)
幅(フク)　掛け軸(掛けた状態)
服(フク)　薬、茶
編・篇(ヘン)　詩、文章
巻(まき)　糸、電線、歌仙
面(メン)　鏡、碁盤・将棋盤、琴
葉(ヨウ)　写真、はがき

うたことば五十音順索引
引用歌歌人名索引

あ

い

う

え

お

か

き

く

け

こ

さ

し

す

せ

そ

た

ち

つ

て

と

な

に

ぬ

ね

ひ

ふ

へ

ほ

ま

み

む

め

お

か

ち

つ

て

と

な

へ

ほ

ま

み

む

も

本書は「ＮＨＫ短歌」テキストで連載された
「探索・歌ことば」（２００８年４月号～２０１４年３月号、２０１５年４月号～２０２２年３月号、）
「うたことば屋～うたの印象アップ」（２０２２年４月号～２０２３年３月号）
を再編集し、大幅に加筆したものです。

参考文献

『広辞苑 第七版』新村出 編（岩波書店）

『スーパー大辞林 3.0』三省堂 編（三省堂）

『新潮国語辞典：現代語・古語　第 2 版』山田俊雄ほか 編修（新潮社）

『精選版日本国語大辞典 第2版』全３巻 小学館国語辞典編集部 編（小学館）

『角川国語辞典 新版』久松潜一、佐藤謙三 編（角川書店）

『角川新字源 改訂新版』小川環樹、西田太一郎、赤塚忠、阿辻哲次、釜谷武志、木津祐子 編（角川書店）

『角川全訳古語辞典』久保田淳、室伏信助 編（角川書店）

『増補版　現代短歌全集』全 17 巻 上田三四二、大岡信、岡井隆 編集（筑摩書房）

『角川現代短歌集成』全４巻・別巻１ 岡野弘彦、岡井隆、馬場あき子、篠弘、佐佐木幸綱 監修（角川学芸出版）

『現代短歌大事典』篠弘、馬場あき子、佐佐木幸綱 監修・大島史洋ほか 編（三省堂）

『岩波現代短歌辞典』岡井隆 監修・三枝昂之ほか』編（岩波書店）

『現代の短歌』高野公彦 編（講談社学術文庫・講談社）

『現代短歌の鑑賞 101』小高賢 編著（新書館）

『現代の歌人 140』小高賢 編著（新書館）

『桜前線開架宣言：Born after 1970 現代短歌日本代表』山田航 編著（左右社）

『現代短歌の鑑賞事典』馬場あき子 監修（東京堂出版）

『現代の短歌 篠弘の選ぶ一〇〇人・三八四〇首 新版』篠弘 編著（東京堂出版）

『歌枕歌ことば辞典 増訂版』片桐洋一著（笠間書院）

『日本歌語事典』佐佐木幸綱、杉山康彦、林巨樹 編（大修館書店）

『歌ことば 100』今野寿美 著（本阿弥書店）

『歌言葉雑記』宮地伸一 著（短歌新聞社）

『歌ことばの辞典』片野達郎、佐藤武義 編著（新潮選書・新潮社）

『歌ことば歌枕大辞典』久保田淳、馬場あき子 編（角川書店）

『最新うたことば辞林』馬場あき子 著（作品社）

『カラー版 新日本大歳時記 愛蔵版』飯田龍太、稲畑汀子、金子兜太、沢木欣一 監修（講談社）

『集英社版大歳時記』全４巻 山本健吉 監修（集英社）

『日本の伝統色：色の小辞典』日本色彩研究所 編／福田邦夫 著（読売新聞社）

『空の名前』高橋健司 写真・文（角川書店）

『宙の名前』林完次 写真・文（角川書店）

『色の名前』近江源太郎 監修／ネイチャー・プロ編集室 構成・文（角川書店）

梅内美華子（うめない・みかこ）

歌人。「かりん」選者・編集委員。現代歌人協会理事。よみうり文芸選者。朝日カルチャーセンター新宿教室講師。一九七〇年、青森県八戸市生まれ。同志社大学文学部卒業。小学生の頃より作歌を始める。一九八八年、短歌結社「かりん」入会、馬場あき子に師事。角川短歌賞、短歌研究賞他。歌集六冊。歌集以外の著書に『現代歌枕 歌が生まれる場所』（ＮＨＫ出版）、『ここからはじめる短歌』『日本の美しい言葉辞典』（監修・ナツメ社）がある。

装画・挿画　大久保つぐみ
アートディレクション　芦澤泰偉
ブックデザイン　明石すみれ（芦澤泰偉事務所）
校正　青木一平
編集協力　中野富美子　向坂好生　神谷陽子
本文組版　近代美術　ドルフィン

短歌 うたことば辞典

２０２４年３月20日　第１刷発行
２０２４年10月10日　第２刷発行

著者　梅内美華子

発行者　江口貴之
発行所　ＮＨＫ出版
〒１５０－００４２　東京都渋谷区宇田川町10－３
電話　０５７０－００９－３２１（問い合わせ）
　　　０５７０－０００－３２１（注文）
ホームページ　https://www.nhk-book.co.jp

印刷　近代美術
製本　ブックアート

Printed in Japan　ISBN978-4-14-016287-3　C0092